o Date Perfeito

STEVE BLOOM

o Date Perfeito

STEVE BLOOM

Tradução
Isadora Sinay

Copyright do texto © 2016 by Steve Bloom.
Copyright da tradução © 2019 by Editora Globo S.A.

Todos os direitos reservados. Nenhuma parte desta edição pode ser utilizada ou reproduzida — em qualquer meio ou forma, seja mecânico ou eletrônico, fotocópia, gravação etc. — nem apropriada ou estocada em sistema de banco de dados sem a expressa autorização da editora.

Título original: *The Stand-In*

Editora responsável **Veronica Armiliato Gonzalez**
Assistente editorial **Júlia Ribeiro**
Diagramação **Renata Zucchini**
Projeto gráfico original **Laboratório Secreto**
Revisão **Isabela Sampaio**
Imagem de capa **Midnight Oil Production, cedida por Netflix, Inc.**

Texto fixado conforme as regras do Acordo Ortográfico da Língua Portuguesa (Decreto Legislativo nº 54, de 1995).

CIP-BRASIL. CATALOGAÇÃO NA PUBLICAÇÃO
SINDICATO NACIONAL DOS EDITORES DE LIVROS, RJ

B616d
    Bloom, Steve
        O date perfeito / Steve Bloom ; tradução Isadora Sinay. – 1. ed. – São Paulo: Globo Alt, 2019.
        336 p. ; 21 cm.

        Tradução de: The stand-in
        ISBN 978-85-250-6900-9

        1. Ficção. 2. Literatura juvenil americana. I. Sinay, Isadora. II. Título.

19-58596
                                          CDD: 808.899283
                                          CDU: 82-93(73)

Vanessa Mafra Xavier Salgado – Bibliotecária – CRB-7/6644
23/07/2019 29/07/2019

1ª edição, 2019

Direitos de edição em língua portuguesa para o Brasil adquiridos por Editora Globo S.A.
R. Marquês de Pombal, 25
20.230-240 – Rio de Janeiro – RJ – Brasil
www.globolivros.com.br

*Para as mulheres da minha vida
— Ruth, Jennifer, Nora e Liza*

Maio

Eu sei o que você está pensando.
O que eu, Brooks Rattigan, estou fazendo em Hackensack? No Holiday Inn em uma preciosa noite de sábado? Dançando noite adentro com Gabby Dombrowski? Não me entenda mal. Não há nada de errado com Gabby Dombrowski. Assim como não havia nada de errado com a prima do Burdette ou com Sylvie Frohnapfel ou com Alana não-sei-o-nome-inteiro ou com qualquer outra. Até mesmo com Celia Lieberman, se você parar para pensar. Belos exemplares de membros do sexo oposto. Atraentes, inteligentes, interessantes. Boas para conversas profundas e ótimas companhias de jantar. Presidentes de grêmio estudantil, vencedoras de feiras de ciências, campeãs de patinação artística. Cada uma delas um arraso à sua própria maneira. Que a Força esteja com todas elas.

Boas garotas. Boas garotas com boas casas em bons bairros com boas coisas. Boas mães e bons pais, bons irmãos e boas irmãs. Seus rostos bem-intencionados se fundem diante de mim. Cada uma tão diferente e, ainda assim, todas tão iguais. Infectadas com a mesma doença, implacável e incurável. FOMO. *Fear of Missing Out*, em inglês, ou Medo de Estar Perdendo.

FOMO, acho justo dizer, é o ganha-pão de Rattigan. Festa de volta às aulas. Baile de inverno. Baile de primavera. Formatura. Quer dizer, se você parar para pensar sobre isso – o que tenho certeza de que ninguém faz –, é incrível quantos eventos que só vão acontecer uma vez na sua vida acontecem durante um único ano do ensino médio. E quando você multiplica isso pelo número de eventos igualmente importantes acontecendo em todas as escolas da região, bom, vamos dizer que pode ser um pouco demais. Na verdade, pode ser um saco.

Desculpa. Onde estávamos mesmo? Ah, sim. Gabby Dombrowski.

Não, não há nada de errado com Gabby Dombrowski. Ela fala três línguas e toca quatro instrumentos. Nada, exceto pelo pequeno detalhe de que Gabby também é presidente do clube de espírito escolar de alunos, tem 1,85 m sem saltos, 1,95 m com eles, poderia acabar comigo e está prestes a descolar meus dois braços para fora do tronco. Para os não nativos de Hackensack, pode ser bom informar que, além de tudo que já foi mencionado, Gabby Dombrowski acabou de ser premiada por seu desempenho como pivô de seu time de basquete, que chegou até as semifinais – o que, no norte de Jersey central, não é pouca coisa.

À nossa volta, luzes coloridas piscam e rodam enquanto garotas bonitas, superarrumadas com vestidos decotados e sexy, e caras engomados em ternos alugados enlouquecem com as batidas. Uma amostra geral do caos que é o ensino médio em pares perfeitos. Populares com populares. Esquisitos com esquisitos. Maconheiros com maconheiros. Nerds com nerds. Você sabe, os legais com os legais, os fracassados com os fracassados. Mas em grupos de dois. É surreal como tudo meio que se iguala.

Só um casal não combina. Eu e a já mencionada Dombrowski. Nós somos desproporcionais em todos os sentidos. Para começar, embora eu goste de bater uma bola às vezes, sou basicamente péssimo no basquete. Além disso, realmente não tenho espírito escolar. Mas o principal é: eu não gosto de Gabby Dombrowski. Quer dizer, não tenho nada *contra* Gabby Dombrowski, mas não gosto dela da forma necessária para estar aqui, assim. Como eu poderia? Eu nem conheço Gabby Dombrowski e, para dizer a verdade, Gabby Dombrowski também não me conhece. Embora estejamos juntos aqui, só nos conhecemos há três horas.

Outra onda de dor passa pelo meu corpo castigado quando Gabby me gira com entusiasmo, algo que eu deveria fazer com ela. Então ela me inclina, o que eu não conseguiria fazer com ela. Finalmente, ainda bem, a música termina. Tonto, dou um sorriso simpático, como o profissional treinado que sou.

— Obrigado, Gabby — digo, arfando. — Isso foi, hum, energizante.

Meus pés esmagados imploram para a banda fazer uma pausa. Em vez disso, as luzes diminuem, a deixa sutil para uma música suave e romântica. Ah, Deus, não. *Stairway to Heaven*. Um clássico. E a música lenta mais longa do mundo. Gabby me olha radiante. Eu me contorço por dentro. Merda. Músicas lentas, especialmente as superlongas, são a maldição desse ofício. E *Stairway to Heaven* é a mãe de todas elas.

— Gabby, o que você acha de darmos uma descansada nessa? — sugiro, me afastando rapidamente.

Mas os reflexos de jogadora premiada de Gabby são rápidos demais para mim. Eu sou agarrado e puxado pelas lapelas do smoking que acabei agora de pagar.

— Cuidado! — eu grasno. — Esse material é caro!

Tudo fica escuro quando sou enterrado no fundo do vasto cânion que fica no meio dos peitos firmes de Gabby. Erguido e carregado como uma boneca de pano enquanto a música que sobrevive ao tempo espalha seu encanto.

Como isso aconteceu? Como cheguei até aqui? Tudo o que eu queria era ganhar um dinheiro extra para a faculdade. Conseguir algo mais da vida, melhorar minha situação de penúria e ao mesmo tempo preencher um nicho urgente do mercado. Isso é algum tipo de crime? Quer dizer, aproveitar as oportunidades, não é o que nos ensinam a fazer? E tudo para nada. Porque, vamos ser sinceros, eu não vou a lugar nenhum.

Os dedos com as unhas pintadas de Gabby rastejam como aranhas pela minha bunda. Eu os afasto com um tapa.

— Ei, olha a mão!

Sim. Eu sei o que você está pensando. Brooks Rattigan, desprezado por Shelby Pace, sem falar na maior parte dos subúrbios de Nova York e porções significativas do sul do Connecticut. Banido, exilado pela sociedade respeitável do ensino médio. Desdenhado por Murf, meu melhor e mais velho amigo, um cara ótimo, que nunca fez nada de ruim para mim ou qualquer outra pessoa. Repudiado pela minha família, ou o que existe dela. Bom, nem eu me suporto mais, mas não há muito que eu possa fazer sobre isso a essa altura. Então eu sofro em Hackensack. Brooks Rattigan, bola de merda, escória do universo. Brooks Rattigan, figura trágica, um homem sozinho no mundo, rodopiando com Gabby Dombrowski ao som de Zeppelin requentado.

Sim, meus amigos, eu sei o que vocês estão pensando. Como você chegou a esse ponto, Brooks Rattigan? Engraçado. Estou me fazendo exatamente a mesma pergunta. Eu penso no início. Foi mesmo apenas meses atrás? Aqueles últimos dias de ignorância feliz, agora perdidos para sempre. Antes de eu me aventurar para além da Grande Fronteira, navegar em Águas Desconhecidas. Em setembro.

Dia 1

HEY HO, LET'S GO! HEY HO, LET'S GO!, os Ramones gritam. É meu toque de celular. *Blitzkrieg Bop*, meu hino pessoal para o último ano do colégio.

Eu nem preciso abrir um olho cansado para espiar a tela do meu iPhone. Sei que horas são porque causei meu próprio sofrimento ao programar o alarme. São 5h45 da manhã. Eu grunho. Como qualquer adolescente com sangue nas veias, não sou exatamente uma pessoa matutina. Ainda mais depois de ter ficado acordado até uma da manhã tentando desesperadamente achar algum sentido em *A Terra Devastada* para o meu (já atrasado) trabalho de inglês. A maldita coisa é escrita em algum tipo de código secreto e eu juro pela minha vida que não consigo decifrar. Poetas. Eu não entendo. Se eles têm algo assim tão importante para dizer, por que não dizem logo?

Mas a cafeteira pré-programada já está fazendo café, e os grãos de areia na ampulheta estão caindo. Entre as muitas coisas que me faltam, o tempo se tornou o bem mais precioso de todos. Treze de outubro. Treze da sorte. Eu só tenho mais uma chance, e treze de outubro está a apenas três semanas de distância, perto demais. Então, exercitando uma disciplina sobre-humana, pego uma xícara de café e metade de um donut velho na cozinha e arrasto a bunda pela bagunça do meu quarto até minha escrivaninha, ainda mais bagunçada, desenterro o último livro didático, todo surrado, e começo meus exercícios diários.

Revisão de matemática. Análise de dados, probabilidades, estatísticas. Eu as absorvo por trinta minutos todo dia, logo pela manhã, como suco de laranja. Equações complexas, somas e gráficos que confundiriam um doutorando cercam minha atordoada mente adolescente. Mas tudo bem. Eu sou relativamente bom em matemática e minha última pontuação em não verbais subiu um pouco no último simulado, bem dentro da margem. Mesmo assim, não posso ser indulgente, não posso baixar a guarda.

Porque há as verbais. São as verbais que assombram minhas longas noites inquietas. Interpretação de texto. Identificação de erros. Construção de frases. Vocabulário. Esses são os tormentos da minha existência, as montanhas que preciso conquistar, ou morrer tentando.

O SAT[1]. O exame final do ensino médio. Dez partes. Três horas e cinquenta minutos. Um momento que pode determinar o curso de toda uma vida. Um ponto crucial na jornada para uma existência de classe média alta. Pouca pressão. E não me venha com aquela coisa de "não faz diferença" de novo. Porque todo mundo sabe que importa. Quer dizer, você

---

[1] SAT – *Scholastic Aptitude Test*, ou Teste de Aptidão Escolar, espécie de ENEM dos Estados Unidos.

já notou que todos os grandes nomes que dizem que não importa onde você estuda estudaram nas melhores faculdades? Quer dizer, se não importa, então por que importa para tantas pessoas que importam? Importa. Muito.

E o SAT é a chave. O chamado Grande Nivelador entre os que têm muito e os que não têm nada. É, eu sei. É, claro. Como se você não pudesse comprar uma boa pontuação como pode comprar qualquer outra coisa. Nada de professores particulares, treinadores, ou intensivos caríssimos para o Rattigan. Vou ter que fazer isso sozinho. A questão é que uma boa pontuação não serve mais hoje em dia, e uma ótima mal passa. Não, hoje em dia, você tem que ser praticamente perfeito. E tem mais coisa em jogo do que nunca antes. Vamos falar a verdade, do jeito que o planeta está indo para o buraco, não sobraram muitos Futuros Brilhantes por aí, e há mais gente competindo por menos vagas do que em qualquer ponto da história. Quer dizer, não vamos nos enganar, hoje em dia sua Marca é tudo. E não existe Marca tão boa quanto uma faculdade de primeira.

O problema é que entrar em faculdades de segunda se tornou tão difícil quanto costumava ser entrar em faculdades de primeira, e entrar nas de terceira, como era as de segunda. E aquelas velhas e confiáveis faculdades locais que costumavam estar ali, prontas para salvar o dia? Bom, pense melhor. Você só tem uma chance nesse jogo. Estrague algo e está ferrado para sempre.

Eu sinto um arrepio e decido me fortificar antes da próxima rodada. Vou até a cozinha. Como sempre, as louças e a sujeira de Charlie formam uma pilha enorme na pia. Apesar de estar com pressa, eu jogo os restos fora, enxáguo e coloco tudo na lava-louça como sempre. Não consigo evitar. Eu preciso admitir que sou um compulsivo por arrumação. Mas me incomoda. Muito.

— Babaca — eu resmungo.

Uma hora e quinze minutos se passam em outro típico ataque de pânico. Eu viro páginas. Completo respostas. Não entendo nada. Identifico menos ainda. Minhas frases são incompletas, meu vocabulário é uma merda. Eu estou ferrado. Não tenho nenhum Futuro Brilhante.

São sete e quinze. Eu já estou exausto e tenho aula em quarenta e cinco minutos.

Como sempre, não há água quente no chuveiro. Eu entro tremendo como um cachorro de rua. Mas ranjo os dentes e me forço a fazer isso.

Incrementar. Verbo. *Tornar-se maior, mais desenvolvido.*

Exemplo de uso: Eu vou **incrementar** minhas notas no SAT ou vou me matar.

Agora, acredite ou não, vem a parte realmente difícil da minha manhã.

Charlie.

Normalmente, eu faço questão de deixá-lo na dele quando saio para a aula. Estações inteiras podem passar sem que troquemos uma palavra durante o dia. E não vejo problema nisso. Na verdade, eu gosto. Torna a vida muito mais fácil. Mas hoje eu não tenho escolha. Hoje preciso fazer o que mais **abomino** – verbo, *detestar ou odiar* – fazer. Eu preciso incomodá-lo.

O quarto dele parece um poço mais nojento ainda do que na última vez que fui obrigado a entrar. Embora fique bem ao lado do meu, eu nunca entro. Não que seja proibido, ou que ele mantenha fechado, ou qualquer coisa estranha assim. É só que eu fico muito incomodado sempre que entro.

Eu acendo a luz e abro as cortinas. Meias mofadas, livros embolorados e comida estragada se espalham pelo carpete barato e manchado como corpos em um campo de batalha. Eu ando rápido pela escuridão até chegar a um colchão velho onde está uma pilha de cuecas sujas, jornais velhos e embalagens usadas. Eu hesito. Além de demonstrar uma preguiça impressionante e uma falta total de padrões e autocontrole, o quarto de Charlie é seriamente insalubre. E, com os SATs chegando, tenho me exercitado, comido bem, vivido limpo, guardado com zelo minha saúde. Agora tudo foi arriscado. Não quero reclamar, mas a última coisa que preciso neste momento crítico é ficar doente. Eu tento não respirar.

Cutuco a montanha mofada com as pontas do grande garfo que trouxe comigo.

— O.k., Charlie — eu digo. — Ao alto e avante.

Nada. Cutuco de novo, com muito mais força.

Por baixo das camadas de lixo, percebo um movimento quase imperceptível.

— São sete e vinte — eu lato como um sargento bravo. — Você vai se atrasar para o trabalho.

— E daí? — Charlie grunhe. — Eu sempre chego atrasado no trabalho. Ninguém liga.

A figura submersa dele se move, se levanta e então se vira como uma baleia encalhada para continuar dormindo.

Eu fico ali, furioso, mas determinado.

— Não hoje, Charlie. Hoje, eu preciso de você acordado, barbeado e semifocado.

— O que tem de tão especial hoje? — a voz abafada dele pergunta.

— É sexta. Você tem uma reunião com Strack ao meio-dia.

— Nunca ouvi falar nele.

— Edith Strack. *Ela* é minha orientadora vocacional — explico com paciência, mas fervendo por dentro. — Essa é minha primeira e única reunião com ela.

Uma cabeça descabelada emerge. Eu me assusto. Como eu disse, faz muito tempo desde a última vez que vi Charlie na luz do dia. Ele está horrível. Esquelético, a barba grisalha, o cabelo comprido, oleoso e grudento. Quer dizer, o cara parece um serial killer em uma boa série de TV. Meu coração para. Minhas esperanças, que já eram poucas, despencam.

Grunhindo, Charlie ergue uma pálpebra de leve.

— E o que isso tem a ver comigo mesmo? — ele pergunta.

— Os pais precisam ir. Eu te disse isso só umas cinquenta milhões de vezes.

Sim, senhoras e senhores, isso é o que tecnicamente constitui meu pai. Esse farrapo de ser humano é meu único provedor. Embora sejamos do mesmo sangue, não poderíamos ser mais diferentes. De certa forma, daria para dizer que Charlie é minha maior inspiração, já que eu me recuso a ser como ele. Ele é o que eu mais temo me tornar. Mas não vou deixar isso acontecer. Diferente dele, vou me importar.

De repente, ele tem um ataque de tosse, se engasga e fica todo vermelho, como se fosse cair duro, mas consegue sobreviver desentalando uma grande bola de catarro que, por não querer ser mal-educado, engole de novo. Embora eu já devesse estar acostumado a isso, ainda me dá ânsia. Charlie só boceja e se coça como se isso tudo fosse normal, o que para ele é.

— Isso é café? — ele pergunta, sentindo o cheiro.

De fato é. Além do garfo, eu trouxe uma caneca fumegante. Charlie a agarra como o viciado em cafeína que ele é. Mas eu afasto a droga dele, negociando.

— É muito importante pra mim, Charlie.

Ele se ergue e abre o outro olho injetado. Vejo que dormiu com as roupas de ontem. Mais um item na longa lista de coisas que me enojam nele.

— Acho que isso quer dizer que tenho que tomar banho — Charlie reflete, falando sério.

Eu dou o café a ele. Ele o engole gulosamente, segurando com as duas mãos. Eu me viro para ir embora e então paro na porta.

— Meio-dia em ponto, Charlie. Não se atrase. Eu só tenho dez minutos.

O centro de Pritchard parece uma cidade fantasma. Nada de Starbucks, Jamba Juice ou Banana Republic por aqui. Mesmo em seu auge, Pritchard nunca foi bonita. Mas há muito tempo, no início de um outro século, minha não muito boa cidade natal tinha uma Sears e uma Penney e um cinema legal, em estilo *art déco*. Agora, tudo isso está apodrecendo, como tumbas da antiguidade. A GM se reestruturou, as fábricas fecharam, o dinheiro desapareceu com elas e o restante do planeta seguiu em frente. E o que ficou para trás é um lugar vazio e oco, que não tem para onde ir exceto o fundo do poço. E é por isso que eu preciso dar o fora daqui.

Enquanto eu avalio mais uma vez a magnitude da minha missão, Murf traga alegremente um baseado do tamanho de um pequeno charuto. O Murf e eu somos amigos desde a pré-escola, e já estivemos em tantas situações mutuamente comprometedoras e humilhações compartilhadas que poderíamos chantagear um ao outro pela eternidade. Mas o resumo é: eu posso contar com Murf e ele pode contar comigo. Dou carona para ele toda manhã. Qualquer coisa por um amigo. Além do mais, ele mora no caminho e ajuda com a gasolina. E com a Fera – meu Electra de 1990, que bebe um litro para cada quatro quilômetros e meio, não fabricam mais essas preciosidades – qualquer ajuda conta, acredite em mim.

Exalando uma nuvem gigantesca de fumaça, Murf aumenta o volume dos Stones – nós gostamos dos clássicos – e oferece o baseado aromático para mim.

Fico bem tentado. Minhas entranhas estão se revirando e um tapinha com certeza ajudaria. Mas tendo minha iminente entrevista com Edith Strack, preciso estar alerta e esperto. Então, digo gravemente:

— É melhor você largar essa merda ou vai acabar igual meu velho.

— Ah, vamos lá, estamos no último ano — Murf responde. — É nosso dever sagrado ficar chapado.

Ele dá outra imensa tragada. Eu abro rapidamente a janela, afastando a fumaça potente. Não posso arriscar que Strack sinta esse cheiro em mim.

— Ei, essa camisa é nova? — ele pergunta.

É nova e eu fico feliz que Murf – que qualquer um, na verdade – note. Nesta manhã, eu estou impecável. Meu cabelo está cuidadosamente repartido e penteado, meus sapatos, reluzentes. Estou elegante.

— Old Navy? — Ele inclina o banco bem para trás.

— Só compro nas melhores. Gap — digo. — A primeira impressão é essencial.

Gap. Chique. Murf, vestido com uma camiseta tie-dye do Brian Jonestown Massacre e calças de moletom rasgadas e largas demais para seu corpo magro, está adequadamente impressionado. Ele estica o braço para sentir o tecido de luxo. Eu ergo a mão em aviso.

— Sem tocar.

Ele se inclina para trás e fecha os olhos para curtir a onda.

— Você está de ótimo humor essa manhã... — ele observa com sarcasmo.

É verdade. Estou sendo um babaca esta manhã. Desde que o último ano começou, sou um babaca em muitas manhãs. Eu me sinto mal. Não é culpa do Murf eu estar pirando.

— Desculpa, só estou me preparando para a Fria Dose de Realidade.

— A o quê?

— A Fria Dose de Realidade — eu explico, grato pela chance de **explanar** – verbo, *fazer exposição de; narrar minuciosamente*. — Quando a Strack diz pra onde você vai e, mais importante, pra onde você *não* vai em termos de faculdade.

A expressão despreocupada do Murf se nubla e ele me olha como se estivesse prestes a ter uma pequena convulsão. Só entre nós, tenho notado que toda vez que falo com ele sobre meu processo seletivo, ele fica desse jeito. Mesmo assim, eu continuo:

— Cada aspecto da sua documentação tem um valor numérico. A Strack os soma, então separa sua lista de faculdades em três categorias. No topo ficam seus Objetivos, que são divididos em três subcategorias: Objetivos Longínquos, Objetivos Próximos e sua Salvação. Entrar em qualquer uma delas é como ganhar na loteria.

— Esse é o bom da E.T., cara — Murf diz, contente. — É aberta. Desde que eu tenha dezoito anos e esteja respirando, eles têm que me aceitar!

E.T. Escola Técnica. Eu olho para ele com pena. A completa falta de ambição do Murf é sempre um assunto delicado entre nós. Apesar de meus incansáveis conselhos, ele se recusa a aceitar qualquer orientação.

— O que te deixa com Os 50% de Chance — eu continuo. — A chance é que você entre em pelo menos uma dessas duas malvadas. Você poderia achar que isso proporciona uma *faísca* – substantivo, chispa, fagulha, centelha – de segurança, mas não. Por que não, você se pergunta?

Na verdade, eu sei que o Murf não se pergunta, nem vagamente. Mas não consigo parar com essa autopunição.

— Porque não há garantias de que você vá entrar em alguma delas — eu lamento. — E se nada der certo? De repente, você está em queda livre, sendo sugado por um buraco negro para o esquecimento completo. Você se agarra desesperadamente a uma faculdade de segurança sem fama e finge sorrir e suportar, mas é hora de cortar os pulsos.

Contentar-se com uma opção de segurança. O temido pior dos casos. Estou descontrolado. Desesperadamente precisando de consolo.

Mas Murf está olhando pela janela para o campo de futebol, onde as líderes de torcida ensaiam para o grande jogo de amanhã, enquanto entramos no estacionamento. Uma cheerleader muito bem-dotada comanda as outras, se sacudindo e saltando em sua roupa justa.

— MAIS UMA VEZ! COM MAIS FORÇA! MAIS FORÇA! — ela exige.

Os olhos hipnotizados de Murf são dois pontos negros, transtornados.

— Eu faço mais uma vez, gata — ele murmura. — Só me dá uma chance.

Eu estaciono numa vaga e desligo o carro, olhando para ele com uma desaprovação exasperada.

— Murf, nosso futuro inteiro está em jogo. Como você pode pensar em transar com Julie Hickey em um momento como esse?

— Você está me zoando? — ele responde. — É só nisso que eu penso.

Viram o que eu quero dizer? Ele é um caso perdido.

Nós atravessamos o grande estacionamento, nos juntando ao êxodo de garotos e garotas indo cumprir sua pena no Colégio Pritchard. Eu escalo como um montanhês, carregando uns vinte quilos de livros na mochila. O Murf sai voando, livre como um pássaro, sem carregar nada.

— Uau, olha isso! — ele diz.

A BMW vermelha brilha como um farol no mar de carros baratos de segunda mão e banheiras velhas. Eu me aproximo em reverência.

— De quem será? — Murf pergunta.

— Burdette — respondo. — O velho dele encomendou a nova Mercedes CLA250. Pelo jeito, ela finalmente chegou.

O pai do Burdette é ortodontista e um tanto maníaco por carros. Quando ele sobe um degrau de classe automotiva, o Burdette acompanha. Vou te dizer, não há justiça nesse mundo.

— Você tá dizendo que isso é daquele idiota?

— Isso, como você tão grosseiramente chamou, é uma BMW 335i — eu digo com desdém. — Motor turbo 3.1, freios ventilados nas quatro rodas, um sistema de som com nove alto-falantes. Um novo auge de precisão para a engenharia alemã. Você tem alguma ideia de quanto custa essa belezinha? — Murf sacode a cabeça. Está além do alcance dele, quase além do meu também. — Tenta uns cinquenta paus. E isso só pra começar, sem os extras necessários. — Eu acaricio o capô como um amante, enfeitiçado pela perfeição que só muito dinheiro pode comprar. O Automóvel Final. Um dia, eu prometo. Mas a quem estou enganando? Neste momento, eu daria cambalhotas para trás e guincharia como uma foca por um carro que dá a partida direito e tem um rádio que funcione.

— Oi, Brooks — uma voz de garota diz, interrompendo meus sonhos automotivos.

É Gina Agostini. Ela sorri tímida para mim com cada centímetro voluptuoso dela, mais atraente do que nunca.

— Oi, Gina.

Gina e eu circulamos um ao outro desde o fim do ensino fundamental, quando nossos hormônios deram as caras. E, recentemente, os círculos estão ficando cada vez menores, se você entende o que quero dizer. Mais alguns esbarrões como os que andamos tendo e podemos nos tornar oficialmente um casal não oficial, uma condição que não me desagrada em nada.

— Aquele dia foi divertido. — Ela sorri de novo, maliciosamente.

Eu estremeço, revivendo as sensações sublimes. Não sou do tipo que conta as coisas, mas foi algo.

— Divertido? — Dou um sorriso idiota para ela. — Mudou minha vida.

Ela ri e pisca seus olhos castanhos e aquosos, e eu me afogo neles.

— Você vai na festa do Fluke no sábado? — ela pergunta.

— É, ouvi dizer que a vó dele morreu e os pais não estão aqui — Murf se mete.

— Talvez eu te veja lá — Gina diz, convidativa.

Eu absorvo cada centímetro voluptuoso dela. Mas então vejo a nova BMW de segunda mão do Burdette e ela me lembra de uma missão ainda mais urgente. De alguma forma, eu reúno forças interiores.

— Parece incrível, Gina, mas infelizmente eu já tenho planos.

— Que pena. Acho que vai ser incrível mesmo.

Ela se afasta devagar para se juntar às amigas no fundo do estacionamento. Eu admiro a paisagem justa nos quadris e levemente rebolante. O Murf também. Sacudo a cabeça. Cara, quase. Murf se vira para mim, incrédulo.

— Você está doido? — ele pergunta. — Que outros planos?

— Eu vou me pegar com um gostoso livro de exercícios para o SAT.

— Gina Agostini! Pelo amor, Rattigan! Você não pode deixar passar!

Ele tem um ponto, mas que não atinge minha resolução.

— Não, a partir de agora, estou em treinamento. Até as onze e trinta e um da manhã do dia 13 de outubro, seu querido amigo vai entrar em celibato. Sem diversão, sem tentação, sem distração. O que quer dizer sem reuniões, sem festas, sem encontros sociais de qualquer forma. Este corpo é um templo. O que quer dizer nada de álcool, substâncias ilegais e, absolutamente, sem garotas. Até onze e trinta e um da manhã do dia 13 de outubro, estamos falando de concentração concentrada. Foco total.

Murf revira os olhos. Ele me conhece bem demais.

— Você não vai conseguir.

Meio-dia

Estamos reunidos, juntos como cordeiros para o abate. Não, isso é bom demais para nós, estamos ainda mais abaixo na escala evolutiva. Nós somos protozoários, vermes. Porque não há nada mais patético do que um aluno no primeiro semestre do último ano, junto com os pais, prestes a terem seus sonhos destruídos. E há pelo menos vinte desses, suando em um pequeno espaço institucional. Dá para cortar o desespero com uma faca.

A porta para o escritório de Strack se abre. Tricia Prindle cambaleia para fora, soluçando. Lágrimas caindo, catarro escorrendo, realmente em prantos. Nós logo abrimos caminho para evitar o karma ruim dela.

Dez minutos com Strack transformaram Tricia Prindle em uma gelatina velha molenga. O nome pode não significar nada para você, mas cara, significa para mim. Tricia Prindle é a Senhorita Perfeição, narizinho empinado, insuportável. Você sabe, só tira dez, se inscreve em todas as atividades possíveis para melhorar o currículo. Claro, ela não pegou nenhuma matéria avançada nem nada assim, nada difícil demais que pudesse ameaçar sua preciosa média. Mas ainda assim, considerando tudo, devo dizer que é uma candidata extremamente sólida para o ensino superior.

Os pais de Tricia saem atordoados atrás dela, tentando manter o controle. A mãe está toda mole e precisa ser segurada, o pai está mordendo a mão com tanta força que sai sangue. Eu engulo em seco. Isso não é um bom sinal.

— Próximo — rosna Regina Severance, a secretária malvada de Strack. Severance poderia se chamar Ilsa, membra orgulhosa da ss, se você acrescentasse uns vinte quilos e trinta anos a ela. — Estejam com seus questionários prontos, e é melhor essas respostas estarem legíveis!

Por acaso eu sei que minha cabeça é a próxima na fila da guilhotina, mas eu olho em volta junto com os outros, me fingindo de inocente, enrolando para ganhar tempo.

Já que, sabe, é meio-dia e dez e nada do Babaca.

Severance aperta os olhos por trás dos óculos bifocais assustadoramente grossos e olha para meu nome brilhando na tela do computador.

— RATTIGAN!

Arrasado, pego minhas folhas cuidadosamente preenchidas, documentando com detalhamento impressionante dezessete anos de conquistas medianas. Embora eu tente ficar invisível, é como se houvesse uma seta de neon apontando para mim, o único garoto sem um pai. Além do mais, estou me remexendo. Severance, farejando fraqueza, nota imediatamente.

— E então? — Ela me encara irritada. — Onde estão seus pais? Por que você está sem pais?

— Tenha coração — eu imploro. — Ele vai chegar. Só me dê mais um minuto...

— Dou-lhe uma — ela grasna.

Há mais de seiscentos alunos no meu ano e apenas duas orientadoras. A outra está de licença-maternidade há tipo uns cinco anos. Eu preciso falar com Strack. Eu preciso deixar uma Impressão Inesquecível nela. Eu preciso que ela me dê uma carta de recomendação brilhante. É agora ou nunca.

— Mais um minuto, por favor. Eu preciso da minha recomendação brilhante!

— Dou-lhe duas — ela continua.

Eu caio de joelhos, suplicando.

— Pelo amor de tudo que é bom e sagrado, eu te rogo!

Rogar, verbo, *pedir com humildade*!

— Dou-lhe... — ela diz, olhos brilhando, seu indicador flutuando acima da guilhotina.

— Não, não me deleta do Sistema! — eu choramingo. — Eu nunca vou conseguir entrar de novo!

E assim, no minuto em que viro poeira, o Babaca entra, tranquilo como sempre. Ele nota o silêncio pesado, os garotos sérios, os pais angustiados.

— Jesus, quem morreu? Esse lugar parece uma casa funerária.

Ficando de pé em um salto, agarro Charlie pelo colarinho e o arrasto de volta para a mesa de Severance.

— Um pai! — proclamo com um triunfo hesitante. Estou ofegante, suado, minha camisa nova da Gap encharcada, uma vergonha para mim mesmo. Mas tenho o pequeno consolo de ter estragado a alegria de Severance. Sua sede de sangue ficou insatisfeita, sua presa foi negada. De cara feia, ela nos deixa entrar. Mas eu sei e ela sabe que isso não vai ser esquecido. De agora em diante, estou permanentemente na lista negra de Severance. Valeu, Charlie.

Ele sorri para mim, provavelmente já chapado.

— Parece que eu vim, hein?

Eu quero estrangulá-lo, mas reunindo o que restou da minha dignidade, apenas o empurro pela porta até a toca de Strack. De repente, mergulhamos na escuridão. Minha pele fica melada no ar viciado. É como entrar numa cripta.

— Foi mal, Brooks, o trânsito estava uma merda — Charlie sussurra.

— É Jersey. O trânsito sempre está uma merda! — eu sibilo de volta para ele. — A única vez que eu te peço pra fazer algo por mim.

Na penumbra, arquivos amarelados estão empilhados no chão, nas estantes, em todo lugar. Cada pasta é um futuro esperançoso, com grandes planos e aspirações pouco realistas. A quantidade é impressionante. Como se a sala de espera não fosse traumática o suficiente, agora sou esmagado pela imensidão da minha insignificância.

— Sra. Strack? — arrisco.

Diminuída pelos armários enferrujados e superlotados, uma pequena figura está curvada por trás de uma grande e feia escrivaninha, onde mais pastas se empilham. Ela olha para cima lentamente, desviando os olhos de um grande computador que deveria ter virado lixo décadas atrás. Os olhos dela são fundos, a pele pálida e áspera. Estamos falando de um guardião de cripta. Mais uma vez, isso não é um bom sinal. Trêmulo, deposito meu dossiê sobre a mesa dela. De perto, ela parece embalsamada demais para alguém que eu por acaso sei ter só trinta e poucos anos.

— É srta. Strack, não senhora *Senhorita*. — O lápis que ela segura se parte ao meio na sua mão. — Eu nunca me casei. Não tenho vida pessoal.

Ela ri. Sem saber o que mais fazer, eu a acompanho. Charlie, me olhando preocupado, dá uma risadinha nervosa.

— É tudo uma merda! — Ela gargalha. — O potencial de Jimmy é ilimitado, Janie é um diamante bruto, Bobby será um ganho pra qualquer instituição. Eu sei que é mentira, as faculdades sabem que é mentira. Ninguém lê o que eu escrevo, mas eu preciso escrever mesmo assim. Você tem alguma ideia do que é cuspir seiscentas recomendações em um computador antiquado, ganhando uma miséria, ano após ano?

— Uma merda? — Charlie arrisca.

— Uma merda completa! — Strack grunhe, obviamente uma mulher que não está bem. — Sentem-se! — ela rosna, apontando.

Há uma pequena clareira entre as pilhas de pastas no sofá que parecem prontas para despencar. Charlie e eu nos enfiamos ali. Eu olho para ele pela primeira vez. Ele está vagamente apresentável, barbeado pela primeira vez na vida, cabelo preso em um rabo de cavalo e com um uniforme relativamente limpo. E não uniforme no sentido metafórico. Um verdadeiro uniforme azul do serviço postal. Sim, eu sou filho do carteiro.

Strack analisa seriamente minha vida com olhos amarelados enquanto abre uma gigantesca garrafa térmica para tomar o que deve ser – pela forma como as mãos dela estão tremendo – sua décima xícara de café.

— Nenhuma sra. Rattigan?

— Minha mãe meio que saiu de cena.

A expressão de Strack acende com uma fagulha de interesse e ela avalia Charlie. Então ele fala.

— Ele quer dizer que minha velha nos largou uns nove anos atrás. Nenhum sinal desde então. Nem um maldito cartão de Natal...

Muito charmoso, Babaca. O potencial de Charlie como parceiro é imediatamente rejeitado, como deve ser. Ao encher uma caneca do tamanho de um caminhão, Strack derruba café por todo meu impecável questionário. Ela seca com o arquivo de algum outro aluno.

— Só duas escolas? — Ela nota, como eu sabia que faria. Duas escolas, embora não seja inédito, é um pouco fora do normal.

É Columbia, admissão antecipada, ou Rutgers. Minhas escolhas não poderiam ser mais claras: eu serei um dos escolhidos ou mais um da massa? As duas que escolhi são minhas únicas opções reais. Então é isso. A admissão antecipada de Columbia significa que posso ficar sabendo em dezembro e que preciso me comprometer a me matricular se for aceito, o que, estatisticamente, melhora minhas chances em alguns décimos. Mas a admissão antecipada de Columbia é também um jogo de dados perigoso, porque Columbia pode simplesmente te rejeitar, o que quer dizer que estou completamente fora da corrida. Não tem março, quando junto com todos os candidatos, eu poderia brilhar. Acabou. Minha estratégia é conquistar ou morrer.

— Ivy League. Uma faculdade de elite — Strack continua. — Mirando alto, você não acha, Brad?

— Brooks — eu a corrijo em voz baixa.

Mirando alto? Eu estou mirando na estratosfera. No ano passado, Columbia recebeu 33.531 inscrições e aceitou 2.311. É uma chance de aceitação de 6,89%. Sete em cem. É bem, bem alto, atrás apenas de Stanford, Harvard, Princeton e Yale. Mas, apesar de assustadores, os números só contam parte da história. Porque não são 33.531 zé ninguéns se inscrevendo, são 33.531 superambiciosos. Os oradores da turma, presidentes de classe, vencedores em tudo, a prole de zilionários, de celebridades, de ex-alunos famosos, os meninos que inventaram um app incrível em seus quartos. Mas, como eu disse, se é para morrer, que seja com estilo.

— Columbia — Strack suspira.

Sim, Columbia. Porque fica perto, na cidade que eu amo. Mas, principalmente, porque diferente das Quatro Grandes, Columbia pode possivelmente, de verdade, ser viável para mim.

— Há várias instituições excelentes além das mais famosas — Strack diz, e é o que eu espero que ela diga.

— É o que eu sempre digo pra ele — Charlie se intromete. — Quem precisa de um diploma de alguma escola chique de merda? Você pode ter uma ótima instrução em qualquer lugar. — Eu o olho com raiva. Charlie se remexe com cara de inocente. — Além do mais, eu não tenho a grana.

— Columbia é muito cara, Brad — Strack diz, como se eu precisasse ser lembrado disso. O valor é uns quarenta e sete mil. Por um ano, não quatro, sem contar alojamento e comida.

— Acho que se eu morar em casa e continuar trabalhando meio período, eu dou conta. Já tenho quase três mil dólares guardados. Quer dizer, sei que não é muito, mas devo conseguir algum tipo de ajuda financeira...

— Com suas notas e histórico — Strack informa, me dizendo o que eu já sei —, você tem na mão uma bolsa integral na Rutgers.

— Exatamente. Foi o que eu disse — Charlie se mete de novo. — Rutgers. Uma instituição de ensino superior perfeitamente adequada!

Eu sei para onde ele está indo com isso. Para onde ele sempre vai com isso. Eu lanço um olhar de aviso.

— Quer dizer, eu fui pra Harvard — o Babaca declara. — Me serviu de muita coisa!

— Você foi pra Harvard? — Strack fica chocada com o desperdício sem sentido disso, como qualquer pessoa normal ficaria.

Harvard. Não se passa um dia sem que ele mencione isso pelo menos umas cinquenta vezes.

— Srta. Strack — eu insisto, desesperado para me manter no assunto. — Tudo que eu quero saber é se tenho alguma chance na Columbia. E se eu tenho, você vai me dar uma recomendação?

— Sua média está no lugar certo, Brad — Strack diz, analisando de novo meu arquivo. — Suas atividades extracurriculares são um pouco exóticas e bastante suspeitas, mas abundantes.

— Brooks — eu a corrijo de novo, me remexendo nervoso no sofá. Agora vem a parte da análise que eu temia de verdade.

— Co-capitão do time de esgrima do Colégio Pritchard? — ela pergunta retoricamente. — Nos vinte e três anos que estou aqui, nunca nem soube que tínhamos um time de esgrima.

O time de esgrima do Colégio Pritchard consiste em Murf e eu. Nossos floretes são cabides. Sem roupas acolchoadas ou capacetes para nós. É risco total, sem regras, sem constrições. Uma ótima atividade extracurricular. Recomendo fortemente. Principalmente porque, como sou uns vinte quilos mais pesado, acabo com ele toda vez.

— É novo — eu digo em voz baixa.

— Presidente da Associação Greco-Romana do Colégio Pritchard?

A Associação Greco-Romana do Colégio Pritchard também é composta por apenas Murf e eu. Outra das minhas muitas inovações, uma desculpa esfarrapada para bebermos enrolados em lençóis como se fossem togas. Até agora tivemos uma reunião.

— Também nova — eu insisto.

— Secretário-geral na Sociedade de Percussão Étnica do Colégio Pritchard?

Charlie estoura de rir, confirmando que está definitivamente chapado. Eu dou uma cotovelada nele.

— Secretário-geral? — ela repete.

Eu faço uma careta culpada ao lembrar de mim e do Murf perto do Reservatório, nós dois totalmente doidos, descabelados, batucando como selvagens em baldes de plástico gigantescos que pegamos uma noite em uma caçamba. Provavelmente foi forçar a barra, mas achei que valia tentar.

— Eu sugiro que você tente de novo com algo um pouco menos criativo — Strack diz secamente, mas não sem alguma gentileza.

— Ei, eu tenho uma — Charlie solta. — Grande Pumba da Sociedade da Flatulência.

Ele gargalha, completamente satisfeito consigo mesmo. Nem Strack nem eu achamos graça. Dando outra olhada nele, ela continua seu resumo da minha vida medíocre.

— Infelizmente, sua nota no SAT, por mais que seja excelente no geral, está no piso do aceitável para Columbia. Especialmente a parte verbal.

Verbal. Eu estremeço ao ouvir o nome do meu temido arqui-inimigo. Meu coração acelera. Sinto o aperto familiar na boca do estômago.

— Eu vou fazer a prova de novo! — eu guincho.

— De novo? — ela repete, olhando minhas diversas notas.

— De novo de novo.

— De novo de novo? — Ela arqueia uma sobrancelha, cética.

— Bom, de novo de novo de novo — admito, derretendo.

Enquanto isso, Charlie segue rindo de sua piada ruim que ele acha que só ele entende, por ter ido para Harvard.

Deixei uma Impressão Inesquecível, só não a que eu esperava. Strack olha para Charlie, medindo minha situação lastimável. Eu sei que ela tem pena de mim por ter um maconheiro acabado como Charlie como pai. Por mais degradante e deprimente que isso seja, aceito o que tenho. Eu olho para ela, desesperado.

— Columbia, Brad? — Ela suspira mais uma vez, fechando meu arquivo e dando minha entrevista por terminada. — Acho que você não entende exatamente o que está querendo. No ano passado, a Universidade da Califórnia, em Santa Cruz, rejeitou sessenta e três inscritos com notas acima de vinte e dois mil. E isso, Brad, numa faculdade cujo mascote é Sammy, a lesma.

Eu engulo em seco. Isso é uma notícia perturbadora.

— É Brooks — digo com firmeza. — Se você vai acabar comigo, pelo menos acerte meu nome.

Ela me olha demoradamente, então reabre minha ficha e pega a caneta para anotar coisas.

— Alguma minoria na família? Esquimós, samoanos, caribenhos...

Dou de ombros, olhando para Charlie, que continua rindo sozinho.

— Não que eu saiba — respondo relutante, mas com honestidade.

— Viagens para o exterior? Parentes ricos? Uma história de triunfo sobre a adversidade?

— Só derrotas — concluo, sombrio.

— Deficiências físicas? Dificuldades de aprendizado? Defeitos congênitos?

— Meu dedo indicador do pé é maior que o dedão! — eu declaro, esperançoso.

Ela baixa a caneta e esfrega as têmporas.

— Por que tem que sempre ser Ivy League? — ela pergunta para o teto. — Por quê?

Então, subitamente, ela entra em ação. Dando um valor numérico para cada aspecto da minha inscrição, ela soca as teclas de uma antiga calculadora com a destreza e habilidade de uma contadora maluca no auge da época de impostos. Ninguém conhece a fórmula dela, só se sabe que é um algoritmo de tal complexidade e segredo que um investidor de ponta ficaria orgulhoso. E ela nunca erra. Se ela diz que você está fora, está fora. Strack é tipo o Oráculo de Delfos do Colégio Pritchard.

Finalmente, ela chega à minha soma. Um longo momento. Eu me preparo para a Dose Fria de Realidade.

— Suba setenta e cinco pontos na sua prova verbal e arrase na redação e talvez, só talvez, você possa estar no páreo — ela finalmente concede. — Mas eu não ficaria muito esperançoso.

Desviado

Estou no sétimo céu. Distribuindo *high-fives*. Socando mesas. Pois caminho nos portões da Grandeza. Normalmente, nesse ponto do dia, minha falta de sono se manifesta e eu me arrasto pelos cantos em um semicoma. Mas, depois da minha conversa minimamente encorajadora com Strack, minhas sinapses estão em chamas. Estou revitalizado, fortificado, correndo com energia e propósito renovados.

Eu posso estar no páreo! O.k., só se de alguma forma miraculosa eu subir setenta e cinco pontos nas verbais e escrever uma redação arrasadora. Mas, neste momento, escolho ignorar esses pequenos detalhes. Por mais longe que eu esteja, ainda estou no campo das possibilidades. Sim, eu sei que Strack disse só talvez. Eu sei que não devo ter muitas esperanças, mas não consigo evitar. Elas já se empilharam.

Meus pensamentos vão para a tarefa mais fácil. A redação. Vamos ser sinceros, no nível **augusto** – adjetivo, *que merece respeito, reverência; venerável* – de Columbia, todo mundo e mais um pouco tem as notas, as recomendações, as atividades extracurriculares. Sobram os contatos, que é o que mais me falta. O que torna arrasar na redação ainda mais crucial.

— Setecentas e cinquenta palavras, ou menos, de pura profundidade — eu explico para Murf, que, é claro, como vai para a escola técnica, não precisa escrever uma única sílaba. — Setecentas e cinquenta palavras ou menos pra me separar da manada. Pra expressar uma incrível profundidade e uma sensibilidade extraordinária, mas sem me achar muito. A redação deve estar imbuída de otimismo juvenil, mas sem autoimportância. Única, mas sem ser muito extravagante. Não quero assustá-los, deixá-los pensando que sou algum tipo de maluco. Estou te dizendo, Murf, estou caminhando em uma linha tênue.

— Picles, cebolas, azeitonas — Murf diz, sem me ouvir.

Eu volto à órbita. Estou no trabalho. Vestindo um chapéu fédora gigantesco e suspensórios idiotas. Murf e eu formamos uma linha de montagem de duas pessoas atrás do balcão na Metralhadora. O conceito do lugar, se é que você pode chamar assim, é gângsteres e melindrosas. Metralhadoras, metro, sanduíches de metro. Pegou? Original, não?

Aparentemente, o proprietário – que ninguém nunca viu –, é um grande fã de *O poderoso chefão*. Bom, quem não é? De qualquer forma, o Metra deveria ser o primeiro de uma franquia próspera, mas na verdade é um solitário que não vai durar muito neste mundo. Mas, por enquanto, é o único lugar no centro da cidade aberto depois das seis, então tem algum movimento.

— Mostarda? Maionese? — Murf grunhe.

— Eu disse muito de tudo, idiota! — sibila o cliente, um skatista de dez anos de idade que, sem ter ofendido o suficiente, estoura sua bola de chiclete bem na nossa cara.

Murf começa a se debruçar sobre o balcão para acertar o babaquinha, mas eu o seguro.

— Eu não acredito que deixei você me arrastar pra esse buraco como eu deixo você me arrastar pra tudo! — ele rosna.

— Eu nunca te arrastei pra nada — protesto fracamente, embora eu sempre o tenha arrastado, continue arrastando e continuarei a arrastar.

Nosso adorado gerente do turno da noite, Pat Wilson, o sobrinho moralmente defeituoso do dono, recém-saído da cadeia pela terceira vez, se inclina para trás na cadeira em seu cubículo. Ninguém sabe o que ele faz lá, só que ele sempre está lá. Ninguém quer saber.

— Ei, calem as matracas! — comanda Sua Alteza. — Vocês estão cortando o clima!

— Me chupa, Pat! — é a resposta que Murf julga ideal.

Pat some de vista de novo, seus deveres executivos terminados por hoje.

—Ah, é, e o que você diz do Clube de Esgrima? — Murf diz enquanto servimos uma porção de tudo.

— Só estava tentando ampliar seus horizontes.

— É, bom, eu ainda tenho roxos.

Pela janela da frente, vejo a BMW velha novinha de Burdette surgindo na esquina. O treino deve ter terminado. Burdette e o resto do ataque saem do carro com jaquetas do uniforme, gritando e abraçando uns aos outros.

— É sexta-feira à noite — Murf diz, sem notá-los. — A gente deveria estar ampliando nossos horizontes dando uns pegas ou pelo menos chapados tentando dar uns pegas. Mas não, não você. Você entrou para o convento!

Burdette e seus três colegas imbecis entram em fila pela porta, cada um maior e mais forte que o anterior. Apenas no nosso passatempo nacional a glutonice é tão admirada.

— Ei, saco de merda, duplo de almôndegas pra todo mundo! — grita a grande bola de banha conhecida como Cartelli enquanto ele se junta aos outros na mesa. A cadeira literalmente bambeia sob seu peso.

— Almôndegas, vou mostrar as almôndegas pra ele — Murf diz, agarrando um punhado para bombardeá-los. Eu e ele temos uma história longa e humilhante com os atacantes.

— EI, QUE TAL UNS GUARDANAPOS AQUI, HEIN?! — Burdette berra.

— Usa a sua manga, babaca — Murf rosna de volta para ele.

— Aproveita e limpa a mesa, Murphy. Esse lugar é um chiqueiro!

De fato, este lugar é um chiqueiro. É imundo. Tem louça em todas as mesas, o chão precisa ser varrido, os lixos esvaziados. Sob a inspiradora não supervisão de Pat, Murf e eu encaramos como uma questão de princípios trabalhar o mínimo possível.

Enquanto eu tiro Murf do caminho para pegar os guardanapos, um pano e a bandeja, não consigo deixar de ouvir o que eles acham ser uma conversa.

— A garota é dispensada e, de repente, eu preciso achar um substituto — Burdette diz, jogando latas de refrigerante da geladeira para seus parceiros.

— Desiste, Burdette. — Cartelli ri — Ninguém vai levar a fracassada da sua prima de Havendale Hills no baile de amanhã.

Cartelli deve saber bastante sobre fracassados. Além de ser bizarramente rotundo, o cara já repetiu dois anos. Do jeito que anda, ele vai ser o primeiro aluno de ensino médio a poder beber legalmente em todo o estado de Nova Jersey.

— Pelo menos dá uma olhada no Facebook dela — Burdette implora para Flanagan, outro mastodonte. — Talvez você possa se dar bem com alguma amiga gata depois.

Eles erguem os braços como senhores do castelo enquanto eu tiro as coisas e limpo a mesa como um **vassalo** – substantivo, *escravo, servo*. Não sendo atleta, eu tenho pouco, se é que algum, status. Como alguém que precisa bater ponto para ter gasolina no carro e um plano de celular razoavelmente decente, tenho menos que zero. Eu e meus semelhantes não existimos para eles.

— Sem chance — Flanagan diz, sacudindo sua Coca e a abrindo. — Eu tenho uma reputação a manter.

Ele espirra Coca-Cola para todo lado. Quanta educação. Espumando, vou pegar um esfregão.

— Bom, alguém tem que fazer isso — Burdette geme. — Ela não vai comigo, e meu velho não larga do meu pé.

Eu retorno com o balde de rodinhas. Eles erguem os pés enquanto esfrego em volta deles.

— Minha tia está fazendo um grande drama. Dana está no último ano e comprou um vestido e elas já mandaram arrumar ou alguma coisa assim. — Burdette faz uma careta grotesca de sofrimento. — Blá. Blá. Blá. E ela nunca foi antes…

— E nunca vai! — Cartelli ri, peidando alto para dar ênfase.

Eles gargalham. Eu não sei por quê, mas eles estão realmente me irritando. Ei, não quero nenhuma medalha, nem que alguém instale uma estátua em minha homenagem nem nada assim, mas crueldade, especialmente deliberada, sempre me irrita. Especialmente crueldade contra uma pessoa que não está aqui para se defender. Especialmente alguém que é uma garota. Especialmente da parte de um bando de bestas gigantes. É tudo que eu odeio ao mesmo tempo.

— Uma maldita noite. — Burdette se vira para o último deste quarteto horroroso. — Vamos lá, Butnik, eu te pago cinquenta dólares.

— Eu não faria por cinquenta mil — declara Butnik, no centro do palco, cento e trinta e seis quilos de meleca babona, quase um sub-humano. Pensar que nem Butnik quer levar a prima de Burdette ao baile é o auge da diversão para os outros. Eles se sacodem com uma alegria cruel. Por alguma razão, estou entrando em curto-circuito. Estou chegando perto de explodir.

— Eu levo — solto antes de perceber o que estou dizendo. De repente, as risadas param. De repente, eu tenho a completa atenção de mais de meia tonelada de sebo. Burdette reconhece minha existência pela primeira vez.

— O que você disse, Rattigan? — ele pergunta, incrédulo.

— Eu disse que levo sua prima no baile amanhã, Burdette. — De novo, juro por Deus, as palavras saem antes de eu notar.

Cartelli acha isso hilário e se dobra de rir. Flanagan e Butnik se juntam a ele.

— Cala a merda da boca! — Burdette dá um soco forte em Cartelli, que dá um tapa em Flanagan, que dá um mata-leão em Butnik. Burdette reajusta a pança para me encarar.

— Você leva? — Ele dá um grande sorriso. Ele aceita qualquer um. Até eu, o que meio que me incomoda. — Sem zoeira?

— E não vai te custar um centavo — eu anuncio com grandiosidade. Quer dizer, eu não aceitaria o dinheiro de Burdette mesmo se ele apontasse um canhão para a minha cabeça.

— Fechado! — Burdette prontamente fecha o negócio, esmagando os ossos da minha mão com seu punho de aço e deixando claro as graves consequências físicas caso eu não cumpra o combinado. Isso tudo acontece em um piscar de olhos. Murf, finalmente aparecendo com os guardanapos, bem quando eu não preciso mais deles, observa chocado meu pacto com o demônio.

— Você ficou louco? — ele pergunta, horrorizado. — Você não pode levar a prima do Burdette ao baile! Olha o Burdette!

Eu olho para Burdette. Então fecho os olhos para inibir a imagem mental de uma versão feminina dele.

— É, Rattigan. — Burdette está exultante. — Ela é um verdadeiro dragão.

Mais tarde, enquanto apagamos as luzes e fechamos tudo, Murf ainda está em estado de choque. Eu também estou, mas não vou deixar ele saber disso. Eu repito mais uma vez o que a esse ponto é um monólogo de três horas composto por uma lista de racionalizações.

— E daí se eu fiz uma boa ação para alguém? — eu filosofo. — Talvez eu ganhe uma refeição. Não seria ruim.

Murf, bebendo uma Guinness gelada do estoque particular de Pat, continua extremamente desconfiado.

— É, Brooks, mas é a prima do Burdette.

Se ele disser isso mais uma vez, vou esganá-lo. Eu sei que é a maldita prima do maldito Burdette. E daí se ela é prima do Burdette? Isso não quer necessariamente dizer que ela parece com o Burdette, embora os dois tenham a mesma genética. De alguma forma, mantenho minha fachada nobre.

— De qualquer forma, eu me senti mal por ela — digo, puxando a grade da frente da loja e trancando a entrada.

— Verdade. Ela é prima do Burdette. — Murf traga as últimas cinzas de um baseado. A erva o deixou contemplativo. — Não deve ser fácil.

A Fera está estacionada no final da rua. Nós caminhamos pelo frio da noite em direção a ela.

— O que aconteceu com o treinamento? — Murf pergunta, esfregando a lataria. — Com a vida limpa? Foco total?

— Uma noite não vai me tirar da linha — digo despreocupado, embora pudesse matar por um gole ou um tapa em alguma coisa, de preferência os dois, agora que a possível repercussão da minha impulsividade finalmente ficou clara.

Eu me sento atrás do volante, me inclino e abro a porta envelhecida e barulhenta do lado do passageiro. Murf desliza para dentro, puxando outra cerveja surrupiada do bolso da jaqueta.

— Além do mais, eu sempre quis dar uma olhada em Havendale Hills — acrescento. — Vai ser bom sair de Pritchard, pra variar.

— Qual o problema com Pritchard? — ele diz, dando um gole.

São dez da noite e nós somos as únicas duas pessoas no centro de Pritchard entrando no único carro na rua. Murf é um caso perdido. Eu nem sei por onde começar. Então, eu nem começo.

Quantidade desconhecida

O tempo está estranhamente quente, o sol laranja se pondo sobre o centro de Jersey, e a estrada Garden State Parkway está milagrosamente livre na direção norte quando pego o caminho para Havendale Hills. Eu tenho um tanque cheio de gasolina, e estou acelerando desimpedido para fora de Pritchard e vou dizer, eu me sinto ótimo. Eu deveria colocar Bruce no volume máximo ou estar curtindo as batidas saborosas de Clarence para orquestrar este momento. Em vez disso, estou ouvindo outra fita com exercícios para o SAT.

Isso mesmo, fita tipo cassete. A Fera, querida e mimada como é, é mais velha do que o advento dos CDs, imagine MP3. Então improvisar eu devo. Comprei essas fitas por uma mixaria no eBay. Elas são dos anos 1970, mas imagino que o vocabulário obscuro formado por palavras de muitas sílabas e significados simples nunca sai de moda para aqueles piadistas de Princeton.

— *Lúgubre* — a voz sombria anuncia —, *adjetivo, que é sinal de ou que inspira uma grande tristeza.*

O cara da fita não poderia ser mais lúgubre. Ele parece alguém em um funeral. O meu.

— *Frase exemplo* — o sr. Personalidade prossegue. — *Só porque estou um pouco desanimado hoje, não quer dizer que esteja com um humor lúgubre.*

Então outra voz se junta à conversa. Uma voz animada. Uma voz de garota gata.

— *Em quinze metros, vire à direita na próxima saída.* — É o Google Maps no meu iPhone.

— Jesus — eu xingo. — Que tal avisar antes?!

Com raiva, sou obrigado a cortar com tudo as três pistas e quase sou esmagado por um caminhão. Mas pego a saída – uma que nunca peguei.

Embora Havendale Hills fique a apenas uns cinquenta quilômetros de Pritchard, eu nunca estive lá. Mas sei algumas coisas a respeito. O CEP 07078 é um dos mais chiques, se não o mais chique, em todo o estado de Nova Jersey. Seu shopping é colossal, com todas as grandes marcas. Estamos falando de Saks, Neiman's, Barney's. Nenhuma lojinha familiar triste no 07078. Não com uma renda familiar média para lá de duzentos paus.

Eu deslizo por bulevares amplos e limpos. Estou em uma terra estrangeira, um lugar encantado livre de preocupações e aflições. Uma terra de pessoas magras, de dentes perfeitos e sem glúten. Eu admiro as quadras de quintais bem-cuidados, os carros de luxo brilhando na frente, as casas reluzentes com o tamanho de pequenos hotéis. São como palácios para mim. Pelo menos deveriam ser, tendo um custo médio de vários milhões.

— *Catastrófico* — a fita entoa. Eu engulo em seco, me sentindo oprimido por tudo. O que estou fazendo aqui? No que eu fui me meter? — *Adjetivo. Relativo à catástrofe, que não tem solução; irremediável, terminal, apocalíptico.*

Eu desligo a fita antes que ela possa continuar.

— *Você chegou ao seu destino* — meu iPhone anuncia.

Eu paro na frente do que só posso descrever como uma cidade murada. Isso é um tipo de riqueza muito além da minha limitada experiência, além da imaginação.

— Frase exemplo — murmuro para mim mesmo. — Brooks tem o pressentimento ruim de que sua noite será catastrófica.

Mas agora estou longe demais para desistir. Vou até o sólido portão de titânio, construído para resistir a um cerco de uma turba justificadamente enraivecida, baixo minha janela, me inclino para fora e aperto o botão do interfone em um painel de segurança high-tech. Um olho eletrônico se abre, gira e me olha feio.

— *Por favor, identifique-se* — uma voz mecânica comanda.

— Hum, é Brooks Rattigan — eu gaguejo —, o substituto.

Sem dizer outra palavra, o portão magicamente se abre, revelando Versalhes enfiado em dois mil metros quadrados. Quatro andares, torres e sacadas e todo tipo de coisas esquisitas. Não funciona, não em Jersey, mas a grandeza monumental e o excesso da coisa toda ainda é impressionante. Meu humilde Electra engasga pela entrada grandiosa, ainda que curta, enquanto um homem de meia-idade vestindo um terno corre, mirando uma câmera digital elaborada, de nível profissional, na minha direção. O tio de Burdette.

— Obrigado por vir! — ele exclama, tentando lembrar meu nome.

— Brooks — eu digo.

— Brooks! — ele repete, animado e sincero. Segurando minha mão em um aperto de aço, ele praticamente me ergue para fora do carro, mexendo com o visor da câmera o tempo todo.

A tia de Burdette vem estalando os saltos altos por trás das pedras importadas da varanda. Atraente, embora bem no limite de ter feito cirurgias plásticas demais e se tornar grotesca, ela se joga em cima de mim, me abraçando efusiva.

— Você é um anjo! — ela diz, exultante. — Um anjo do céu!

Ela é seguida por não um, mas dois pares de avós radiantes. Eles me cercam como se não houvesse amanhã, o que para eles acho que é meio verdade.

Dizer que estou surpreso com minha recepção seria um eufemismo. Eu não sei o que estava esperando – leve decepção, tolerância relutante, talvez –, mas com certeza não estava esperando isso. Estou chocado e estranhamente grato. Pois não apenas sou reconhecido, aceito e bem-vindo, como sou abraçado, levando tapinhas nas costas e apertões na bochecha – várias vezes. Eu sou apreciado, quase idolatrado. É como se eu fosse uma jovem **deidade** – substantivo, *ser supremo* – para eles.

Eles praticamente me carregam nos ombros para dentro do castelo, ou melhor, minimansão. A entrada cavernosa é também pomposa demais e não bem do meu gosto, mas ainda impressionante. O que deve ser a irmãzinha da prima de Burdette, boca com aparelho e marias-chiquinhas, pula, animada.

— Dana, *ele* está aqui! *Ele* está aqui! — ela grita, dando risadinhas.

A tia de Burdette me dá um *corsage* chique do tamanho de um pequeno arbusto.

— Isso é pra ela — ela diz, feliz. Uma avó saca uma escovinha e começa a ajustar alguns fios soltos na minha cabeça.

A outra me dá instruções com a seriedade daquele cara em *Missão impossível* que ninguém nunca vê.

— Nós fizemos reservas no restaurante favorito da Dana. O Giuseppe prometeu atendimento especial pra vocês...

— Nada é bom o suficiente pra nossa princesa! — os avôs declaram em coro, então olham feio um para o outro.

— A Dana tem namorado! A Dana tem namorado! — a irmãzinha da prima de Burdette grita, saltitando em torno de mim como doida.

— Fica quieta, Ariel! — ambos os pais e pares de avós gritam ao mesmo tempo.

Enquanto isso, eu só fico parado ali, sem dizer nada, rindo como o bobo da corte. É quando dou a primeira olhada na minha companhia para esta noite. Descendo tímida a escada abaixo de um lustre de cristal, ela entra como se fizesse parte de um velho musical da Disney. Toda reluzente, toda arrumada – unhas, cabelo, rosto. Ela é uma obra de arte em si mesma, o produto cuidadosamente fabricado por um longo período no salão. Suas vestes – é a única palavra possível – são um vestido elegante, um pouco ousado e claramente alta-costura. Nada de menina, bem adulto. Definitivamente não foi comprado pronto. Mega caro. Eu consigo entender por que a tia de Burdette surtou quando a garota levou um fora.

Ela para na minha frente para que eu possa admirar a imagem completa. A prima de Burdette não é nada mal. Um pouco nerd, talvez. O.k., não vou mentir: ela não é uma beldade de forma alguma, mas é mais do que aceitável. Como é aquela música? Ela não é uma miss, mas é o.k., e isso é o.k. para mim. Ou algo assim.

A prima de Burdette morde os lábios pintados de vermelho por alguma profissional, nervosa e incerta.

— Eu pareço uma idiota, né? — ela me pergunta.

Sete pares de olhos se viram para mim com expectativa. Eu sinto a pressão. Sinto como se uma palavra errada pudesse fazer minha cabeça ser cortada e exibida em uma lança.

— Não, você está ótima — eu digo, bastante aliviado. Porque a melhor parte é que, graças a Deus, a prima de Burdette não se parece em nada com Burdette.

Aparentemente eu disse a coisa certa. Porque a tia de Burdette começa a chorar. As duas avós secam os olhos com lenços. Os avôs apertam as mãos, se parabenizando mutuamente. O tio de Burdette, gravando digitalmente com uma das mãos, dá um tapa nas minhas costas (já doloridas) com a outra.

— Qual seu tamanho, Brooks? — ele pergunta, todo casual.

De repente, fico bem ciente de que sou o objeto de um exame coletivo que diagnosticou que estou consideravelmente aquém. Embora eu esteja usando minha melhor calça, meu único blazer, uma gravata e meu único par de sapatos de couro verdadeiro, dificilmente sou um Príncipe Encantado adequado para vossa preciosa majestade.

Quando percebo, estou no andar de cima, onde há closets Dele e Dela, cada um maior que meu quarto. Fileiras de ternos caros giram em araras automáticas. O desfile de abundância é vertiginoso. O tio de Burdette tem mais ou menos a mesma altura que eu e está admiravelmente em forma para sua idade. Com minha carga de aulas, rotina de estudos, emprego e consequente falta de exercício, estou um pouco fora de forma para a minha. O que nos torna iguais.

— Quarenta e dois. Acho que eu tenho um velho Armani desse tamanho — ele reflete.

Ele não consegue achar o Armani, mas agarra o que deve ser um terno de três mil dólares da Hugo Boss passando por nós. Enquanto me troco no gigantesco banheiro com mais coisas Dele e Dela, o material de qualidade veste meu corpo como uma luva de couro de vitelo. Ajeitando as abotoaduras francesas, eu quase não me reconheço no espelho de corpo inteiro com luz ajustável e controle remoto. Eu pareço o James Bond, sofisticado e tudo o mais. Então estou me sentindo bem elegante quando poso na sala com Dana – que prende uma flor na minha lapela – em frente a uma enorme lareira de pedra.

— O.k., agora dê o corsage a ela! — a tia de Burdette ordena como um diretor de uma peça off-*off*-Broadway. — Dana, fique reta!

Nós dois damos sorrisos largos para a posteridade. Trocamos de lugar. Mais fotos são tiradas. Só a família imediata. Só com a mãe e o pai. Um par de avós, depois o outro. Mulheres, homens. As configurações parecem infinitas. Então, para o *grand finale* – a foto de todos, com o tio de Burdette correndo para chegar no lugar antes da foto bater. Várias vezes, a câmera dispara seu flash.

Enquanto nos movemos como uma manada na direção da porta, o tio de Burdette me puxa de lado e discretamente enfia algo na minha mão. É um bolo grosso – e quero dizer *grosso* – de notas. Não de um e de cinco, mas de vinte e cinquenta.

— Quinhentos é suficiente? — ele sussurra como se fôssemos parceiros em uma conspiração ultrassecreta.

É de longe a maior quantidade de dinheiro que eu já vi de uma vez em toda minha vida. E a estou segurando com minhas mãos imundas de Pritchard.

— Mais do que suficiente, senhor — eu grasno.

Do lado de fora, a irmãzinha da prima de Burdette examina meu remendado e enferrujado Electra com uma curiosidade genuína.

— Ariel, não encosta! Está sujo! — a tia de Burdette briga com ela, puxando-a para trás.

— Na verdade, eu acabei de mandar lavar — murmuro, em tom de desculpas. Eu mandei mesmo. E encerar, inclusive. Da perspectiva de Rattigan, a Fera está em excelentes condições, nunca esteve melhor.

A tia de Burdette olha firme para o tio de Burdette. Ele se remexe e pigarreia, e então, sob o olhar fuzilante dela, cede.

— Brooks, por que vocês não pegam o Volvo? — ele oferece **magnanimamente** – advérbio, *que denota generosidade, bondade*.

Dana bate um pé de salto alto, emburrada.

— Papai, nós não vamos ao baile na van da mamãe! — Então ela se volta para mim, sorrindo. — Vamos, Brooks?

Eu não sei, um Volvo parece chique o suficiente para mim, mas a tia de Burdette lança outro olhar firme ao tio de Burdette. Ele caminha para trás como se tivesse apanhado. A expressão dele é de horror total. Você sabe, tipo "não, Deus, não, tudo menos isso". Porque, embora eu não saiba disso, a única opção que resta é...

— Brooks. — A tia de Burdette sorri para Dana com triunfo maternal. — Por que vocês não pegam a Lamborghini?

Dirigir um Aventador LP 700 Roadster é como montar um puro-sangue. Não que eu saiba como é montar um puro-sangue, mas se eu soubesse seria assim. O elegante design aerodinâmico corta o vento. O chassi de fibra de vidro abraça o asfalto bem de perto, suave, mas com tremenda força. Os freios hidráulicos duplos e o poderoso sistema de direção são exuberantes e divertidos, mas de resposta rápida, sensíveis ao menor toque. Eu troco a marcha como um piloto de Fórmula Um, testando todos os setecentos cavalos. Nós chicoteamos por curvas, aceleramos em subidas, mastigamos a estrada. O motor de precisão italiano lida sem esforço com tudo que jogo nele. Além do mais, *Party Till You Puke*, do Andrew W.K., toca no rádio satélite, saindo por — eu contei — doze caixas de som Dolby, e eu estou percebendo camadas de sutilezas e complexidades no trabalho dele que nunca imaginei possíveis. Minhas expectativas foram superadas. Isso é estilo. Isso é classe. Isso, meus amigos, é o que há.

O sistema de GPS de luxo nos leva até o milímetro exato do nosso destino e, devo dizer, com bastante antecedência nos avisos. Eu paro em um segundo em frente a um toldo de veludo vermelho. Um valet de uniforme abre a porta de Dana. Quando desço da cabine de comando, jogo a chave para ele, sorrindo de orelha a orelha.

Giuseppe cumpre sua promessa e nos dá um atendimento especial. Mesa de canto para dois, iluminada com velas e mínimo movimento em volta, além de vista para a fonte com pequenos cupidos e peixes cuspindo. Ele serve água com gás. Recomenda os especiais do dia. Primeiro, *insalata* de beterraba — salada de beterraba. *Muscoli pepali* de *antipasti*, os mariscos, "acabaram de sair do barco", ele confessa com um atraente toque de sotaque. Como prato de massa, ele sugere o *pappardelle cinghiale*, algum tipo de macarrão com *ragu* de javali selvagem, o que quer que isso seja. Como *carne e pesce*, o *filet di manzi*, ou filé mignon, bebê. Nós pedimos tudo. Quer dizer, quem sou eu para discutir?

— Então o Graham me manda mensagem na aula de cálculo dizendo que de repente ele precisa viajar... — Dana está me contando o contexto de por quê, exatamente, eu estou aqui.

— Que idiota — eu concordo. A mistura de beterrabas com nozes e gorgonzola é ousada, mas não ruim. Eu pego mais um pouco.

— Daí eu respondo para o babaca que já avisei todo mundo e minha mãe comprou um vestido e, que merda é essa?

— Os olhos maquiados dela se enchem de lágrimas com a lembrança de sua desgraça. — Mas eu sei o que aconteceu. Os amigos dele disseram que eu não era gostosa o suficiente, então Graham amarelou.

Olha, eu normalmente não sou muito de mariscos. Normalmente eu os acho pegajosos e fibrosos. Mas estes, cozidos em um delicado molho de vinho branco e alho, estou achando macios e saborosos. *Então é isso que fresco quer dizer*, eu percebo, maravilhado.

Giuseppe fica por perto, atento à nossa menor necessidade ou capricho.

— Mais pão, senhor? — ele pergunta.

— Com certeza, meu bom homem! Com certeza — eu respondo. O que posso dizer? Eu tenho um fraco por pão. E esse é o melhor que já tive o privilégio de provar.

— Esse tal de Graham é um bosta. E você *é* gostosa — eu consolo Dana. — Na verdade, se eu não fosse um cavalheiro e se esse não fosse nosso primeiro e único encontro, eu estaria dando em cima de você neste momento.

— Mesmo? — ela pergunta, tímida. — Você não está falando isso só pra ser legal?

— Você é definitivamente pra namorar — eu garanto a ela enquanto saboreio cada deliciosa mordida do meu bife perfeitamente grelhado. Qualquer filé é raro no menu da família Rattigan, ainda mais orgânico e de pasto. Quando tenho sorte, é carne moída cheia de químicos.

Dana ri e, quando eu levanto os olhos, as lágrimas desapareceram e ela está sorrindo. Ela está radiante. Ela está brilhando.

— Enfim, obrigada por isso. É importante para os meus meus pais, especialmente minha mãe.

— Sem problemas — eu digo. — O prazer é meu!

Outra cesta de pãozinhos chega. E eu te pergunto, tem como ser melhor que isso?

O restante da noite desce como os mariscos. Nós deslizamos com a Lambo até a escola de Dana, onde o baile acontece. Eles têm armários combinando. O ginásio, onde a ação acontece, parece um estádio da NBA comparado ao de Pritchard. Nada de bancos dobráveis, mas cadeiras de verdade e um sistema de vídeo high-tech. A pista está lotada e o DJ manda bem. Nós gastamos as calorias, dançando com a ótima trilha. Ela me ensina alguns passos e eu retribuo com alguns dos meus. Depois, nós seguimos para uma lanchonete para comer algo com a turma dela. Seus amigos são meio nerds, mas superinteligentes, interessantes de conversar e surpreendentemente de boa para um bando de garotos ricos. Antes que eu perceba, já é uma e quinze da manhã, e estou galantemente acompanhando Dana até a porta da casa dela.

— Qualquer um que te diga que não importa pra que faculdade você vai está mentindo. — Estou dissertando sobre meu novo assunto preferido. — Ou é alguém bem-sucedido que foi pra uma boa escola e está tentando fazer você se sentir melhor...

— Ou um perdedor que não foi — ela completa meu pensamento. — Racionalizando uma vida de decepção e mediocridade.

Precisamente. Dana, eu descobri, está se inscrevendo para admissão antecipada em Yale, refazendo seu SAT de novo de novo, embora não de novo de novo de novo, e eu a achei a mais agradável das companhias. Chegando na porta, nós paramos e nos olhamos desconfortáveis, sabendo que nossos caminhos vão se separar para sempre, nunca se cruzarão novamente.

— Aquele babaca do Graham não sabe o que perdeu — eu sussurro.

Os olhos de Dana brilham. Para ela, é o final perfeito do que acabou sendo uma noite perfeita. Eu tornei um sonho realidade. Cumpri as expectativas. O poder é intoxicante. De repente, a porta se abre pelo lado de dentro e a tia de Burdette coloca a cabeça para fora.

— E então, como foi? — ela guincha, quase fazendo nós dois morrermos do coração.

— Isso não importa. Como está a Lamborghini? — o tio de Burdette resmunga atrás dela.

Ambos esperam, ansiosos em seus roupões, estragando o que poderia ter sido um lindo momento.

— *Mãe* — Dana protesta, envergonhada.

— Nada de *mãe*! Quem estava lá e o que estavam vestindo? Me conta tudo! Conta! Conta!

A tia de Burdette segue Dana escada acima. É a última vez que eu a vejo. Fico sozinho com o tio de Burdette. Sem saber o que fazer, me viro para ir embora.

— Hum, Brooks... — ele diz.

— Senhor?

— O terno.

No andar de cima, vestindo apenas minhas cuecas, eu cuidadosamente penduro o Hugo Boss de volta no cabide neste imenso depósito que passa por closet. É como se eu fosse um personagem de *Cinderela*. Exceto que eu não sou o príncipe, sou a garota.

O tio de Burdette está bocejando na porta, ansioso para se deitar quando eu troto escada abaixo em minha própria, decadente, roupa de baile. Eu puxo um maço ainda grosso de dinheiro do bolso para devolver o troco dele.

— Hum, o jantar foi cento e cinquenta e três dólares com a gorjeta e mais oito do estacionamento...

— Fique com o resto, Brooks — ele diz, cansado demais para lidar com detalhes. — Você fez a noite da minha garota. Você mereceu.

Eu sento na minha abóbora na frente da casa, encarando os trezentos e doze dólares nas minhas patas. Sem exagero, meu coração está batendo como um solo do Keith Moon, minhas mãos tremendo. Eu levo uns bons cinco minutos antes de conseguir me recompor e dirigir para casa.

Uma preocupação crescente

— **Trezentos dólares? Você está me zoando!** — Murf diz quando eu conto tudo para ele no dia seguinte.
— Sem zoeira — declaro, ainda meio em choque. Nós estamos no banheiro masculino realizando nosso **indolente** – adjetivo, *que ou aquele que não se apura no que faz; descuidado, desleixado, negligente* – trabalho de limpar o chão grudento. Nós nem nos damos ao trabalho com as pias e privadas entupidas, você não quer saber delas. Vamos apenas dizer que as consideramos zona proibida. Em resumo, o banheiro masculino do Metra não é um lugar no qual você quer passar muito tempo, daí nossa extrema pressa.
— Trezentos dólares limpos — eu reporto, esfregando como louco. — Mais do que tiramos em um mês inteiro nos matando nesse buraco.
— Por uma noite ruim? — Murf diz. Ele tampa o nariz e a boca com a manga para proteger os pulmões do desinfetante industrial que está espalhando indiscriminadamente. Essa coisa é veneno puro, mas disfarça o fedor.

— Aí que tá, nem foi ruim. A Dana é o.k. Eu me diverti bastante, no geral — reflito. — Comida incrível em um lugar em que eu provavelmente nunca vou conseguir comer de novo. Música incrível de uma banda foda...
— E a Lamborghini! — Murf espirra depois de inspirar vapores tóxicos apesar de toda sua precaução. — Não se esqueça da Lambo!

Mantendo o contato físico ao mínimo possível, eu chuto a porta para que Murf possa fazer uma rápida retirada da câmara de horrores. Nós abandonamos o balde e o esfregão. Eu saio correndo atrás dele.

— Eu não entendo. Qual a pegadinha? — Murf protesta, respirando fundo quando chegamos na segurança do lado de fora.

Não tem pegadinha. Meu contato com o 1% já é história. Nunca vai acontecer novamente. Mas esse petisco me deixou faminto por mais.

Por que Columbia? Essas três palavras simples me confundem. Eu as encaro no meu notebook por mais de uma hora.

O Metra fecha aos domingos, outra decisão brilhante da gerência. Porque se o Metra abrisse aos domingos, seria o único lugar para comer na cidade. Dã. Mas eu fico feliz. Porque uso o Dia do Senhor para ficar em dia. E a cada semana eu tenho mais coisas para pôr em dia. Eu luto com trabalhos atrasados, um de inglês e outro de história, aguento horas de leituras tediosas de bioquímica, espanhol e cálculo. Então é quase meia-noite quando estou finalmente pronto para começar a lidar com minha inscrição para Columbia. No meu último semestre que conta, tenho uma carga acadêmica brutal, mas não tinha como evitar. Eu precisava desses pontos. Com minhas notas no limite, meu histórico é mais essencial do que nunca. Esfregando meus olhos embaçados, foco de volta na tela e na tarefa monumental à minha frente.

Por que Columbia? Essa é a primeira, e importantíssima, pergunta do meu questionário. Eu preciso de trezentos e cinquenta palavras e, embora esteja revirando meu cérebro há semanas a essa altura, não consigo pensar em uma que seja. Diferente da minha inscrição para Rutgers que levou uma hora, porque Rutgers não se importa com questões profundas e sem sentido. Por que Columbia? A resposta sincera? Pela Marca. Para ter um diploma da Ivy League, o bilhete dourado, o pedigree mágico que vai abrir todas as portas certas que, de outra forma, jamais se abrirão para mim. Pelos mesmos motivos egoístas de todo mundo. Porque eu quero fazer algo interessante e importante com a minha vida, ser tudo que posso ser se me derem uma chance. Mas eu não posso escrever a resposta sincera. Porque sucesso pessoal é grosseiro e rude para as sensibilidades delicadas do Comitê de Admissão. Mero ganho financeiro é algo muito abaixo deles, os guardiões da Boa Vida. Claro que eles são todos cheios da grana, os que podem perguntar sempre são. Não, eu preciso fingir que sou nobre e iluminado. Eu preciso professar que quero tornar o mundo um lugar melhor de alguma forma pequena, insignificante, mas simbólica. Nas palavras imortais de Strack, é uma merda.

Fervendo de indignação, digito furiosamente:

Por que Columbia? Por que Filet di Menzi? Por que Lamborghini? Por que Boss? Por quê, pelo amor, Johansson? Por que Columbia? Como se não fosse totalmente óbvio. Mas não, eles precisam que você diga, você precisa se ajoelhar e implorar. *Por que não Columbia, seus babacas sádicos e doentes? Porque é a melhor. Dã. Por que fazer uma merda de pergunta estúpida dessas?*

Então eu paro de digitar e deleto tudo freneticamente, retomando o autocontrole.

Isso, Brooks, aliene-os já no primeiro parágrafo da sua inscrição. **Alienar.** Verbo. *Irritar*...

HEY HO, LET'S GO!

Eu agarro meu celular antes de checar a tela, grato por qualquer interrupção.

— Castelo da dor do Igor. Igor falando.

Uma longa pausa com bastante barulho de fundo, então uma voz profunda e abafada responde:

— É o Rattigan?

É uma voz sinistra. Uma voz que faz arrepios subirem e descerem pela minha espinha. Uma voz que soa como alguém que trabalha com construção e pode pessoalmente me transformar em cimento, ou mandar alguém fazer isso. Eu engulo em seco. O passado finalmente me alcançou. Minha mente revisa quem eu posso ter ofendido recentemente. Estou perdido. É uma grande lista.

— Quem é? — eu pergunto, cauteloso.

— Brooks Rattigan? — a voz repete, soturna.

— Desculpa, mas acho que você ligou para o número errado. — Eu corro para desligar quando a voz grita.

— Não, não desligue! É Lou Frohnapfel! Eu trabalho com o Todd Burdette! Ele disse que eu deveria ligar!

Todd Burdette? Todd Burdette é o tio de Burdette. Eu paro. Por que o tio de Burdette diria a Lou Frohnapfel para me ligar? Então quase começo a rir quando percebo qual deve ser a resposta. Porque só pode ser...

— Deixe-me adivinhar — eu digo. — Você tem uma filha?
— Uma linda menina. — O tom de Lou fica consideravelmente mais caloroso. — Ótima aluna. Co-capitã do time de hockey de Passaic. Tem um baile esse fim de semana...
— Olha, sr. Frohnapfel, eu sinto muito... — Não acredito que isso está acontecendo de novo.
— Sylvie nunca foi a um baile e ela quer muito e ninguém a chamou...
— Eu adoraria ajudar, mas não posso. Eu trabalho nos fins de semana à noite. — Além do mais, penso comigo mesmo, diferente de Havendale Hills, Passaic não é um território novo para mim. Eu já fui a Passaic. E não é muito diferente de Pritchard.
— Eu te pago cinquenta dólares.
Cinquenta dólares? Meu orgulho, que eu não sabia que tinha, está ferido de verdade.
— Eu sou o gerente assistente nas noites de fim de semana — majestosamente informo a ele —, e já tirei um sábado de folga.
— O.k., setenta e cinco! Minha esposa não me deixa em paz!
Setenta e cinco. Frohnapfel nem está no jogo.
— Se eu pedir outro, serei demitido. — Essa conversa acabou para mim.
— Cem!
Reviro os olhos. Meus pelos se arrepiam. Quer dizer, eu não vou aceitar, mas não vou aceitar por muito mais que uma mísera nota de cem. Eu me sinto obrigado a esclarecer as coisas.
— Para sua informação, sr. Frohnapfel, no sábado passado eu lucrei quase trezentos.

— Trezentos! — Frohnapfel grita. — O Burdette me disse duzentos, seu rato!

Fico indignado. O filho da puta está tentando me desvalorizar.

— Duzentos e cinquenta — eu digo, só para que ele saiba com quem está lidando. — É pegar ou largar.

— O.k., o.k., eu pego! — Frohnapfel guincha.

Duzentos e cinquenta. Duzentos e cinquenta é dinheiro de verdade. Eu encaro a tela do meu notebook. As palavras que passaram a definir minha vida. "Por quê?"e a resposta estrondosa: "Columbia"! Duzentos e cinqueta a mais me permitem largar a monotonia torturante do Metra e me compram o tempo e a energia que eu tanto preciso para melhorar minhas verbais em cruciais setenta e cinco pontos. Duzentos e cinquenta a mais e vale a pena arriscar meu trabalho. E, como Murf notou, qual a pegadinha?

Eu me inclino para trás na cadeira e coloco os pés na mesa. Em um instante, nossos papéis se inverteram. Estou na cadeira do motorista e ele é a mula puxando o carrinho. Sei que não devia, mas não consigo me impedir de sorrir.

— Vou precisar alugar um terno. Não tenho um — digo relutante, ainda indeciso.

— E o terno! Feito? — ele rosna.

— E gasolina. — Eu sei que estou forçando a barra, usando minha vantagem de forma injusta, mas o prazer de ter um poder real uma vez na vida é tão grande que não consigo evitar.

— Gasolina? São só quarenta minutos! Estamos em Passaic!

Quarenta minutos sem trânsito, ele quer dizer, o que nunca é. Está mais para noventa minutos em um dia bom – só de ida.

— Meu carro bebe — eu digo. — A última vez acabou comigo. E os pedágios. Tudo isso pesa.
— Você está acabando comigo, garoto!
— Foi bom conversar com você, Lou. — sorrio. Eu tenho todas as cartas. Conto silenciosamente para mim mesmo. O que acontecer, aconteceu. Dou-lhe uma, dou-lhe duas, dou-lhe...
— Certo! Certo! — o antes poderoso Frohnapfel choraminga. — Duzentos e cinquenta mais o terno, gasolina e custos. Satisfeito, seu sanguessuga?
Estou.

Bom, amigos, daqui é meio que uma bola de neve. No trabalho no dia seguinte, quando Pat ameaça me demitir se eu tirar mais uma noite de sábado de folga, experimento a suprema satisfação de mandá-lo se ferrar e me demito. Estou bem com isso porque, eu penso, onde há um Frohnapfel, deve haver mais. Pastos ainda mais verdes, imagino. Substituir, eu decido, será minha nova vocação temporária. Murf, nem preciso dizer, não é muito compreensivo.
— Você sabe que ficou completamente doido, né? — ele pergunta enquanto solta uma enorme nuvem, me oferecendo o bong. Eu passo, puxando minha jaqueta no ar gelado da noite.
— E daí se eu realizo alguns sonhos femininos e embolso uns ducados ao mesmo tempo? — questiono, só pela discussão. — Ninguém sai ferido.
Nós flutuamos lado a lado nos balanços da Escola Fundamental onde um dia estudamos juntos. Nós nos conhecemos desde esse tempo. Desde esses **idílicos** – adjetivo, *tran-*

quilos, felizes – dias, os balanços são nosso lugar preferido para relaxar e **ruminar** – verbo, *contemplar o lugar que se ocupa no mundo*.

— Mas é como ser um gigolô! — Murf declara.

— Gigolôs fazem sexo, cara. Eu abri mão disso, lembra?

— Fico um pouco irritado. — Eles estão me pagando pra passar o tempo com suas queridinhas, não pegar elas. Eu tenho princípios, sabe.

— Desde quando?

Eu sorrio. Meu amigo me conhece bem demais.

— Eu preciso disso, Murf. Se eu não precisar passar um terço do meu tempo acordado batendo ponto, posso ficar em dia com as aulas, o que quer dizer que posso trabalhar na minha inscrição e melhorar minhas notas.

— Você é um homem doente, Rattigan. Um homem muito doente. — Murf sacode a cabeça gravemente.

— E com esse tipo de dinheiro eu posso pagar o Farkus.

— Farkus? — Só o som da palavra já o repele. — O que é isso, algum tipo de esteroide cerebral proibido?

— Quase. Um tutor para o SAT — eu explico. — O Farkus sabe todos os truques, armadilhas, atalhos, caminhos, regras. Não apenas os nerds do Clube de Ciência, mas os doidos do teatro morrem por ele. Além do mais, com duzentos e cinquenta mais custos, eu posso acabar guardando um bom dinheiro para a universidade.

— Cara — Murf começa —, o último ano só acontece uma vez, ele está passando rápido e você está desperdiçando.

— O.k., eu vou perder algumas festas — admito, ranzinza.

— Algumas festas? — Murf contesta. — Que tal todas?

— Eu estou investindo no meu futuro — digo na defensiva. — E se você tomasse jeito, estaria pensando nisso também.

Mas, como sempre, Murf não está ouvindo. Ele só sacode a cabeça.

— Gina Agostini, cara — ele diz, sofrendo. — Gi-na A-gos-ti-niiii.

Gina Agostini. Banco de trás no escuro, quarto de trás ainda mais no escuro. Por um segundo, um formigamento doce toma conta de mim. A promessa de noites e manhãs cheias de paixão que corro o risco de perder. Mas, no fim, eu não vacilo. Porque estou me aproximando em velocidade supersônica de uma encruzilhada, talvez a maior da minha vida. E como o grande yogi Berra aconselha, eu vou com tudo.

Murf e eu olhamos um para o outro. Pela primeira vez, um cisma está se formando entre nós. E nós dois sentimos.

— Então você vai me abandonar sozinho naquele inferno? — ele resmunga. Diferente de mim, Murf não pode apenas sair. Ele precisa do dinheiro para pagar as contas, e o Metra, por pior que seja, é um dos poucos lugares oferecendo emprego com pagamento em Pritchard.

— Vou te visitar sempre que der — prometo. Eu me sinto culpado. Murf vai ficar perdido sem mim no Metra, mas tempos desesperados exigem medidas desesperadas. De alguma forma, eu decido, vou compensá-lo.

Vou te poupar dos detalhes com Sylvie. Vamos apenas dizer que, para ser a filha de Lou Frohnapfel, ela é incrivelmente atraente. E se você conhecesse Lou, entenderia o que quero dizer. E a casa dos Frohnapfel. Tem alguma coisa de templo egípcio, mas no meio de Passaic. Taí uma combinação. Sylvie está radiante em seu novo vestido quando eu habilmente prendo o corsage nela. Eu poso para as fotos de sempre, com o clã completo – e quero dizer *completo* – dos Frohnapfel. Então lá vamos nós no Lexus LS 460 de Lou. Falta a pompa e a aceleração da Lambo, mas fico genuinamente impressionado pela ergonomia. Esses designers japoneses prestam muita atenção aos detalhes.

Meus horizontes culinários continuam a se expandir. Eu acho tanto o *chateaubriand* quanto a conversa de Sylvie fascinantes. O objetivo dela é Cornell. Ela estuda na escola católica, então o baile termina bem cedo, tipo às dez. Nós paramos para um hambúrguer com os amigos dela e, antes que eu me dê conta, o Lexus está em casa às onze. A mãe de Sylvie seca as lágrimas, Lou fica com os olhos marejados e me dá uma nota extra de cinquenta. Nós nos abraçamos de verdade. Eu peço a Lou para fazer divulgação. Lou diz que vai ver o que pode fazer.

Na segunda-feira de manhã, recebo duas ligações, uma de Montclair, outra de Piscataway, para o mesmo sábado. De repente, tenho dois magnatas na chamada em espera competindo em um leilão com incrementos de cinco dólares pelos meus serviços. Em minha defesa, eu me sinto compelido por honra a aceitar a primeira oferta. Não posso ser muito ganancioso. Não quero ficar com uma reputação ruim quando o negócio mal abriu. Na terça, eu recebo mais três pedidos para o sábado seguinte. Na quarta, já estou recusando trabalhos. Vou provar um terno na Bissell's Menswear, que compro parcelado e penso que posso cobrar como taxa extra.

Alana Schmitz tem um belo sorriso e um leve problema com acne, mas nada que não vá melhorar com o tempo e a medicação certa. Tendo nos conhecido dois minutos atrás, nós ainda assim posamos de braços dados em frente a uma enorme lareira esculpida, como se estivéssemos juntos há anos. Ela vai tentar a admissão antecipada de Brown, quer ser atriz e sabe de cor as falas de todos os filmes já feitos. Eu sei disso porque tento fazê-la errar, mas não consigo. O pai dela tem um Jaguar F-Type. Estamos falando de um V-8 superpotente, velocidade máxima bem acima de trezentos quilômetros por hora. Esse bebê parece uma bala. Sinto que minha fidelidade à Lambo foi duramente testada. Nós jantamos sushi. Primeira vez para mim, mas definitivamente não a última. Curti o gosto de mar. Chegamos para o grande baile, então passamos um tempo com seus superemotivos e meio excêntricos (mas de um jeito bom) amigos do teatro, cantando canções folk esquisitas em volta da fogueira de alguém. Quando soam as doze badaladas é hora de voltar para o castelo, onde pais efusivos me idolatram. Rotina. *Verdinhas!* Eu tiro duzentos e oitenta.

No meu quarto sábado, todas as lareiras parecem iguais. Brianna Karp usa um vestido bege com frente única e um aparelho que deveria ter sido tirado ano passado. A sra. Karp praticamente me sufoca em seu farto abraço. Ela é divorciada e não há um sr. Karp, então sou obrigado a me virar com uma Land Rover que parece um tanque de guerra se comparada às minhas experiências anteriores com transportes de luxo. É, eu sei – os sacrifícios que fazemos, certo? Nós comemos yakitori. Mais uma primeira vez, mas não última, para mim. Amei toda a coisa dos espetos. Bri-Bri é um estouro, com um senso de humor doente e um *moonwalk* ainda mais doido. Ela quer ir para a Swarthmore. *Verdinhas!* Mais duzentos e setenta e cinco no porquinho.

Quando Charlie pergunta qual é a do terno – e eu fico chocado por ele ter notado –, digo que consegui um trabalho novo em um bufê chique. Ele não suspeita de nada. Enquanto isso, meu telefone continua tocando. E por que não continuaria? Minhas avaliações são excelentes. Me permita uma pequena amostra:

Valeu, Brooks, você fez desse o dia mais feliz da minha vida!, Sylvie Frohnapfel, Passaic

Deus te abençoe, Brooks Rattigan!, Marjorie (mãe da Brianna) Karp, West Orange

Brooks Rattigan trata uma garota da forma como ela quer ser tratada, mesmo que seja só por uma noite, Alana Schmitz, Montclair

Tão educado!, tia de Burdette, Havendale Hills

Discreto, tio de Burdette, Havendale Hills

Responsável, Jack (pai de Alana) Schmitz, Montclair

Respeitoso, Joanne (mãe de Alana) Schmitz

Ótimo ouvinte!, Dana Burdette

Um verdadeiro humanitário!, Lou Frohnapfel

E ele é um ótimo dançarino!, Bri-Bri Karp

Como é aquela música? É preciso manter o cliente satisfeito. Bom, eu mantenho e, ao mesmo tempo, estou vivendo a vida dos sonhos. Todo mundo está feliz. É fácil demais. E então vem a fatídica ligação de Lieberman. Mas estou me antecipando.

Porque é quase 13 de outubro e o Momento Fatal se aproxima...

Combate final

Falta menos de uma semana para o SAT e, enquanto os últimos e preciosos minutos se vão, eu fico cada vez mais irritado e em pânico. Apesar das minhas infinitas horas de esforço mental, minhas verbais não sobem nos simulados, mas caem, e toda essa abstinência das coisas que fazem a vida valer a pena está me deixando a ponto de explodir. Eu estou engolindo Red Bull como se fosse água, tomando longos banhos frios para me manter alerta. Mas sei que tudo vai se resumir a Farkus.

Ele é caro. Tipo muito, muito caro. Farkus cobra uma hora que advogados de Wall Street invejariam. Tipo trezentos e vinte e cinco a hora. Eu separei quinhentos, o que me dá uns noventa minutos. Lily Gunkel disse que é mais que suficiente, e a nota dela subiu duzentos pontos. Depois de apenas uma sessão com Farkus, a de Phil Chen subiu quase trezentos. O cara, todos me garantem, é um gigante da arte, um gênio, um revolucionário. E você não pode discutir com resultados. Mesmo assim, fico apreensivo, porque nunca consigo saber os detalhes do que exatamente torna Farkus tão fantástico.

Eu ando de um lado para o outro. Já se passaram três minutos e, quando você está sendo cobrado por minuto, cada um deles conta. Espio o lado de fora pela persiana e noto um novíssimo Porsche Boxter GTS vermelho-cereja, preço inicial de pelo menos setenta paus sem extras, parar na calçada em frente ao meu fuleiro prédio de apartamentos. Um poste bloqueia minha visão, então não consigo ver quem sai dali, mas ouço passos lentos e sérios cruzando o pátio e subindo os três lances de escada. Eles parecem demorar uma eternidade. O suspense está me matando. Estou no meu próprio filme de terror.

Finalmente, há uma batida no portão. Eu me levanto em um salto, abro com tudo e olho para fora. E não vejo nada, porque Farkus tem tipo uns sessenta centímetros de altura. Não sessenta centímetros literalmente, mas ele é baixo. Um metro e meio, talvez uns cinco centímetros a mais. Talvez.

— Sou o Farkus — ele diz com um sinistro sotaque do leste europeu que não consigo identificar direito. O cara tem uns vinte anos, óculos fundo de garrafa, já está careca e usa muito ouro. Correntes, anel no mindinho, várias argolas nas orelhas. E está usando um terno estranho de veludo.

— Que buraco. — Ele entra passando por mim e faz uma grande demonstração de nojo. Um geek com poder demais. Só na subcultura bizarra da preparação clandestina para provas um nanico desses pode se tornar um garanhão. Em circunstâncias normais, eu poderia limpar o chão com a bunda esnobe dele. Mas essas não são circunstâncias normais e eu sou a cadelinha dele. Ele tira o pó de uma cadeira antes de sentar.

— Eu achei que estava no lugar errado — ele diz, condescendente. — Farkus está acostumado com uma clientela bem mais seleta.

— Meu dinheiro vale o mesmo que o de todo mundo — eu digo, nervoso demais, enquanto me sento.

— Então passa pra cá, camarada — ele instrui, curvando um dedo minúsculo.

— Primeiro me mostra o seu — eu digo, retomando o controle.

— Ah, você não confia no Farkus? Você quer checar as credenciais do Farkus? — Com desdém, ele abre uma pasta e tira dali um pequeno retângulo de papel dentro de um plástico transparente, que ele casualmente joga na mesa de centro. — Claro, *no problemo*.

Eu pego a folha. É o resultado oficial das notas pessoais do próprio Farkus. E não consigo acreditar no que estou vendo. Pois estou segurando o Santo Graal em minhas mãos tristes e trêmulas. Oito triplo. Três vezes oitocentos. O famoso triângulo da perfeição. Estou segurando o que estava convencido de que só existia em lendas. Dois mil e quatrocentos. De verdade. Farkus, diminuto e insuportável como é, conhece o Jogo de dentro para fora. Nem preciso dizer que estou convencido. Eu pago meu salário do pecado rapidamente, quase feliz. Estou tão chocado que teria pagado seis vezes isso. Só depois de Farkus levar um minuto inteiro contando meu suado maço de dinheiro como se fosse um gângster, ele se **digna** – verbo, *condescender* – a notar minha presença de novo.

Nós vamos logo ao assunto. Primeiro ele insiste em uma revisão dos básicos. Quatro lápis número dois apontados até parecerem adagas, apontador elétrico, sais. Sais? Encorajador.

— Conheça sua calculadora — ele me ensina, erguendo uma. — Ela pode ser sua melhor amiga ou pior inimiga. — Pilhas extras — ele continua. — Alcalinas.

Custando cinco dólares, quarenta e dois centavos o minuto, estou bastante decepcionado pelo nível de ensinamentos, mas por enquanto guardo isso para mim. Então, ele passa para como lidar com a ansiedade da prova. Nós murmuramos juntos:

— É só uma prova! É só uma prova! Eu consigo! Eu consigo!

Então ele demonstra uma série de exercícios de relaxamento que você pode fazer sentado.

— Aperta essa bunda! — ele ordena da cadeira ao lado da minha, bebendo um galão de Gatorade, mas sem me oferecer nenhum gole. — Faça-a queimar!

Finalmente, depois de mais uns quatro minutos disso, nós seguimos para como manter o espírito competitivo. Ele pega uma lousa branca. Escreve a palavra SEXO com uma caneta, então a corta de forma enfática.

— Nada! Por pelo menos setenta e duas horas!

Faz semanas que eu não faço nada, e mesmo assim estou bem à frente de Farkus (nesse quesito, pelo menos), mas levanto a mão. Mesmo que essa seja a sala de um aluno, ele não me notaria sem isso.

— Isso inclui... — eu pergunto, curioso.

— Especialmente isso! — ele diz como uma trovoada. — Masque chicletes! Faça corridas longas!

Pelo menos cem dólares já foram, e o Napoleão Bonaparte aqui ainda não me contou nada que eu já não soubesse. Eu não aguento mais.

— Ei, quando a gente chega na parte boa?

Ele me fuzila com o olhar. Eu não levantei a mão. Eu a levanto.

— Olha, essas são todas ótimas informações, mas você poderia acelerar um pouco?

— Espertinho, hein? — ele dispara de volta para mim. — Acha que sabe de tudo?

— Na verdade — respondo —, estou bem ciente das minhas limitações, e é por isso que eu gostaria de seguir em frente para algo mais crítico como interpretação de texto, na qual eu sou péssimo.

Mas Farkus não pode ser conquistado. Farkus tem seu método e Farkus vai se ater a ele não importa o que aconteça, esse maldito.

— Nós chegamos ao período das perguntas e respostas — Farkus diz. — Você está cheio de perguntas. Vá em frente, espertinho. Me pergunte o que quiser.

Eu realmente acho que deveríamos estar praticando silogismos, mas decido ir na dele. Eu ergo a mão de novo.

— E o Padrão Árvore de Natal?

O Padrão Árvore de Natal, para aqueles que não conhecem teorias da conspiração obscuras, é a maior lenda urbana do ensino médio. Sei que é ridícula, mas existem esses rumores que flutuam por aí, e dizem que o Departamento de Testes Educacionais é algum tipo de sociedade secreta diabólica, tipo o Google ou os Shriners. Algumas pessoas ficam paranoicas pensando que esses testes são parte de uma trama nefasta para controlar o planeta. Algumas pessoas – não eu, veja bem – estão convencidas de que as respostas estão em algum tipo de código da DTE. Um padrão de letras que se repetem e formam alguma piada interna doente da DTE ou algum símbolo esotérico. Totalmente impossível, certo?

Farkus me olha com irritação.

— Ano passado eu ouvi que era a letra de *Thong Song*, do Sisqó. — Dou um riso vazio, um pouco envergonhado de ter feito uma pergunta tão ridícula.

— Ano passado foi a progressão de acordes em *In-A-Gadda-Da-Vida* do Iron Butterfly, idiota — ele responde com desdém. — Você quer falar sério, vamos falar sério.

Os próximos setenta e três minutos e meio são os mais longos da minha vida.

Eu vou para sempre tremer de medo e horror com a terrível memória do número vinte e três da seção quatro. Eu estou afundando em leitura rápida, meu maior adversário, confrontando oito questões baseadas em cinco parágrafos tirados de um livro sobre ciência do sono. Eu sei, eu sei. Ciência do sono? Quem inventa esses tópicos? É como se a prova fosse desenhada para induzir um estado vegetativo.

Essa era a minha questão: *Qual das seguintes, se verdadeira, subverteria efetivamente a "definição simples?"*.

Bom, para começar, eu não tenho a menor ideia de qual é a pergunta. Não há nenhuma "definição simples", ou qualquer coisa simples na densa selva verbal que acabei de cruzar e, além do mais, não entendo o que eles querem dizer com "subverteria". Eu sou comida de verme.

Para constar, aqui vão minhas escolhas:
A. *Todas as pessoas dormem.*
B. *Algumas pessoas precisam de longos períodos de sono.*
C. *Algumas pessoas não precisam de longos períodos de sono.*
D. *Algumas pessoas dormem apenas quando estão cansadas.*
E. *Algumas pessoas dormem mesmo quando não estão cansadas.*

Eu não conseguiria inventar essa merda nem se eu tentasse. Quer dizer, isso é uma pergunta de verdade. Eu encaro, eu reflito. Minhas cinco alternativas se misturam. Eu pisco para me manter acordado. Toda essa menção a sono me fez ter vontade de virar para o lado e tirar uma soneca superlonga.

Os segundos passam implacáveis no cronômetro erguido de Farkus.

— Não somos tão espertos agora, somos, amiguinho? — ele provoca.

— E? — arrisco, indo com o que eu sei.

Farkus sorri. Ele estava esperando por esse momento, esperando para tripudiar. Ele abre a pasta e pega uma grossa régua de quarenta e cinco centímetros que ergue com a mão. Eu olho para ele, aflito. Há um certo brilho nos olhos dele e uma destreza nas suas mãos que me perturba.

— Pense — ele sibila. — Essa é fácil.

Talvez seja para o senhor dois mil e quatrocentos, mas não para os meros mortais como o senhor novecentos e oitenta e cinco – e isso só no meu melhor. Eu reexamino o texto. Depois de um tempo de deliberação, faço minha escolha.

— C — anuncio com convicção.

No segundo seguinte, minhas orelhas estão latejando e eu vejo estrelas. Farkus me bateu na cabeça com a régua.

— Ei, você me bateu! — eu guincho. — Doeu!

Ele me bate de novo, cuidadosamente mirando em um lugar que não vai deixar marcas. A dor é aguda e torturante. Para um cara pequeno, ele com certeza dá uma boa reguada. Eu me levanto em um salto e corro para o outro lado da mesa. Ele me persegue.

— São seus SATs, filhinho. Quando aquelas colunas de letras estiverem te encarando, mamãe e papai não podem te tirar dessa.

Eu não sei o que é mais traumático – o fato de que um tampinha desequilibrado está me perseguindo com uma régua de quarenta e cinco centímetros ou a ideia de que estou pagando por isso.

— PENSE! — Ele grita com a cara vermelha, veias saltando. Ele ataca. Usando minha experiência de esgrima, eu desvio. Temo pela minha vida. Estou mais do que aterrorizado. Esse, eu subitamente percebo, é o segredo por trás do sucesso de Farkus, a razão para ele levar essa grana. Farkus é um assassino de aluguel, pago para fazer o que bons pais não têm coragem de fazer eles mesmos com as flores de estufa que são seus filhos. Isto é, colocar algum bom senso na cabeça deles.

— B! — eu guincho como um leitão. — Algumas pessoas precisam de longos períodos de sono!

Em um instante, a calma é restaurada. Farkus guarda sua espada e se senta de volta.

— Sempre busque o paradoxo — ele diz.

Um paradoxo. Claro. É tão óbvio. Voluntariamente, ainda que trêmulo, volto para minha cadeira. Porque de repente eu descobri a lógica de todas as coisas e estou experimentando uma clareza suprema através das ondas de dor e sensações de pontada. Meu foco, pela primeira vez na vida, é absoluto e total.

Pelo resto do nosso curto tempo juntos, a régua de quarenta e cinco centímetros fica ao alcance de Farkus. Sob a ameaça de dano corporal, dou conta de tudo que ele joga para mim – estrutura de frases, construção de frases, contagem de tempo na minha leitura de passagens – cuspindo respostas certas como uma máquina bem-lubrificada.

— Varrer é para a vassoura como cortar é para a tesoura. Um atlas tem muitos mapas. Um livro tem muitas páginas!

— repito como uma foca treinada. Farkus me domou, me cavalgou, quebrou minha alma, esmagou meu frágil ego, explodiu todos os traços da minha antiga personalidade. Eu estou na gaiola dele. E estou amando. Se ele quisesse, eu rolaria e lamberia a mão dele.

— O QUE VOCÊ VAI FAZER NO SÁBADO? — meu senhor e mestre pergunta.

— DESTRUIR! — eu grito. Sou todo dele. Nós somos um.

— NÃO ESTOU SENTINDO! — Farkus rosna.

— DESTRUIR! DESTRUIR! DESTRUIRRRRRR!

Uns dois segundos depois que Farkus se vai, eu desmonto como um enforcado, mentalmente, fisicamente e espiritualmente exausto. Eu encalho como uma baleia, inspirando e expirando, esperando que a adrenalina, testosterona e dor diminuam. Minhas mãos caem mortas na direção do chão e sinto a ponta de alguma coisa aparecendo por baixo do sofá. Um livro – grande – de algum tipo. Curioso, eu o ergo. É um álbum de fotos, que eu sei que Charlie normalmente mantém em uma caixa embolorada embaixo da cama naquele lixão que é o quarto dele. Acho que ele deve ter dado uma olhada. De qualquer forma, faz anos desde que eu o vi pela última vez.

Eu abro a capa gasta que está quase soltando da espiral velha. Examino as fotos desbotadas cuidadosamente coladas dentro. Vejo um Charlie supermagro com a cabeça cheia de cabelos e costeletas longas e ridículas, com a vida toda à sua frente. Eu o vejo acampando na praia, esquiando em montanhas, fazendo trilhas. Ambicioso, competente, motivado. Eu o vejo rindo de orelha a orelha com um monte de colegas igualmente magros e cabeludos em suas becas de formatura em Harvard Yard, transbordando de uma confiança suprema e expectativas monstruosas. Harvard! Você tem ideia do quão difícil é entrar em Harvard? É impossível, mesmo naquela época. Talvez ainda mais difícil porque naquela época eles aceitavam bem mais herdeiros e gente rica e bem-conectada de internatos chiques. O tipo certo de pessoas, sabe? Para entrar em Harvard saindo de uma escola pública no centro de Nova Jersey, você teria que ser simplesmente brilhante, extraordinário, uma superestrela de verdade. E Charlie fez isso, por mais inacreditável que seja. Mas aí está, a cores, na minha frente. A prova.

Então uma outra figura, nova e estonteante, entra nas fotos. Minha mãe, cabelo escuro e olhos azuis, como eu, mas pequena e delicada. Eles se conheceram quando ele estava no último ano e ela no segundo ano da Simmons College, uma pequena escola de artes para mulheres bem ao lado de Harvard, em Cambridge. Ela era uma dançarina de algum tipo, embora obviamente não muito bem-sucedida, porque sempre que eu pesquiso por ela na internet, não acho nada. Quando eu era criança e perguntava para onde ela tinha ido, tudo que Charlie dizia era que ela tinha ficado louca, ou tido problemas, ou voltado para um hábito sobre o qual ele não queria falar. Por tanto tempo que eu meio que parei de perguntar.

Mas aqui estão eles, senhor e senhora, juntos, radiantemente felizes. Bronzeados e em forma, ele de bermudas, ela de biquíni, braços dados, na proa de um veleiro sob o sol dos trópicos. Na decadente Atlantic City, ostentando alegres suas vitórias – dez centavos. Aninhados, recebendo o novo ano na Times Square, esmagados um contra o outro, se beijando.

Eu imagino uma existência paralela para mim. Uma em que tudo não é tão difícil, ou melhor, nada difícil. Nada muito grandioso ou elaborado. Dois pais estáveis e bem-ajustados que se preocupam de fato com meu bem-estar. Uma casa mais ou menos espaçosa em um subúrbio bem-cuidado, carros novos para dirigir quando quisesse, férias no exterior. Como os Beach Boys perguntaram uma vez, *Wouldn't it be nice?*.

Então eu ouço o som de uma chave na porta. Charlie, chegando do que ele chama de emprego. Fecho o álbum correndo, o enfio de volta embaixo do sofá, ligo a TV e finjo só estar ali. Ele entra, curvado, sacudindo a chuva que deve ter acabado de começar. Está usando sua capa de chuva velha e gasta, remendada com fita adesiva nos dois cotovelos. Por que ele não compra uma nova? Até ele tem dinheiro para uma nova.

Charlie me nota olhando para ele.

— O quê? — pergunta. Ele está em seu estado barbado, desleixado e desconjuntado de sempre. Desarrumado, mas não como quem manda um recado, não do tipo deliberadamente relaxado, desencanado. É mais de um jeito sujo e descuidado, quase como um morador de rua.

Como isso — ele — ficou assim? Eles tinham tanta coisa. Beleza, cérebro, talento, um ao outro. É o grande mistério da minha existência. O Grande Imperguntável, o Provável Irrespondível.

— Crystal Palace — Charlie diz, largando um saco de comida gordurosa no balcão. — Comprei um pouco daquele frango Kung Pou que você tanto gosta.

— Kung Pao — eu corrijo, ríspido demais. — Eu disse Kung Pou uma vez quando tinha tipo uns três anos e você nunca me deixou esquecer.

— Foi fofo. — Ele tenta sorrir.

— Talvez pra você, mas não pra mim — disparo de volta, repudiando a familiaridade. — E não, obrigado, estou evitando gordura.

Ele não pergunta o motivo, porque ele não se importa, ou não quer saber, ou ambos. Ele só começa a comer em pé, enfiando os palitos direto na caixa. Sem pratos, sem se sentar, ou qualquer conversa fiada, muito obrigado, por favor.

Eu me levanto, exausto, e ainda um pouco tonto do meu encontro com Farkus.

— Meu SAT é no sábado — eu o informo com pressa, embora não saiba por que me dou ao trabalho.

Ele para de mastigar por um segundo, mas não ergue os olhos.

— Hum — Charlie resmunga, então continua a comer.

Sem *boa sorte* ou *vai, garoto*, muito menos um *como posso ajudar?* Mas o que eu esperava?

No sábado de manhã, eu já estou energizado de novo, pronto para briga. Tão energizado, na verdade, que mal dormi à noite. Então, quando meu despertador finalmente tocou às cinco e quarenta e cinco, eu já estava superacordado e pilhado. Faço meu alongamento, tomo banho, me forço a tomar um café da manhã saudável, arrumo minhas armas de batalha, tudo isso enquanto repito suavemente meu mantra:

— DESTRUIR! DESTRUIR! DESTRUIR!

Não perco tempo com cartões de revisão e dispenso as fitas. A essa altura, é tarde demais. Se eu não estiver pronto agora, nunca estarei. Para o bem ou para o mal, minha sorte está lançada. No caminho para a escola, enquanto vigorosamente masco meu chiclete, eu luto para me manter otimista. Quarta vez, baby, quarta vez é a certa. Eu consigo, eu consigo. É só uma prova, só uma prova...

Até parece. É a Batalha Final do Rattigan.

Quando chego no Colégio Pritchard, já há uma longa e torta fila de garotos, todos vigorosamente mascando seus chicletes no clima tenso de credenciamento daquela manhã. A energia reprimida é palpável. Adolescentes hipercafeinados privados de sono e sexo estouram uns com os outros por nenhuma razão aparente.

— Para de empurrar! Presta atenção! Para de respirar em mim!

Nós nos enfileiramos como os clones que somos e passamos por mesas tripuladas de adultos sérios.

— Identidade e inscrição! Vamos lá! Mantenham a fila andando! — eles gritam.

A menina na minha frente está tendo um ataque.

— Você não tem carteira de motorista? — um cara com um crachá que diz "Menzer" pergunta a ela.

— Eu esqueci — ela choraminga.

Erro de principiante, penso com pena.

— Nenhuma identidade com foto? — o tal do Menzer pergunta, se importando menos que eu.

— Eu tenho a carteirinha da academia do meu pai — ela grunhe, chorando e tal. — Isso tem que servir pra alguma coisa!

— Próximo! — Menzer resmunga.

Ela é firmemente afastada, a primeira vítima das muitas armadilhas do preparo inadequado para a prova. De forma rápida e eficiente, eu mostro a documentação adequada e sou levado para dentro do santuário. Tento ignorar Tricia Prindle, que enrola nervosa na porta, inspirando e expirando, sendo massageada e incentivada como um boxeador peso-pesado pelos pais superprotetores.

— É só todo seu futuro... — a mãe de Tricia a acalma.

— Não importa o que aconteça, não fique tensa! — o pai dela avisa. — Porque essa é a última chance que você vai ter!

Pela primeira vez na vida, fico grato por ser basicamente órfão.

A cafeteria da escola, cenário de tantas guerras de comida e flertes, é agora como uma arena de gladiadores prontos para o combate cerebral. Do outro lado da câmara escura e cavernosa, os guerreiros se preparam para a batalha em suas respectivas carteiras. Eu também organizo meu equipamento na posição designada. Calculadora, pilhas alcalinas extras, cronômetro, quatro lápis número dois recém-apontados e um pé de coelho da sorte, que até agora não me ajudou em nada, mas ainda sou supersticioso demais para me livrar. O cara do meu lado esfrega um cristal. Uma menina faz o sinal da cruz. Outra está com as mãos juntas, rezando. Atrás de mim, um cara com ar esnobe que eu quero socar aponta seus lápis como um craque da sinuca passando giz em seu taco. Então, de repente, o cara com o cristal entra em pânico.

— Ah, meu Deus, eu não tenho lápis! — ele grita, remexendo a mochila e os bolsos. — Esqueci meus quatro lápis número dois!

Eu, junto com todo mundo, o ignoro. Então o pobre coitado se levanta, gritando em tom de necessidade, implorando para toda a sala.

— Ninguém vai me emprestar um lápis número dois?

Há literalmente centenas de nós com quatro ou mais lápis número dois e nenhum de nós vai abrir mão de nenhum deles. As coisas são duras por aqui. Embora eu empatize profundamente com o pedido, é um mundo cruel, amigo. Sobrevivência do mais forte, cara.

— Meu reino por um lápis número dois! — o cara geme, então começa a fungar como um bebê, ainda se recusando a sair. Ele está começando a me irritar de verdade. Eu jogo um lápis nele.

— Aqui! — eu rosno.

— Deus te abençoe, bom senhor! — Ele agarra a oferenda dada. — Eu não vou esquecer disso.

— Pelo amor de Deus, por favor, só cala a boca — eu digo. Com o canto do olho, eu noto o Cara Esnobe rodando braços e pernas, apertando a bunda, contando de trás para frente. Nós nem começamos e já estou ficando para trás! Meus exercícios de relaxamento! Rápido!

Eu e todos os outros babacas da sala estamos espremendo nossas bundas. Enquanto nossos pacotes oficiais numericamente designados são entregues, Strack – parecendo ainda mais desequilibrada do que o normal, já que é o auge da temporada de inscrições e ser uma monitora é a última coisa que ela precisa – lê um texto preparado com antecedência.

— Bem-vindos ao SAT — ela diz, robótica. — Essa é uma prova padronizada usada para admissão na maioria das universidades dos Estados Unidos e do resto do mundo.

Conte-me algo que eu não sei. Estou impaciente, inquieto, me coçando para começar logo, para acabar logo com isso.

— Essa prova não mede inteligência — Strack continua a recitar. — Não é um teste de Q.I. — Ela ri, cética. — Aham, claro.

Por algum motivo, não acho a atitude dela encorajadora.

— A prova só mede quão bem você vai na prova. Não é uma previsão do seu sucesso futuro — ela desdenha de novo e resmunga. — Quem eles acham que estão enganando?

Suspirando, ela ergue seu cronômetro oficial. Centenas de olhos jovens e ansiosos se fixam no dedo dela, flutuando logo acima do gatilho.

— Ah, que seja. — Ela aperta o botão. A corrida começou. O relógio está correndo. — Vocês têm vinte e cinco minutos.

Lápis número dois amarelos entram em ação sobre folhas de respostas automáticas. Eu rompo o selo do meu livro de perguntas, abro a primeira página da primeira seção e olho minha primeira questão. É uma seção de matemática, meu forte. Eu rapidamente calculo minha primeira resposta, mas quando vou preenchê-la, nada acontece, porque meu lápis está sem ponta. À minha volta, meus competidores voam por problemas como corredores profissionais. Eu jogo o instrumento defeituoso no chão e pego outro lápis. Agora eu só tenho dois extras. Fico abalado.

— Destruir! Destruir! Destruir! — Eu hiperventilo sozinho. — Eu consigo fazer isso, droga!

Ouço o ruído de centenas de dedos pressionando botões de calculadoras. O rumor suave do grafite contra o papel. O tique-taque incansável de um mar de relógios.

Eu acelero para compensar. Estou a pleno galope e na última questão quando a voz de Strack corta o silêncio como o machado de um carrasco.

— Acabou o tempo.

Eu vivo no limite, preenchendo meu círculo final um milissegundo depois de ela ter parado o cronômetro. Consegui bem no limite. Mas antes que eu tenha a chance de digerir minha conquista, o Teste de Aptidão Escolar prossegue.

— Por favor, abram a seção dois — Strack entoa. Ela clica o cronômetro. — Vocês têm vinte e cinco minutos.

A seção dois é verbal, leitura de passagem, meu grande inimigo. Pior ainda, a passagem é um poema. E é sobre flores. A batida do meu coração aumenta de volume e entra em câmera lenta. TUM-TUM-TUM. As palavras são como hieróglifos para mim. No meu cronômetro, a mão longa gira rapidamente, a pequena se move em socos. Um minuto inteiro se passou e eu ainda estou na primeira questão. Estou paralisado. É hora do desespero. Eu invoco Farkus e suas muito bem pagas palavras de sabedoria.

Em questões fáceis a resposta óbvia é a certa...

Eu preencho decidido a letra B para a primeira questão. Então ouço Farkus de novo.

Nas questões difíceis a resposta óbvia é uma armadilha.

Eu apressadamente apago B e preencho D, então apago isso também e coloco meu destino em E.

As próximas três horas e vinte minutos se passam como um borrão. Uma tempestade de textos densos, diagramas matemáticos complexos, estrutura de frase, equações, analogias e gráficos voa na minha direção como naves espaciais hostis.

Não há penalidade para respostas erradas nas questões abertas, Farkus aconselha com seu ar de Yoda. *Então, na dúvida, chute, chute, chute!*

Eu faço uma separação mental. Preencho A.

Respostas erradas podem acabar com sua pontuação em estrutura de frases, eu sou avisado. *O que quer que você faça, não chute!*

Eu apago D, preencho C, minha segunda resposta original. À minha volta, ouço um coro de páginas viradas. Os outros estão passando na frente. Eu engulo minha água mineral para me acalmar.

Nunca leia as instruções, é uma perda de tempo. Instruções nunca mudam...

Eu avanço, feliz.
Exceto na seção experimental.
Eu congelo.
Ninguém sabe qual seção é a experimental.
Eu recuo freneticamente. Em pânico, leio as instruções, preencho e repreencho os espaços. Cada vez mais rápido.
— Baixem os lápis — Strack entoa. — Acabou o tempo.
Ela clica o cronômetro com um golpe conclusivo. Eu olho em volta. O Cara do Cristal é o primeiro a se levantar e entregar sua folha de respostas, então ele sai saltitante com a merda do meu lápis. O Cara Esnobe sai logo atrás, sorrindo. Eu poderia assassinar os dois. Até mesmo a sempre gelatinosa Tricia Prindle parece segura e notavelmente controlada. Acabou. E eu não estou nem perto de ter terminado. Eu fecho meu caderno de perguntas, trêmulo. Uma carcaça vazia.
— Folha de respostas, por favor.
Strack arranca minhas últimas esperanças das minhas garras.

Quando eu cambaleio para fora, para a luz da normalidade, um bando de vagabundos adultos está passando o tempo perto de seus carros, lendo o caderno de esportes, jogando dados, fumando. Quando me veem, eles entram em ação, tomando sua posição perto das portas enquanto outros adolescentes pós-lavagem cerebral se arrastam atrás de mim. Nós somos atacados por panfletos.
— Especial no Centro de Aconselhamento da Faculdade Acme! — um vagabundo grita. — Em algum lugar há uma escola que você nunca ouviu falar e é perfeita pra você!

— Karen Richardson, psicóloga licenciada! — outra troveja. — Você pode ter dificuldades de aprendizado e nem sabe! — Extravase essa noite no McClellan's Bar e Grill! — mais um declara. — Kamikazes pela metade do preço! Em um estupor, eu abro caminho pela armadura virtual de indústrias que se alimentam dos processos de admissão. Há até um Hare Krishna dançando em círculos, batucando um tamborim, falando baboseiras. Por um minuto, penso em me juntar a ele.

Seis horas, cinco Buds e quatro bongs depois, ainda estou em estresse pós-traumático, anestesiado, encarando o espaço. Agora eu posso macular meu templo corporal. Porém, embora não me sejam mais negadas as magras compensações da existência do fim da adolescência, embora eu tenha jogado a abstinência pelos ares, embora eu até possa considerar novamente a remota possibilidade de sexo, não há consolo para mim.

— Eu estou bem confiante dessa vez — informo ao Murf pela milésima vez desde que ele chegou aqui. Nós estamos esmagados contra a geladeira, gritando um para o outro na cozinha lotada na festa de alguma garota que nenhum de nós dois conhece e cujos pais foram viajar. Murf, que acabou de sair do trabalho, ainda está usando o traje completo do Metra – fedora, colete listrado e camisa. — Quer dizer, eu queria ter tido mais tempo — admito. — Mas todo mundo se sente assim.

Murf não diz nada, só reabastece a tigela.

— Então, teve umas duas seções que eu não terminei. O.k., mais que duas. Mas as questões que respondi, eu definitivamente sabia a resposta. Exceto pelas respostas que chutei. No geral, estou confiante.

— Bom, você está me entediando até a morte. — Murf joga o cachimbo e o isqueiro para mim. — Eu vou atrás da Julie Hickey. Ela está com um decote inacreditável.

Ele me abandona, me deixando sozinho em uma multidão alegre.

— **Bombar**. Verbo — eu grasno engolindo mais uma cerveja. — Alcançar a ruína completa e total.

Eu poderia cancelar minha pontuação. Já fiz isso. Só que, dessa vez, eu não posso. Porque a melhor das minhas pontuações anteriores ainda está setenta e cinco pontos atrás da Terra Prometida. Preciso ficar com a nova, seja o que for. Nunca é fácil para mim. *Nunca*. Do nada, eu ameaço o teto com meu punho erguido.

— Eu fiz tudo certo! Tudo! — eu rujo. — Comi grupos alimentares corretos! Dormi com a minha calculadora. Apertei minha bunda até ela ficar roxa!

Eu paro, notando que estão me olhando estranho. Então, por trás do barulho, sinto os Ramones vibrando. Meu celular está tocando. Eu o tiro do bolso e atendo.

— Call center do suicídio. Charles Manson falando.

— Brooks, Harvey Lieberman, de Green Meadow, mais uma vez — diz uma voz tão suave que eu mal consigo ouvir.

Lieberman. O nome é vagamente familiar. Mas tenho tido muitas mensagens na caixa postal ultimamente. A voz murmura algo inaudível.

— Fala mais alto, cara! — eu mando, sofrendo para escutar.

Cubro uma orelha, me esforçando para ouvir. A voz do outro lado mal aumenta o volume.

— Eu espero não ter te pegado num momento ruim...

Eu acendo e trago o cachimbo que o Murf tão atenciosamente me deu.

— O que posso fazer por você, sr. Lieberman? — pergunto como se eu não soubesse.

— Na verdade é dr. Lieberman. E não é por mim. É pela minha filha, Celia.

— Uma garota maravilhosa — eu digo em um tom monótono, exalando uma absurda nuvem de fumaça.

— Tesoureira do clube de xadrez — ele recita o rol. — Capitã do time de debate. Medalha nacional de mérito...

— Mas o baile de inverno está chegando e ela nunca foi — eu corto. É tudo tão previsível.

Agora que a temporada do início de ano finalmente terminou, os bailes de inverno estão só começando. Eu estou praticamente lotado até novembro.

— A mãe dela acredita, e eu acredito fortemente, que é importante para o processo de amadurecimento natural de Celia não ficar de fora.

— Quando? — Eu sou um homem de negócios, nada interessado em teorias de desenvolvimento infantil, principalmente as sem sentido.

— Esse sábado? — ele diz, manso. Eu consigo sentir a careta dele. — Sei que está em cima da hora.

Para a sorte de Lieberman, eu tive um cancelamento repentino. Eu suspiro. Depois do meu último combate com essa prova, parece sem sentido prosseguir, mas prosseguir eu devo.

— Green Meadow? — digo. — Isso é em Nova York.

— Eu sei que é um pouco longe...

— Fora do estado tem taxa extra de vinte e cinco.

Saindo do Estado

Se Havendale Hills é um pouco exagerada, levemente brega e *nouveau riche*, a cidade de Green Meadow é refinada e de bom gosto, dinheiro antigo. Muito dinheiro antigo. Do tipo tão enorme que não só não ostenta, como prefere se esconder. Ajeitando as costeletas com meu confiável barbeador elétrico, eu deslizo com a Fera por lojinhas simpáticas e boutiques, acompanhadas aqui e ali por joalherias de superluxo. Há até uma peleteria, tipo uma loja que vende peles. Sabe, casacos de arminhos e carcaças secas de chinchilas. Eu sempre me perguntei quem raios usa essas coisas.

    Eu já tinha ouvido falar do Condado de Westchester, é claro, mas mesmo que fique a menos de uma hora de Pritchard, eu nunca tinha tido motivos para visitar. Eu admiro os acessórios brilhantes exibidos como tesouros atrás das vitrines e invejo os encantados habitantes dessa terra quase mítica livre de labuta e desconhecida da falta. Esse é um lugar de abundância, que não pensa em custos. Quando você não tem muito, tudo é sobre dinheiro. Mas não aqui em Green Meadow. Porque aqui em Green Meadow, todo mundo já tem tudo.

Eu passo por vários blocos bem-cuidados e cheios de casas imponentes, em lotes espaçosos e arborizados, monumentos à recompensa da extorsão, sejam eles adquiridos por iniciativa própria ou herdados. Fortalezas reluzentes, inacessíveis por trás dos portões de ferro fundido, imponentes e elegantes, parecendo infinitas.

Meu iPhone me guia por uma longa e sombreada alameda que leva ao que alguns chamariam de uma grande mistura arquitetônica, mas eu chamaria de uma grande zona arquitetônica. Vidro e aço e partes que parecem lixo e ângulos estranhos, tudo misturado, sabe? Eu saio, dou uma última olhada em mim mesmo no espelho lateral e caminho até a porta da frente. Quando vou tocar a campainha, ouço gritos e berros do lado de dentro. Eu não consigo identificar as palavras ou sobre o que se trata, mas parece ruim, muito ruim, ruim tipo um fim de temporada de *Breaking Bad*.

Apesar da potencial perda de dinheiro e distância considerável já atravessada, eu instantaneamente começo a pensar duas vezes. Se você pudesse ouvir o que estou ouvindo, também pensaria. Sons animais guturais, coisas quebrando, passos pesados por todo lado. Então, não tendo nenhum desejo em me tornar a estrela do meu próprio filme de assassinato, faço a coisa lógica e me viro para fugir. Infelizmente, meus instintos de sobrevivência são um segundo lentos demais.

A porta se abre e um apêndice que mais parece uma garra se lança para fora e agarra meu terno, que eu ainda vou levar mais sete prestações para pagar. Estou correndo no lugar. Se eu me mover, a lã semifina vai rasgar. Então eu paro. Fui pego.

— Graças a Deus — o dr. Harvey Lieberman diz, me encarando com óculos fundo de garrafa que deixam enormes seus olhos minúsculos. Harvey tem exatamente a aparência que eu achei que ele teria no telefone. Todo nervoso e ansioso, tipo um coelho apavorado porque a qualquer momento algo maior pode esmagá-lo, o que, nessa casa de loucos, talvez seja uma possibilidade real. — Nós achamos que você não ia chegar nunca.

Ele dá um sorriso fraco. Eu também. Embora eu tente estacionar meu peso, ele consegue me arrastar para dentro. Ele fecha e tranca a porta atrás de nós.

— Celia está muito animada.

— Sim — eu digo. Alguém com certeza está.

A casa é doida tanto pelo lado de dentro quanto por fora. Mobília geométrica na qual você não pode sentar. Grotescas máscaras tribais, estátuas da fertilidade e arte primitiva perturbadora no geral. Estranha — mas não de um jeito bom. Mas o lugar é imenso, isso eu tenho que admitir. A caverna Rattigan, em comparação, poderia caber inteira e com facilidade em qualquer um desses cômodos de pé-direito alto. Mas isso não é nenhuma surpresa, considerando com quem estou lidando. Segundo minha habitual e exaustiva pesquisa on-line, Harvey Lieberman é um neurocirurgião mundialmente famoso que trabalha em Manhattan. O tipo que opera atores idosos e ditadores depostos, às vezes os dois ao mesmo tempo, sabe? *Beaucoup* dinheiro.

— Eu só não entendo — uma mulher com cabelo despenteado diz, também usando óculos grossos, descendo pelas escadas, fazendo barulho com seus estranhos sapatos de madeira e vestindo algo parecido com um caftan. — Eu teria matado pra ir no meu baile de inverno.

Gayle Dross-Lieberman é uma professora de psicologia infantil na New School of Social Research. E pelo que eu rapidamente notei, considerada um pouco lelé — até mesmo para os padrões de lá. Sua grande descoberta? Depois do processo de desmame, leite materno pode ser usado com cereais ou chocolate quente. De verdade.

Os dois Liebermans posam alegres para mim como se a insanidade que acabei de ouvir fosse perfeitamente normal. Eu olho para eles, confuso. Sem dúvidas eles são um dos maiores, se não os maiores, nerds que eu já vi na vida. Não, a palavra nerd não faz justiça. Eles são bizarros.

— Celia — Gayle cantarola. — Seu galante cavalheiro a espera!

Nenhuma resposta lá de cima. Eu dou de ombros filosoficamente. O que vem fácil, vai fácil. Quando eu me movo em direção à porta, Gayle corre para se colocar entre eu e ela.

— Harvey, faça alguma coisa! — ela exige do marido.

— Eu preciso? — ele gane.

Ela o olha de um jeito que me dá arrepios. Havey dá de ombros.

— Celia, é o seu pai falando — ele grita para o andar de cima com autoridade. — Desça agora mesmo! Eu estou falando sério!

— COMA MERDA!

Gayle se vira para mim com um ar de desculpas.

— Ela só está um pouco nervosa.

Eu me sinto mal por Gayle. A essa altura, eu me sinto mal pela humanidade inteira. Eu só quero sair da linha de frente enquanto é tempo. Sair à francesa. E eu vou – assim que a sra. Lieberman me deixar ver alguma luz do sol para eu saber para onde correr.

— Harvey, querido, a imatura mente adolescente precisa de ajuda e empatia — ela diz e, como exemplo, grita para cima com uma voz melada. — Querida, papai e eu só queremos o melhor pra você.

Nenhuma erupção. Tanto eu quanto Harvey estamos impressionados. Gayle continua, triunfante agora que está ganhando.

— Que você construa memórias que nós nunca tivemos. Nós dois perdemos o baile de inverno quando estávamos no último ano.

— Eu não consegui que ninguém aceitasse — Harvey diz, seus olhos marejando com a memória dolorida.

— Eu não consegui que ninguém me chamasse — Gayle diz com pesar, obviamente ainda traumatizada por isso.

Olhando para eles, consigo entender por quê.

— Nós passamos a vida toda lamentando por não termos ido — Gayle continua, com doçura. — Eu jurei que minha filha iria. Eu jurei que se um dia eu tivesse uma filha, ela poderia se vestir com coisas bonitas e viver todas as coisas divertidas que eu nunca pude experimentar. — De repente, a máscara de altruísmo materno se quebra. — E eu não vou deixar que você me prive disso, droga!

— É SÓ UM BAILE IDIOTA DA ESCOLA! EU PAREÇO UMA RETARDADA! EU NÃO VOU! VOCÊ NÃO PODE ME FORÇAR!

Embora eu tenha chegado agora na disfunção familiar dos Lieberman, se eu fosse escolher um lado, o que não vou, eu estaria do lado de Celia. Não preciso nem vê-la para saber que deve ser difícil ser uma segunda chance ambulante para esses esquisitões que não fizeram nada divertido no ensino médio. E por bons motivos.

— COM DIFICULDADE DE DESENVOLVIMENTO! VOCÊ PARECE ALGUÉM COM DIFICULDADE DE DESENVOLVIMENTO! —

Gayle atira de volta, ajuda e empatia voando pela janela. — E SE VOCÊ NÃO DESCER ESSA BUNDA ATÉ AQUI NESSE INSTANTE, SEUS CARTÕES DE CRÉDITO VÃO SER CANCELADOS E VOCÊ VAI ESTAR DE CASTIGO PELO RESTO DA VIDA!!!
   Um longo e sombrio silêncio. Então, no andar de cima, uma porta se abre. Gayle sorri radiante para mim.
   — Vocês vão se divertir tanto. Eu sei que vão!
   Então é assim que Celia Lieberman faz sua grande entrada na minha vida. À primeira vista, ela é bem o que você esperava. Cabelo cheio de frizz como o de Gayle, estranha como Harvey, mas não sem seus atrativos físicos. Ela está usando uns óculos estranhos, mas tem bons traços e é o.k. – ou seria, se a maquiagem dela não estivesse escorrendo, borrada, e se ela não estivesse vestida no que só pode ser descrito como um saco comprido, volumoso e cor-de-rosa que com certeza foi Gayle que escolheu. Quer dizer, tem babados e laços e merda saindo por todos os lados. Ele devia estar em um episódio daqueles programas britânicos da PBS, aqueles que as garotas adoram mesmo que eles se passem quando mulheres eram tratadas como **espólio** – substantivo, *propriedade tomada*. E, mesmo naquela época, a coisa ainda seria horrível.
   — Ah, como você está linda! — Gayle exclama, batendo palmas. — Ela não está linda, Harvey?
   — Ela está radiante — Harvey diz, e ele está falando sério.
   — Eu quero que vocês saibam que estão me ferindo psicologicamente pela eternidade — Celia diz e continua, sombria — Um dia, quando vocês estiverem velhos, doentes e frágeis, eu vou me vingar dessa humilhação. Vocês dois vão pagar por isso. Eu nunca vou perdoar nenhum de vocês.

— Vai, sim — Gayle se derrete. — Um dia você vai até nos agradecer.

É como se eu estivesse vendo uma versão particular de *Longa jornada noite adentro*, montada só para mim. Eu nunca vi *Longa jornada noite adentro*, mas se tivesse, é como eu imagino que seja. Chocado, eu tusso educadamente.

— Ei, que tal algumas fotos para o álbum de família?

Um Prius. Claro que eles só dirigem híbridos. Quando saímos nesse veículo seriamente pouco potente, Gayle e Harvey acenam para nós da porta da frente.

— Vão à loucura, crianças! Se acabem!

Ela me ignora. Nós viajamos em um silêncio gelado. Embora eu esteja ao volante, não tenho ideia para onde estamos indo. Chegamos na esquina.

— Direita ou esquerda na Maple? — pergunto.

— Esquerda — Celia Lieberman diz em uma voz embargada. Ela se encolhe deprimida contra a porta, engolindo as lágrimas, secando o nariz com sua ridícula manga bufante. Pobre garota, assim como eu, não pode trocar onde nasceu. Eu sinto pena dela, de verdade. O que mostra o trouxa que sou.

— Ei, que tal uma música pra aliviar o clima? — sugiro.

— Ei, que tal você calar a merda da boca?

Que merda é essa? Sem saber se a ouvi direito ou se estou simplesmente alucinando depois do estresse, eu ligo o rádio. Celia Lieberman o desliga no mesmo instante.

— Qual o seu problema?

— Você — ela rosna como uma fera enjaulada. — Você é meu maldito problema!

— *Eu* sou seu maldito problema? — Eu não consigo acreditar no que estou ouvindo. Se alguém é a parte ferida nessa trama doentia na qual eu não pedi pra entrar, sou eu.

— Se você não existisse, eu não precisaria sair nessa farsa!

— Ei, os pais de quem ligaram pra quem? — De novo, estou simplesmente chocado com a atitude dela, sem falar no conteúdo geral da conversa. Eu sou apenas um observador inocente do que é, de verdade, a vida de merda dela, mas considerando as circunstâncias bizarras e a arte tribal que me impuseram, ela deveria agradecer aos céus por eu ter aparecido.

— Meus pais não sabem de nada. Mas você... você é patético!

Lutando para manter minha compostura profissional, eu paro o Prius num sinal.

— Esquerda ou direita? — pergunto.

— Direita — ela responde.

Eu viro à direita, rindo alto para mim mesmo.

— *Eu* sou patético? Isso é hilário.

— Que tipo de fracassado é você, aliás? — ela tem coragem de dizer.

— *Eu?* Eu sou o fracassado aqui? — Estou mais do que indignado.

— Quer dizer, Jesus Cristo, deve ter jeitos melhores de conseguir dinheiro.

— Eu por acaso realizo um serviço de utilidade pública — informo a ela.

— Ah, tenho certeza que sim! — Ela ri, maliciosa.

— Todas as minhas clientes ficaram extremamente satisfeitas! — eu grito, perdendo o controle.

— Clientes? Você quis dizer vítimas, não? — ela grita de volta.

Cara a cara, cada um de nós tremendo de raiva, nós chegamos a uma encruzilhada no caminho.

— ESQUERDA OU DIREITA?

— DIREITA!

Quando chegamos ao Chez Pierre, um restaurante francês chique, Celia Lieberman e eu não estamos mais nos falando. Eu basicamente a odeio e o sentimento com certeza é mútuo. Mas a palavra de um homem é sua riqueza, e eu resolvo tentar tirar o melhor disso.

— Olha — digo. — Eu não gosto de estar aqui com você e você não gosta de estar aqui comigo. Na verdade, eu não gosto nem de estar no mesmo estado que você. Mas não podemos tentar nos dar bem e nunca mais nos ver de novo?

Acho que é uma oferta muito mais do que razoável, mas aparentemente não, porque quando o valet abre a porta de Celia Lieberman, ela salta e grita:

— FIQUE LONGE DE MIM, SACO DE MERDA!

Ela sai furiosa na direção da entrada que dois porteiros vestidos como cocheiros abrem para ela, impassíveis. Enquanto isso, o valet do estacionamento me olha furioso. Ele é grande e me encara como alguém pronto para chamar a polícia.

— Somos loucos um pelo outro — eu garanto a ele, erguendo a chave do Prius.

Ele não parece convencido, mas aceita. Eu saio correndo antes que ele mude de ideia. Os porteiros fazem a coisa deles. Dentro, o Chez é superchique, lustres, madeira nobre e veludo vermelho. Quando eu alcanço Celia Lieberman na área da recepção, estou ofegante.

— Sabe, eu não preciso dessa merda! Por acaso eu sou um cara muito ocupado!

Ela pisa no meu pé com seu salto. Quando um elegante maître vestindo casaca desliza para nos cumprimentar, estou pulando em um pé só, agoniado.

— Eu já tinha uma reserva pra essa noite quando seu pai ligou — sibilo para ela. — O único motivo pra eu ter dito sim é porque ele parecia desesperado. Agora eu sei por quê!

— Você se acha demais! — ela diz, erguendo a voz.

— Eu estava fazendo uma boa ação para a humanidade!

— É assim que você chama isso?

— Não, isso eu chamo de tortura!

O maître fica pálido enquanto escuta. Eu sorrio para ele.

— Lieberman, reserva pra dois.

— Por aqui, senhor. — Mantendo uma distância segura, ele nos leva apreensivamente pelo salão principal. Atrás dele, Celia Lieberman não larga o osso. Ela precisa ter a última palavra.

— Você fez meu pai te pagar mais vinte e cinco dólares pra te tirar de Nova Jersey! Eu ouvi vocês no telefone!

— Sim, teve o dinheiro também — sou obrigado a concordar. — Mas essa foi uma consideração secundária...

— Mas nada! — ela grita. — VOCÊ É UM MERDA!

Garfos e facas param de se mexer. Os funcionários congelam. Cabeças bem-penteadas se viram ao mesmo tempo por todo o espaço elegante. A maior parte delas são cabeças adolescentes. Garotas todas embonecadas e caras arrumados, em pequenos grupos em mesas à luz de velas, jantando antes do baile de inverno. Pelas gotas de suor que subita-

mente surgem na testa de Celia Lieberman, eu sei que ela conhece todos eles.
— Puta merda, metade da minha turma está aqui — ela sussurra, chocada.

Sob o escrutínio coletivo, o rosto dela congela em algo horroroso e paralisado que parece um sorriso.

— Rápido! — ela diz com o canto de sua boca malpintada. — Finja que gosta de mim!

— Não consigo — eu cuspo. — Está além das minhas capacidades.

Celia Lieberman agarra meu braço. Eu a posso sentir tremendo. A garota está realmente apavorada.

— Por favor, se alguém descobrir a verdade sobre nós eu vou ser a piada oficial do último ano! — ela implora, realmente ficando toda frouxa e cambaleante e se segurando em mim. Eu preciso erguê-la.

Sempre me considerei uma pessoa razoável. Imperfeita, sim, mas no geral, um tipo que tem compaixão, de natureza fundamentalmente generosa, que perdoa rápido, mas depois do abuso que aguentei, estou seriamente tentado a deixar Celia Lieberman cair no buraco e assar nas fogueiras do inferno colegial. Mas tenho um negócio para cuidar e uma reputação até agora intocada para manter. Além do mais, eu estou com medo de que ela vá realmente desmaiar.

— Promete amolecer? — barganho.

Celia Lieberman vigorosamente faz que sim com a cabeça. Eu dou um sorriso manso.

— Sorria, querida, é hora do show.

Ela sorri, fraca. Eu pego a mãozinha suada dela e a puxo para longe dos holofotes. Nós somos levados, com razão, para a pior mesa de todo o estabelecimento, exilados bem, bem no fundo e bem longe dos outros. Você sabe qual mesa: aquela perto do corredor que leva para os banheiros. Normalmente, como parte do pacote, eu puxaria a cadeira para ela se sentar. Mas não hoje, de jeito nenhum. Celia Lieberman pode puxar sua própria cadeira. Me acomodando, eu procuro no menu a combinação de pratos mais absurdamente cara possível. O que quer que os Lieberman estejam me pagando, nem de longe é suficiente.

Quando me decido pela lagosta, eu a pego dando um rápido gole em uma garrafa plástica cheia até a boca com algum líquido laranja nojento. Pelo jeito que ela engasga enquanto engole, só pode ser uma coisa.

— Ei, calma aí! — Eu agarro a garrafa da mão dela e faço uma careta quando cheiro o conteúdo. Só o cheiro poderia fazer desmaiar uma pessoa pequena, ou de tamanho médio.

— O que tem aqui?

— Suco de cenoura com vodca.

A ideia em si já me deixa enjoado.

— Eu gosto de suco de cenoura — ela diz.

— Sim — respondo secamente. — Imagino.

Ela agarra a garrafa de volta.

— Não é isso que se deve fazer nessas coisas? Ficar superbêbada e idiota?

— Não, na verdade a ideia é se divertir — eu solto. — Guarda isso.

— Eu estou arruinada. — Ela dá outro grande gole. — Nunca vou sobreviver a isso.

Eu percebo que ela está numa situação difícil, mas o egocentrismo vai além de qualquer medida. Me incomoda.

— Não se lisonjeie — eu bufo. — Você não é tão importante. Ninguém se importa. Ninguém nem notou que você está aqui.

Então, bem quando eu falo isso, vindas do outro lado, emergindo em massa do banheiro feminino, nós ouvimos um pelotão de lindas garotas rindo.

— Ah, meu Deus, você viu o que a Celia Lieberman está usando? — A primeira desdenha.

Eu faço uma careta. E, se Celia Lieberman não fosse tão desagradável, eu tentaria algumas palavras divertidas, mas nenhuma me ocorre.

— Eu não acredito que ela de fato veio com alguém — uma segunda beldade cacareja.

— Eu não acredito que ela veio com alguém razoavelmente normal — uma terceira diz com nojo.

As garotas, de costas para nós, usando vestidos curtos e elegantes, voltam para seus pares não pagos.

Razoavelmente normal? O que isso quer dizer? É o terno? Eu sabia que devia ter comprado o com tecido melhor.

— Eu estou vivendo meu pior pesadelo — Celia Lieberman choraminga.

"Escola Preparatória Green Meadow, pré-escola ao ensino médio", a placa diz. A Escola Preparatória Green Meadow tem aparência, ar e formato de uma pequena universidade importante, sem mencionar o custo. Gramados perfeitos, amplos e que parecem um parque. Prédios com trepadeiras. Pátios, seu próprio museu de arte. Eu noto o slogan da escola em pequenas letras douradas: "Onde a faculdade começa aos três".

Eu já ouvi falar de lugares como esse antes, mas a realidade é reveladora – e perturbadora. Esse é o tipo de lugar onde presidentes estudaram – da IBM, do Bank of America, dos Estados Unidos – com cada degrau, atalho e vantagem injusta que o dinheiro pode comprar. Os melhores professores, os melhores técnicos, as mais novas e tecnológicas instalações, nenhuma despesa poupada. Uma verdadeira fábrica, cuidadosamente equipada para um único objetivo – colocar seus formandos nas melhores faculdades e nos primeiros degraus da escada para o sucesso. Eu aposto que até a comida é boa. Nada de surpresa de atum na Escola Preparatória Green Meadow: lá é tartare de atum. Aqui, eu penso, está minha verdadeira competição. Os garotos com as notas infladas e experiências impressionantes. Aqueles com tutores para tudo, intensivos e conselheiros que realmente se importam. Os que têm meios e conexões. Que têm tudo. Os poucos que são muito, muito afortunados.

Eu estaciono um carrinho de golfe chique no final do estacionamento que parece uma concessionária de luxo. Filas de Audis, BMWs, Benzes. Nenhum Buick à vista. Celia Lieberman não fez um ruído desde que pedi as entradas, só ficou sentada ali.

— Nós não precisamos entrar — eu digo, gentil e bastante intimidado.

Só para me irritar, ela desce. Fico tentado a só ir embora, mas não faço isso. Sentindo-me responsável por ela, embora eu não saiba por quê, eu saio e a sigo a uma certa distância.

Sabe esses garotos que têm tudo? Bom, eles têm mais uma coisa que eu me sinto obrigado a mencionar. Ótima genética. Narizes perfeitos, dentes retos, rostos sem espinhas. Nós estamos em um mar de gente seriamente bonita. Os caras usando ternos sob medida que não estão sendo pagos em prestações e as meninas em vestidos brilhantes. De mãos dadas, despreocupados e bem-ajustados, eles passam por nós para o baile do lado de dentro. Celia Lieberman, no entanto, os conhece e eles a conhecem. E Celia Lieberman, se vocês me permitem dizer, está ridícula.

— O que você acha de só dizermos que fomos e irmos ver um filme? — ela diz como se de repente fôssemos amigos, o que definitivamente não somos.

— Eu não ligo para o que a gente fizer desde que eu seja pago integralmente no final — declaro, embora parte de mim queira se aventurar aonde eu nunca fui.

— Ótimo. Podemos sentar em filas diferentes... — ela diz e se vira para o carro.

— Nós podemos até ver filmes diferentes — concordo animado, logo atrás.

Então, das profundezas, uma voz soa.

— Celia Lieberman, é você mesmo?

Celia Lieberman congela como um fugitivo da prisão pego em um tiroteio. Diferente dela, mantenho minha habilidade de me mover. Eu me viro. A voz pertence a uma garota esguia e superelegante que está fumando um cigarro e bebendo champanhe em uma taça de plástico. Isso mesmo, champanhe, igualzinho em Pritchard. Não. A garota desliza na nossa direção em saltos altíssimos, obviamente meio bêbada.

— Celia Lieberman, *uau*, é você!

Ela ri como se fosse uma ótima piada. Mais três figuras emergem como visões por trás dela. Eu imediatamente tenho uma clara sensação de que eles formam o centro do centro, a turma mais exclusiva. Um cara alto e de queixo quadrado que deve ser o namorado dela. Outro cara, ainda mais alto e forte. Com certeza atletas, mas diferentes, mais sutis do que estou acostumado. Provavelmente praticam algum esporte de cavalheiros tipo squash ou lacrosse, eu imagino. Eles também estão fumando e bebendo. E, por fim, uma segunda garota. Por mais incrível que seja a primeira, ela não é nada comparada à segunda.

Porque a segunda garota é a mais linda criatura feminina que já vi na minha vida. É, eu sei que é um clichê, mas sem brincadeira, ela é. Pernas que vão até os ombros, com as curvas sutis e postura elegante de uma modelo. Pele bronzeada e sedosa, inconscientemente exposta em abundância em um vestido curto de alças finas. Eu poderia declamar uma rapsódia para ela por horas – e eu farei isso. Os lábios de Jolie, a sensualidade de Alba, a atitude de Johansson. Mas tem outra coisa nela que eu acho ainda mais atraente. O verniz invisível de confiança, de estar acostumada e esperar apenas o melhor que a vida tem a oferecer. Quem quer que ela seja, ela tem classe com C maiúsculo, o produto definitivo de tudo que há de exclusivo. Eu estou enfeitiçado.

— Eu quase não te reconheci nesse vestido incrível! — a primeira garota diz para Celia Lieberman.

Eu não consigo parar de olhar para a segunda garota. Eu procuro, mas não consigo detectar nenhuma falha, nenhum defeito. Ela me encara com um olhar verde esmeralda direto, nos quais eu me perco.

— Cassie, deixa ela em paz — ela diz. — Não tem graça.

— Onde você comprou, Celia? — Cassie ri. — Em uma venda de garagem?

Quanto a Celia Lieberman, que no breve tempo que tive a infelicidade de conhecê-la nunca ficou sem palavras, ela não pronunciou sequer uma sílaba. Celia Lieberman é uma estátua humana. Não, ela é uma tartaruga voltando para a casca para aguentar a tempestade. Uma bomba poderia estourar e Celia Lieberman não reagiria. É assustador. Essa é a realidade de ser Celia Lieberman. Não me espanta que ela não quisesse ir ao baile.

De repente, o cara mais alto solta um peido muito, muito fedido.

— Ah, cara, eu preciso dar uma cagada! — ele diz para todos.

— Tommy, você é terrível! — Cassie dá uma risadinha. — Ele não é terrível, Brent? Eu não sei como você aguenta, Shelby.

— Nem eu — Shelby diz, tirando os olhos de mim.

— É, é, você adora! — Tommy a prende com os braços de forma brincalhona e bate seus quadris contra os dela. Eu sinto o simples toque dele como uma profanação da santidade dela. Me incomoda que ele esteja com ela por ser um babaca, mas mais ainda porque eu queria que fosse eu.

— Próxima rodada! — Brent vira sua taça em um só gole e então a joga no chão para que outra pessoa limpe, alguém como eu. Os outros fazem a mesma coisa.

— Vamos lá, Celia, vamos animar essa festa! — Cassie pega o braço de Celia Lieberman e a puxa para dentro. Eu os sigo como um vira-lata, o que, vamos ser honestos, é o que sou.

Uma noite para recordar ou esquecer?

O auditório é de muito bom gosto, com dois pianos de cauda no lobby, grandes lustres por todo lado e praticamente do tamanho do Madison Square Garden. Claro que no nanossegundo em que entramos, somos abandonados, e então Celia Lieberman desaparece, o que para mim tudo bem. Então eu só fico parado ali, observando como os ricos se divertem. Eu não gosto muito de techno, então não estou muito atualizado na cena, mas até eu reconheço o cara com a cabeça de esquilo na cabine de som. O cara de fuinha normalmente é a estrela de grandes festivais em locais exóticos frequentados por dezenas de milhares de pessoas e dólares. Quem diria que ele também faz bailes de ensino médio se o preço e o subúrbio forem oportunos? De qualquer forma, é preciso dar crédito a ele, o cara está arrasando. Do outro lado dessa arena ornamentada, a elite adolescente gira e se remexe em frenesi.

Então, abruptamente, a trilha sonora da noite desacelera e volta muitos, muitos anos atrás, até um tempo perdido em que as pessoas sabiam o lugar delas. Um remix de

Sinatra antigo, em sua fase mais romântica e sonhadora. Mas com uma batida de fundo de arrebentar. Aproveitando a oportunidade, os casais começam a se esfregar. Eu foco em Tommy, que envolve Shelby em seus braços fortes e graciosamente a gira, mergulhando ao som da sonora melodia. Me dói admitir isso, bundão que ele é, mas o cara não dança mal. Anos de aulas devem fazer isso. Mas eu não me importo com ele, só com Shelby. A única coisa mais sexy que uma gata dessas é uma gata dessas rebolando. E Shelby com certeza sabe fazer isso. Eu recuo e desvio como um boxeador bêbado a cada golpe da saia curta dela. É sério, estou a ponto de explodir.

Além do mais, eu poderia jurar que ela esteve sorrindo para mim esse tempo todo. Mas não pode ser para mim. Nós nem nos conhecemos. Eu olho em volta. Não há ninguém atrás ou perto de mim. Tem que ser eu. Eu rio de volta como um idiota. Por um fugidio instante nossos olhares se cruzam, meu coração para e, pelo menos aqui, faíscas explodem. Então, é óbvio, Celia Lieberman reaparece, puxando minha manga.

— Quero ir pra casa — ela diz.

Ir? Nós não podemos ir. Eu sei que Celia não está se divertindo, mas ela parece do tipo que nunca se diverte em lugar nenhum. De jeito nenhum eu vou embora agora, não quando com certeza ganhei um sorriso e possivelmente estou flertando com um ser divino que é areia milionária demais para o meu caminhãozinho. De jeito nenhum. Eu vou ficar aqui. Então, para agradar Celia Lieberman, tomo medidas verdadeiramente drásticas.

— Eu imagino que você não queira dançar? — pergunto.

— Na verdade, não sou ruim nisso.

— Eu quero ir embora — ela repete, teimosa.

A música acelera, assim como os dançarinos. Pegando a mão de Celia Lieberman, eu a puxo bem para o meio da agitação.

— Vamos lá, não seja covarde! — grito por cima do que está se tornando um rugido ensurdecedor. Dançando, eu nos levo até Shelby.

— ME SOLTA! — Celia Lieberman grita.

Mas na pista de dança, como no espaço, ninguém pode te ouvir gritar. Sem querer arriscar, enrolo Celia Lieberman de forma a conduzi-la com o corpo e então, habilmente, eu a rodo em um giro invertido.

— O QUE VOCÊ ESTÁ FAZENDO? — ela grita.

Por sorte, a trovejante música eletrônica afoga a voz dela. E com todos os raios laser coloridos e luzes em erupção, é difícil enxergar qualquer coisa. De repente, Tommy desliza por nós bem agarrado a Shelby. Sorrindo, o exibido se solta em um movimento duplo, de dentro para fora, rodando Shelby como um ioiô. Como eu disse, ele não é ruim. Tudo bem, ele é bom, muito bom. Mas eu sou melhor.

— Vamos lá, Celia, mostra o que você e seu novo namorado sabem fazer! — Tommy provoca.

Atiçado pelo desafio, eu chicoteio Celia Lieberman em padrões complexos, para a frente e para trás, para dentro e para fora, para a merda dos lados. Eu a faço rodar como um pião.

— AJUDAAAAAA — Celia Lieberman geme.

Para não perder, Tommy ergue Shelby. Ela abre as asas sinuosas como um cisne enquanto ele a rodopia acima da cabeça em uma manobra graciosa que eu nunca vi, muito menos tentei. Esse cara assiste a *Dança dos Famosos* demais. Mas eu estou pronto.

— NÃÃÃÃÃOOO! — O rosto de Celia se contorce de horror ao perceber o que está por vir.

Tarde demais. Com a competição no meu sangue, eu ergo Celia acima da cabeça como um fisiculturista russo e começo a rodar também. Mas deixa eu te dizer, ela não é uma pluma, e muito menos um cisne. Estou suando e ofegando enquanto giramos e giramos. A força centrífuga bate. Tudo fica borrado. Eu sou o eixo e estou ficando tonto. Não consigo imaginar como estão as coisas lá em cima.

Finalmente minha força acaba. Eu solto Celia Lieberman no chão mais ou menos sólido, no qual ela não se firma, mas cambaleia violentamente, perdendo o equilíbrio e caindo com tudo em Tommy.

— Ei, cuidado, vadia! — o sr. Doutor da Escola do Charme dispara, soltando Shelby.

Celia Lieberman tropeça sobre ele. Suas bochechas estão inchadas. Os olhos estão vesgos por trás dos óculos. Suas mãos agarram a própria barriga. Eu posso traçar a erupção que está vindo dali para a garganta dela. Tommy também.

— Ah, merda — ele grasna.

Eu não vou me ocupar dos detalhes sangrentos. A trajetória, duração e velocidade da espuma laranja fluorescente. Todas essas foram extremas. Os pedaços, as bolhas e a correnteza que ensopam e escorrem por Tommy. São muitos. O choque e a humilhação que se seguem. Tremenda. Sim, meus amigos, é por momentos como esse que vivemos.

Eu sabia que Celia Lieberman tinha bebido, mas não o quanto tinha bebido. Eu abro a bolsa dela e pego a garrafa d'água. Só sobrou um quarto. Tenho ânsia ao ver o pouco que sobrou. Suco de cenoura e vodca. Qualquer um dos dois é tóxico em grandes quantidades. Juntos e em grandes quantidades eles são letais. Especialmente quando a pessoa que consumiu essa grande quantidade é sacudida pela pista de dança como uma salada. Em algum grau, o.k., em um *alto* grau, eu tenho culpa nisso. Tentando consertar, bato de leve na porta do banheiro feminino de novo. Estou esperando do lado de fora há uns dez minutos.

— Celia, você está bem?

A resposta do lado de dentro vem na forma de sons de vômito e respiração ofegante que me fazem considerar a sério chamar uma ambulância. Eu entro em ação quando um grupo de gatas se aproxima para fazer xixi e retocar a maquiagem. Eu sinto que é meu dever e honra proteger Celia Lieberman de mais um escândalo e também protegê-las de uma visão e experiência olfativa que elas nunca serão capazes de esquecer.

— Eu não entraria aí se fosse vocês — digo. Pegando minha indireta, e um pouco do cheiro, elas se viram em conjunto e vão embora. Eu preparo meus sentidos para o que estou prestes a fazer. Por mais que eu quisesse obedecer os desejos de Celia para que eu desapareça, preciso entrar lá e salvá-la dela mesma. Pelo que restou da reputação social dela e do meu futuro financeiro. Então, quando estou prestes a mergulhar no desconhecido, uma voz sensual me para.

— Primos distantes, certo?

Eu sei quem é antes mesmo de me virar. E é ela mesma. De perto, ainda mais hipnotizante. Brincando com um baseado, Shelby me avalia abertamente e com seriedade.

— Primos? — repito, perdido na perfeição impossível dela.

— É sua relação com Celia Lieberman.

Ela me oferece o cigarro. Eu pego o que espero que seja uma droga suave. Meu coração está aos saltos, assim como minhas regiões baixas. Ela tem esse efeito em mim. Mas finjo indiferença.

— Não somos parentes — eu digo.

— Amigo da família, então? — ela pergunta, seus olhos esmeralda perturbadores muito perto dos meus.

— Não. Desculpa.

Eu quero esticar o braço e tocá-la para ter certeza de que ela é real e não uma alucinação que estou tendo por ter comido pão velho. Tudo nela é top de linha. Sua figura esguia, o corte elegante e sofisticado do vestido de marca que a veste de forma impecável, o jeito como ela não está arrumada demais, como as outras, porque uma magnificência como a dela não precisa de incrementos. Isso já seria bastante, mas há mais. A sofisticação dela, as maneiras diretas. Esta é uma garota que fez coisas e esteve em lugares que nem posso imaginar. Isso é um pacote completo.

— Então qual é? — ela pergunta.

— Qual é? — estendo a questão de volta para ela.

— O que alguém como você está fazendo com alguém como Celia Lieberman no baile de inverno?

Ela encara minha alma, buscando a resposta. Eu encontro o olhar dela, encantado demais para sentir a culpa que deveria estar sentindo.

— Se você precisa saber, por acaso eu estou com Celia Lieberman no baile de inverno porque gosto da Celia Lieberman — minto através do meu sorriso.

— Você gosta da Celia Lieberman?

— Eu acho a Celia Lieberman encantadora.

Então, com seu habitual timing impecável, Celia Lieberman solta uma bola nojenta de vômito e tosse como nunca se ouviu antes. Eu sempre enjoei fácil, então quero me sentar. Shelby, no entanto, nem pisca os olhos profissionalmente maquiados.

— É isso que eu disse aos outros — ela diz. — Celia é um gênio. Eu disse que você era profundo, eu disse que você reconhecia as qualidades invisíveis dela.

Invisíveis para mim, com certeza. Mas dou de ombros com modéstia, o que espero que sirva para aumentar meu mistério para ela.

— De alguma forma, eu acho que há mais em você do que a aparência — ela diz.

— Você nem tem ideia — isso eu posso dizer honestamente.

Ela estende a mão com as unhas bem-feitas, se apresentando.

— Shelby Pace.

— Brooks Rattigan.

Eu sinto o choque da eletricidade estática quando nossas mãos se tocam. Nós dois rimos, assustados. Deve ser destino. Então Tommy, tendo se livrado de sua camisa e blazer ensopados de vômito, sai do banheiro masculino. Ele tem abdômen, peitoral, glúteos e braços de um stripper. Normalmente, isso acenderia minhas luzes de emergência para recuar, mas eu já fui longe demais.

— Vamos lá, baby — ele desdenha. — Vamos sair desse buraco.

Ele estende a mão na direção dela, mas ela se afasta.

— Sai, Tommy! Você está fedendo!

Então, completamente despreocupada, ela sorri de volta para mim.

— Brooks, eu vou dar uma festa depois do baile. Por que você e a Celia não vêm?

— Shelby, você ficou louca? — Tommy protesta, secando o torso esculpido com papéis-toalha úmidos. — Eu não quero aquela aberração a menos de vinte metros de mim.

— Obrigado, mas eu realmente não acho que Celia esteja disposta — digo com relutância, o que é óbvio.

— Você ouviu! — Tommy concorda. — Vamos embora!

— Olha, você não pode levar Celia pra casa desse jeito — Shelby diz, ignorando o Brutus ali. — Ela pode tirar um cochilo na minha casa.

É a desculpa pela qual eu estava rezando. Quer dizer, eu preciso deixar Celia Lieberman em algum lugar. Eu não posso levá-la para casa nesse estado seriamente alterado, pelo bem dela e pelo meu. Ir à festa é oferecer um serviço ao cliente. Celia Lieberman pode tirar um cochilo até melhorar, evitando um ataque de certos pais, punição severa, sem falar em ter que explicar tudo. É a melhor racionalização possível.

— Nesse caso, nós adoraríamos.

— Excelente. Você pode vir atrás da gente.

Tommy toca a buzina do Rolls de seu padrasto impacientemente. Isso mesmo, Rolls de Rolls Royce. Eu nunca tinha visto um pessoalmente.

—Anda, imbecil! — Ele está se referindo a mim. O Rolls está na frente de uma caravana de veículos ultra luxuosos, todos com as luzes acesas, esperando, serpenteando pelo estacionamento. Shelby, arrumando seu gloss no espelho, não está achando engraçado.

— Ah, Tommy, vê se cresce.

Ela se inclina para fora da janela, sorrindo.

— Fique à vontade, Brooks!

Ofegante, largo Celia Lieberman no banco da frente do Prius. Eu estou sem ar e dolorido. Ela está roncando, totalmente desmaiada, e foi um esforço brutal o caminho até o carro vindo do banheiro feminino, que na verdade mais parecia um lounge, com um sofá de couro e toalhas de algodão de verdade. Eu já fiquei bêbado, mas nunca fiquei tão bêbado ou vi alguém tão bêbado como Celia Lieberman está nesse momento. Isso é um recorde.

— *Eu* sou o fracassado? — digo a mim mesmo. — Há! Enquanto passo o cinto por Celia, ela arrota bem na minha cara. Adorável.

A casa de Shelby é no meio do campo. Passando por alamedas cheias de árvores, pastos bucólicos e riachos, colinas e pradarias, o que quer que seja uma pradaria. E quando eu disse pastos, eu quis dizer pastos. Há celeiros e estábulos, tipo para cavalos e tal, várias quadras de tênis e, o que é aquilo? Uma porra de um heliponto! Fechando a procissão, meus olhos se arregalam quando eu vejo um lampejo inicial do que aparece ao fim de uma longa e sinuosa estrada, que na verdade é a entrada da casa. O negócio é gigantesco, com alas e quartos demais para ser possível contar. Isso não é só uma mansão, mas um castelo, um título de nobreza. Apesar de seu tamanho excessivo e completa falta de responsabilidade social, o lugar é notavelmente livre de ostentação, de bom gosto e à moda antiga, como uma casa de engenho no dias "gloriosos" em que a escravidão era vigente. Que seja. Esse é o negócio de verdade. O mítico bastião do privilégio hereditário que supostamente não existe mais, mas que na verdade está indo muito bem. Eu cheguei na Terra Prometida.

E tudo isso pertence a Shelby. A garota que tem tudo tem ainda mais. Eu sei que coisas materiais não deveriam importar, especialmente para aqueles entre nós que não têm posses materiais. Então me processe se, quando você procura em mim, não há nada além da casca e superficialidade, mas essas coisas importam e fazem o coeficiente de atração por Shelby, que já está no céu, disparar para além do mensurável. Ela não pode ser possível, mas é.

Adolescentes vorazes passaram correndo pelos pais de Shelby até um banquete vindo de algum bufê chique, completo com estações e garçons de smoking oferecendo bandejas de iguarias. Os dois parecem jovens para a idade, em forma, e estão usando jeans e camisetas. O pai é charmoso com seu queixo quadrado e a mãe é muito sexy, a própria definição da mãe gostosa. Shelby fica furiosa ao vê-los.

— Mamãe, papai, para cima agora! — ela comanda.

— Mas querida — o pai insiste, sem dúvida um titã do mercado financeiro que explora os comuns em troca de bilhões. — Nós queremos conhecer os seus amigos...

Os Pace adultos repensam quando dão uma olhada em mim, cambaleando com Celia Lieberman jogada como um saco de farinha por cima do meu ombro.

— Mas amor — a mãe tenta, provavelmente dona do seu próprio império da moda, ou da fundação filantrópica da família, ou dos dois.

— VOCÊS NÃO ME OUVIRAM? — Shelby troveja, perdendo o controle. Cara, eu odiaria irritá-la.

Nesse momento, Tommy passa em seu caminho para o chuveiro, usando apenas cuecas, o que, preciso admitir, ele faz bem. Seus pais olham para ele, para mim de novo, chocados, então um para o outro, então para a filha, que aponta de forma rígida para o andar de cima. Os dois pilares da alta sociedade obedecem mansamente, sumindo de vista. Shelby sorri para mim, voltando ao seu modo de anfitriã graciosa.

— Vem, Brooks — ela ordena. — Você pode estacionar Celia ao lado da piscina.

Na verdade, são duas piscinas na propriedade, uma aberta, fora de uso no inverno, e uma fechada. A fechada é uma estreita piscina semi-olímpica debaixo de um átrio de vidro, reluzente sob a luz das estrelas. Como pode uma pessoa ter tanta coisa legal? Minha mente está confusa. Eu deposito Celia Lieberman como um saco em uma espreguiçadeira, coloco-a em uma posição confortável e sutilmente alongo minhas costas, que estão tendo uma pequena convulsão por conta da carga.

— Você tem uma piscina fechada? — noto como um imbecil.

— Isso não é normal? — Shelby franze o nariz empinado adoravelmente. Ela sabe que é irresistível, o que deveria ser um ponto fraco, mas não nela. Nada nela é. Eu estou ainda mais enfeitiçado.

— Não de onde eu venho.

— E de onde você vem? Como eu nunca te vi por aí?

Ela olha para mim. Ela me pegou. Como eu deveria responder? Com certeza com alguma versão radicalmente editada da verdade, mas quão radical? Nesse momento, Tommy emerge na superfície da piscina batendo os braços e gemendo como um leão marinho.

— ARFFF! ARFFFF! — Quanto estilo. Quanto senso de humor.

— Tommy! — Shelby franze o cenho. — Você quase me matou de susto!

— Eu não acredito que você deixou aqueles idiotas virem — Tommy diz como se eu não estivesse ali e não existisse, o que para ele é verdade. Ele sai da água. Por que os maiores babacas são sempre tão grandes? Eu tenho um pouco menos de um metro e oitenta e peso uns setenta e sete quilos e uns quebrados, mas ele é pelo menos uns dez centímetros e uns nove quilos maior do que eu. E tudo isso de músculo. O cara é totalmente sarado. Ombros superlargos, torso esculpido, barriga tanquinho. O corpo de um nadador. Então eu entendo.

— Polo aquático — eu gaguejo.

— Capitão. — Ele sorri.

Para mim, polo aquático é um desses esportes olímpicos totalmente inúteis tipo qualquer coisa sincronizada ou curling, que não tem nenhuma razão de existir. Aquelas toucas idiotas que eles usam, com aquela coisa redonda e acolchoada para as orelhas. O que é isso? E aqueles fios-dentais que eles usam de uniforme? Por favor. Vai entender. Mas o ponto é que embora eu adorasse dar uma no Tommy, e ele mereça levar uma, considerando o tamanho dele, isso não é recomendável.

— Tommy, você está todo molhado — Shelby guincha, irritada. — Sai!

Ela foge do abraço molhado dele. Ele corre atrás dela, um monstro do Frankenstein sarado.

— Você adora!

Tudo é grandioso, exagerado, fora da proporção a que estou acostumado. Cada quarto é seu próprio museu, lotado de antiguidades raras. E, incrivelmente, nada passa dos limites. Há garotos festejando por todos os lados, em diversos estágios do relacionamento carnal, bebendo, fumando maconha, cheirando substâncias ilegais. A luz é baixa, a música é alta.

Dou uma olhada nos quadros nas paredes. Mesmo que eu saiba menos que nada de arte, até eu reconheço os estilos particulares das pinturas. O cara da mancha de tinta. O cara das linhas horizontais chiques. O cara que faz tudo com pontinhos. Eu sei o suficiente para saber que cada um desses é inestimável. E juntos eles valem o PIB anual de vários países pequenos do terceiro mundo. Então, pendurado em um lugar de honra suprema acima da lareira, dou de cara com um retrato de uma garota nua com peitos tremendos e uma cabeça quadrada enfiada em uma bunda triangular. Eu espio o nome rabiscado no canto inferior. Alguém me belisca. É um Picasso de verdade, com um preço na casa dos milhões e pequeno o suficiente para enfiar embaixo do meu braço. Por um segundo, sou tomado por um impulso incontrolável de agarrá-lo e fugir para os trópicos. Mas então tenho uma visão da Interpol e prisões turcas e a tentação passa.

— Frango Sat-ey — uma voz anuncia com um sotaque familiar. Ela pertence a uma garçonete cansada de meia-idade com cabelo armado, oferecendo uma bandeja de aperitivos para mim. Eu a olho sem expressão. — Frango Sat-ey com molho de amendoim e cominho — ela erra a pronúncia de *satay* mais uma vez.

— Ei, eu sou de *Jeisey* — Brent imita, ocupado apalpando Cassie num sofá.

Ondas de risada. A garçonete, que só está tentando fazer seu trabalho, de fato tem um sotaque carregado e clássico de Jersey. Ela se vira de costas para mim, resmungando:

— Ricos babacas.

Ela pensa que sou um deles. Para meu descrédito, eu deixo. Deslizando pela multidão, decido fazer uma certa pesquisa e dou um Google nos Pace no meu iPhone. O que aparece não me surpreende. Hunter Pace de fato comanda um fundo de investimentos, está na gerência da várias start-ups importantes e de fato saqueou bilhões das massas. Gretchen Pace não comanda um império da moda, mas tem um diploma de direito de Yale, e aparentemente faz uso dele como chefe de várias forças-tarefas que combatem múltiplas formas de injustiça social. Nada como lutar uma cruzada contra você mesma, eu penso. Aliás, não há nenhuma fundação filantrópica da família.

— Você gosta de Modigliani? — Eu ouço Shelby perguntar.

Ela reapareceu de repente, parada tão perto de mim que consigo sentir o cheiro do melhor perfume francês que a mãe dela tem. E cara, essa coisa funciona de verdade. Eu estou intoxicado. Shelby está falando de uma outra pintura pela qual eu estava babando, feita por outro artista famoso que eu deveria saber o nome, mas não sei.

— Os longos pescoços sinuosos, os olhos em forma de vulva, a representação sem adornos de pelos pubianos — ela observa — ... eu acho tão sensual, você não?

Na verdade, nesse momento estou pensando na fortuna que deve custar o seguro de um ano dessas coisas todas.

— E você já viu alguma foto dele? — ela pergunta. — Total boêmio.

— Ah, sim, Modie é ótimo, um dos meus favoritos — opino como quem sabe.

— Eu deveria saber que você gosta de arte — ela diz.

— Qualquer cara que saia com Celia Lieberman tem que

ter substância. Diferente do Tommy. Ele é profundamente superficial.

— Esse sou eu — declaro, continuando a procurar qualquer tipo de imperfeição física nela. — Cheio de substância.

— Sem medo de desafiar a unanimidade — ela projeta.

— Um homem entre garotos.

— Correta de novo — digo modestamente.

— Então, onde você esteve a minha vida toda?

— Nova Jersey? — arrisco.

Shelby ri. Ela acha que estou brincando. Eu ardentemente desejava estar. Como você pode ter vergonha de um estado inteiro? De alguma forma, eu tenho.

— Não, de verdade — ela diz.

— Na verdade, eu... eu moro em Nova York, na cidade.

— Sortudo. Eu amo a cidade. Qual você frequenta?

— Qual eu frequento? — Estou improvisando, maravilhado por ter conseguido tirar Nova York da bunda.

— Qual escola, seu bobo. Dalton? Collegiate? Trinity?

Eu pisco várias vezes para ela, perdido. Então...

— A Escola Electra.

— Nome interessante. Electra. A filha de Agamenon que chantageou seu irmão, Orestes, para vingar o assassinato do pai matando cruelmente a mãe deles.

— E eu aqui pensando que era só um modelo de Buick — digo em voz baixa.

Ela ri de novo. Ela acha que sou o máximo.

— Eu estou surpresa por nunca ter ouvido falar.

— É porque é bem pequena e bem nova. No Village. Bem experimental. Bem doida. — Cara, eu sou bom.

— Onde no Village? Eu estou por lá o tempo todo.

Jesus, eu penso, *larga o osso*. Que diferença isso faz? Mas claramente faz para ela.

— Hum, não temos um prédio. — Faço uma careta. Isso é horrível.

— Sua escola não tem um prédio? — Ela me olha de lado. Estou indo mal. Eu sinto que a estou perdendo.

— Não, a gente troca de lugar dependendo do dia. — Eu fecho os olhos, convencido de que saltei no tanque dos tubarões. Dei o passo que cruza a linha, tipo tropeçar de um penhasco, sabe?

— Uau, isso é doido — ela diz em dúvida, mas meio que acreditando.

Então, do nada, sou atingido por um raio de inspiração.

— Na verdade, eu estudo em casa.

A expressão dela relaxa. Eu fui um gênio. Ser educado em casa é elegante em sua simplicidade. Bem "na moda" hoje em dia, plausível e, mais importante de tudo, basicamente impossível de se verificar. De novo, eu fico realmente impressionado pela minha própria mentira.

— Me fez cair direitinho. — Ela ri, aparentemente ainda intrigada e entretida por mim.

As coisas estão indo superbem. Mais que superbem. Porque só agora estou me tocando que Shelby disse as palavras "vulva" e "pubianos" durante nossa conversa. Com esse início, não há como saber para onde essa noite pode ir...

— AHHHHHHHHHHH!

É um grito aterrorizante. O grito de um animal ferido.

O grito de Celia Lieberman.

Eu corro de volta para a piscina e dou de cara com uma orgia romana. Adolescentes amontoados, se pegando na Jacuzzi, gemendo — as habituais estripulias e explorações indecentes. E, no meio de tudo isso, Celia Lieberman em posição fetal na espreguiçadeira, olhos arregalados de terror enquanto, bem na frente dela, todo o ataque do time de hockey da Escola Preparatória Green Meadow, partes peludas e bundas carnudas expostas, se reveza em pularde barriga na água, em uma feroz competição para ver quem cria a maior cratera. Até eu faço uma careta com essa visão horrorosa.

Ao me ver, Celia Lieberman sai correndo da cadeira e pelo chão de azulejos na minha direção.

— Pra onde você me trouxe? — ela sibila.

— Nós estamos na festa da Shelby Pace — eu digo em voz baixa, erguendo-a. — Relaxa. Não é nada que você não tenha visto antes.

Mas a expressão chocada dela me diz que eu estou bem errado. Ela acabou de ver algo – vários algos, aliás – que nunca tinha visto antes. Todo mundo que é alguém na Escola Preparatória Green Meadow nos observa e ri. Celia Lieberman fica branca como um papel.

— Você me deixou ser a atração principal na festa de Shelby Pace?

Eu desvio quando ela tenta me acertar.

Celia sai correndo pela porta da frente. Eu corro pela multidão atrás dela, mas sou interceptado por Shelby que, pega essa, trocou de roupa e está usando um biquíni de lacinho que deixa ainda menos para minha imaginação superexcitada imaginar. Vamos apenas dizer que ele gruda e realça como um biquíni de lacinho deve grudar e acentuar.

— Já está indo? — ela ronrona.

— Hum, Celia não está se sentindo muito bem — digo,

soltando o eufemismo do século. — Obrigado por deixá-la dormir aqui.

Eu estendo a mão para um trágico aperto de adeus. Ela aperta com as duas mãos e não solta.

— Talvez eu te veja por aí, Brooks.

— Duvido. Eu não saio muito da cidade. — Estou de coração partido. Sei que nunca vou vê-la de novo, muito menos vê-la de novo com um biquíni de lacinho.

— Nesse caso...

Ela se inclina para a frente e me dá o mais macio, mais sexy, mais divertido e mais frustrante beijo que eu já recebi. Excelente trabalho de língua. Embora isso não seja muito viril, meus joelhos literalmente ficam frouxos. Eu levo alguns momentos para me lembrar de fingir resistência.

— Uhum — eu resmungo. — Preciso ir. Celia...

— Foi bom te conhecer.

Enquanto dirigimos, não ouso ligar o rádio, não depois do que aconteceu na última vez que tentei. Mas não consigo mais escutar a Celia Lieberman. Ela está escorada na porta, fungando lágrimas e ranho em intervalos regulares. Eu mesmo estou com um humor péssimo. O gosto do gloss cítrico de Shelby ainda formiga nos meus lábios, e é um gosto azedo e hipnotizante que eu, infelizmente, nunca mais provarei. Mas aquele idiota do Tommy vai.

— Eu precisava te levar pra algum lugar — eu solto quando não aguento mais. — Você não estava em condições de ir pra casa. Eu estava te fazendo um favor.

Ela se vira para mim, seu rosto uma meleca molhada e manchada.

— Então você me transformou numa piada!
— Olha, desculpa — digo com sinceridade. — Eu não percebi que você tinha bebido tanto.
— EU NUNCA MAIS QUERO TE VER! — ela grita.
— NÃO SE PREOCUPA, VOCÊ NÃO VAI! — devolvo com tudo que tenho, freando de repente. Nós chegamos ao aguardado final de nosso horrível tempo juntos e eu não teria aguentado mais um segundo. Eu saio do carro apressado para completar meus deveres e habilmente a guio para o amargo, mas deliciosamente libertador, final. Mas Celia Lieberman corre do carro até a porta da frente, que é aberta antes mesmo de ela alcançá-la por seus inocentes e radiantes pais em seus pijamas. O dele tem pézinhos.
— Então? Conta! Conta! Quem estava vestindo o quê? — Gayle exulta. — Como foi?
— VOCÊS DESTRUÍRAM A MINHA VIDA! — Celia Lieberman guincha para eles, fazendo as paredes tremerem, então sai pisando duro para o quarto. A porta bate, sacudindo as paredes de novo, Harvey e Gayle, incrivelmente impassíveis, se viram para mim com expectativa. Se nem isso é suficiente para que os alarmes parentais soem, então tenho medo de pensar no que se considera anormal nessa casa.
— Celia bebeu um pouco demais... — Eu faço uma careta como explicação.
— Celia bebeu? — Harvey diz, chocado.
— *Nossa* Celia bebeu! — Gayle exclama, entrelaçando as mãos.
— Gayle, por favor! — ele diz, escandalizado.
— Ah, dá um tempo, Harvey! É perfeitamente normal para a idade!
Eles me olham ansiosos, querendo mais detalhes.

— Suco de cenoura com vodca — eu informo a eles.

Por um momento, até eles sentem nojo da combinação.

— Meu Deus! — Harvey diz.

— Ela vomitou. — digo com relutância. — Bastante.

— Meu Deus! — Harvey repete, mas agora com mais ênfase. Gayle lhe dá uma cotovelada forte nas costelas, fazendo-o se curvar, então ela foca de novo seu olhar assustadoramente entusiasmado em mim.

— E então, o que aconteceu?

Eu estava esperando todo tipo de reação por conta do horroroso e desarrumado estado de Celia Lieberman. Revolta. Ameaça de chamarem a polícia. Pedidos de reembolso. Essa não era uma delas.

— Bom, então, nós fomos pra uma festa — eu continuo.

Gayle literalmente dá saltinhos de alegria.

— Ouviu isso, Harvey? — ela guincha com um prazer infantil. — Nossa Celia bebeu demais, vomitou bastante e foi a uma festa!

— E isso é bom? — Harvey pergunta, levemente encorajado, mas compreensivelmente confuso.

— Cataclísmico! — Os olhos da mulher estão brilhando. — Nossa filha participou de um rito normal da adolescência!

Ela fica toda chorosa e emocionada. Ele também. Eles se revezam para me abraçar. Eu meio que preciso desgrudar os dois de mim.

Harvey quer me dar um bônus de setenta e cinco dólares. Gayle insiste que ele arredonde para cem.

Agora é pessoal

Minhas verbais subiram sessenta pontos. De primeira, fico inundado de alívio enquanto encaro, na noite silenciosa, minha tela brilhante. Eu passei quinze dias intermináveis temendo exatamente esse momento, o tempo que leva para os fascistas da organização teoricamente processarem e divulgarem os resultados. Pessoalmente, acho que eles terminam em vinte e quatro horas e então se divertem fazendo milhões de adolescentes desequilibrados se torturarem. Eu tinha tanta certeza de que tinha bombado. É, eu sei que todo mundo se sente assim, mas eu realmente, *realmente* sentia isso. Mas ali está, em pixels azuis e brancos. Sessenta pontos. Sessenta pontos pode não ser um grande salto para a humanidade, mas é um passo gigantesco para mim. Eu estou tomado de gratidão, transbordando de autossatisfação. Todos aqueles simulados, exercícios e sacrifícios sem sentido tinham razão, afinal. Sessenta pontos! Setecentos e vinte em verbais, baby! Não achei que eu fosse capaz. Eu penso sobre aquele maldito do Farkus. Na dor e humilhação que eu sofri. E, de repente, os quinhentos dólares não me doem tanto. Mas se eu algum dia vir o maluco de novo, vou comer o rabo dele.

Mas então eu penso melhor, como sempre. Sessenta pontos, por mais milagroso que isso seja, não são setenta e cinco pontos. Strack, que nunca erra, disse setenta e cinco. Sessenta, junto com a matemática, me coloca na baixa média. A média de Columbia é bem na média. Setenta e cinco teria me colocado ali. Sessenta mal toca no limite inferior dos aceitos, junto dos atletas, bilionários e filhos de ex-alunos, a diferença sendo, é claro, que eles são atletas, bilionários e filhos de ex-alunos. Resultado? Rattigan morre na praia de novo. Perto, mas nada feito. Minha existência patética em uma folha de respostas. Eu me encho de amargor e pena de mim mesmo. Por uma mísera porcentagem, meu potencial Futuro Promissor desaba.

Felizmente, eu penso mais uma vez. Como é que eles dizem? A esperança é a última que morre? Eu me agarro ao que tenho. E daí se estou na margem? Teoricamente, os números são só parte da Equação de Admissão. Existem sempre os Intangíveis. Toda faculdade está repleta deles. As figuras míticas que desafiam as probabilidades, que quebram a fôrma. Os analfabetos funcionais que começaram um site viral em um quarto, a garota que descobriu a cura do câncer no tempo livre, quando não estava trabalhando para sustentar a família morta de fome, o Prêmio Nobel da Paz, indicado aos quinze anos e mais **apócrifo** – adjetivo, *de origem duvidosa* – de todos: o garoto que escreveu setecentas palavras ou menos que foram tão sensíveis, tão comoventes, mas tão sutis que a vida até do mais exausto membro do Comitê de Admissões mudou para sempre e todos os critérios normais foram, de forma unânime e sem cerimônias, atirados aos ventos.

Eu preciso ser esse garoto.

O que quer dizer que preciso voltar para a maldita Inscrição. Tudo se resume à maldita Inscrição. Minhas Respostas Curtas são respondidas, revisadas e polidas até brilharem. O que me deixa com a toda importante e impossível Redação Pessoal. Segundo os livros sobre o assunto, os quais existem em abundância impressionante, uma ótima Redação Pessoal precisa saltar da página. Infelizmente, até agora, as minhas meio que mancaram. Durante o último mês, eu lutei em busca de um Assunto Digno. Vasculhei minhas memórias mais distantes de Grandes Infelicidades, Episódios que Formaram Caráter ou Momentos de Clareza Suprema, explorei os recantos mais escuros da minha mente em busca de exemplos do meu próprio altruísmo. O melhor que consigo pensar é a vez em que achei a carteira de um cara na rua e devolvi para ele apesar de ter quarenta e três dólares lá dentro. Por uma semana eu exploro o tópico da minha mãe ter sumido antes mesmo de eu ter tido a chance de conhecê-la, mas, como regra, tento nem pensar nisso porque quando penso, fico todo nervoso e irritado, o que eu acabo decidindo que é pessoal demais para Redação Pessoal.

Todo mundo tem sua Coisa que te faz Se Destacar de alguma forma. Problemas com bebida, violência doméstica, auto-mutilação. De novo eu me amaldiçoo por não ser mais ferrado. Eu li sobre um cara que, de verdade, escreveu sobre ter um grande complexo por ter um pinto muito pequeno. Isso chama a atenção, embora eu esteja aliviado de anunciar que ele foi rejeitado por todas as faculdades, até sua escolha segura, e nesse momento trabalha no Wendy's. Sempre existem os assuntos sobre a Nobreza do Salário Mínimo e

Começar Bem De Baixo, temas nos quais sou versado até demais, mas Pobreza já é batido e, além do mais, ninguém quer ouvir. Talvez eu deva expressar meu desejo de tirar um diploma chique que custa uma maldita fortuna para ser voluntário nas tropas da ONU e servir àqueles ainda pior do que eu? É, esse é o canal. Fazer o bem para os outros nunca sai de moda.

Columbia diz que não importa quando você manda sua inscrição desde que seja no prazo, que é amanhã às cinco da tarde. Mas a verdade é que eu deveria ter mandado a minha semanas atrás. Dizem que quanto mais cedo você mandar sua inscrição para a Admissão Antecipada, melhores são suas chances, por um infinitésimo. Devido a minha própria falta de habilidade e indecisão, enrolei o máximo que pude. O que quer que eu invente agora, vai ter que ser isso.

Portanto, chego à triste conclusão de que, já que eu não sou extraordinário de nenhuma forma definível ou mensurável, minha Coisa vai ter que ser Ser Super Bom em fazer o Super Bem. E como na verdade não sou tão bom nisso também, eu meio que vou ter que inventar algo. E rápido.

É fácil falar. Mais um pequeno detalhe. Como muitas outras coisas, escrita não é exatamente um grande talento também. Em aulas de inglês passadas, meus esforços literários foram ridicularizados, esquartejados, o que não ajuda minha já considerável insegurança. As horas se passam em pequenos fragmentos irrecuperáveis. A tela em branco me desafia a preenchê-la. Talvez eu não tenha uma Coisa. E se eu for sem Coisa? Eu ando de um lado para o outro, fico nervoso. As paredes se fecham em volta de mim. Para acalmar meus nervos, decido consumir um punhado surrupiado de um dos melhores bagulhos de Charlie que eu afanei e escondi para ocasiões extremas como esta.

Uma coisa eu preciso admitir sobre o velho, ele fuma merda da boa. Para acordar as musas, eu entro na briga e coloco uma velha e boa música que dê o clima do meu tão necessário voo da imaginação. Treze minutos e duas faixas e meia de *The Dark Side of the Moon* depois e eu estou hipnotizado pela dança das estrelas no meu descanso de tela. Estou deslizando pelo cosmos, flutuando sem peso e passando por planetas com seus anéis, constelações psicodélicas e buracos negros em espirais enquanto guitarras elétricas detonam. Você conhece a música *Time*? É, você sabe qual é. Os relógios batem cada vez mais rápido e então, de repente, eles todos começam a soar ao mesmo tempo, tão alto que você sente como se sua cabeça fosse partir ao meio como uma melancia apodrecida? É, essa. Bem, é nessa que acontece, é aí que o Pequeno Billy emerge em sua glória plenamente formada para minha consciência completamente chapada.

O Pequeno Billy, aquele menininho aleijado e cego que eu ajudei de forma tão heroica e altruísta ao longo dos anos.

Eu fantasio que conheci o Pequeno Billy quando o Pequeno Billy ficou preso em uma faixa de pedestres depois que o sinal ficou verde. Ninguém espera os dois segundos que seriam necessários para o Pequeno Billy atravessar, ninguém dá uma folga para o pobre menino. Não, os carros explodem em volta do Pequeno Billy, preso no meio de um cruzamento, cambaleando em círculos, indefeso com sua pequena bengala. É só uma questão de nanossegundos até o Pequeno Billy virar presunto. As pessoas estão sempre com pressa, pressa, pressa, para chegarem em lugar nenhum, sabe? Então eu preciso fazer o que qualquer pessoa com um coração e uma consciência faria. Eis que existem tão poucos de nós. Arriscando minha vida e meus membros, este que vos fala mergulha na linha de fogo e conduz o Pequeno Billy por uma barreira de veículos até seu santuário. Isso mesmo, eu salvo a bunda deficiente dele. Eu, porque mais ninguém faria isso, veja só. O que me torna excepcionalmente excepcional, se você me permite dizer.

Enquanto o Floyd voa majestosamente pelos instrumentos, meus dedos fazem o mesmo, dançando hábeis pelo teclado do meu notebook, quase em transe. Pois esse é só o começo da recompensadora relação entre eu e o Pequeno Billy. Veja, depois que eu seco as pequenas lágrimas do Pequeno Billy e compro para ele um sorvete grande com meus últimos suados centavos, eu o levo para casa, até o desmazelado apartamento alugado que ele divide com sua sobrecarregada e distraída mãe solteira. Não é preciso ser Steve Jobs para entender que o Pequeno Billy precisa desesperadamente de um Homem em Sua Vida e um Modelo Adequado. Então, enquanto meus pares praticam esportes, trabalham em seus currículos escalando o Monte Kilimanjaro ou levam suas bocas cheias de aparelho para seminários com vencedores do prêmio Pulitzer, eu arrasto o Pequeno Billy para os médicos, e ele vai em vários, para ver jogos, onde preciso pacientemente narrar as jogadas para ele, e para concertos no parque, que o Pequeno Billy gosta especialmente porque consegue ouvir bem mesmo que não possa enxergar um palmo à frente do nariz. Quando finalmente tiro a carteira de motorista, levo o Pequeno Billy à praia. Eu ensino o merdinha a nadar.

Mas não é tudo diversão e bombons. Eu ainda lacrimejo quando penso na vez em que quase perdemos o Pequeno Billy por causa daquela mortadela estragada que ele não pôde ver que estava ficando verde nas bordas. Quando tudo parece perdido e prevemos uma falha total da função renal, eu me ofereço para doar o meu. No fim acaba não sendo necessário, o que é bom, porque não somos compatíveis, mas Deus, eu estava disposto. Nos meus fones a bateria troveja e órgãos eletrônicos brilham, eu estou pirado, isso está rolando demais. Por um precioso parágrafo — preciso ficar de olho na contagem de palavras — eu brinco com a ideia de matar o Pequeno Billy com alguma obscura e nojenta complicação médica ou acidente de metrô igualmente horroroso que pode ou não ter sido deliberado da parte dele. Cá entre nós, conforme eu e o Pequeno Billy envelhecemos juntos, começo a achar que a reclamação incessante e as necessidades infinitas dele estão seriamente erodindo minha antiga vida amorosa, mesmo que ela seja tão imaginária quanto minha atual vida amorosa. Quer dizer, as meninas não acham um grande atrativo ir ao cinema e ter um menino cego e aleijado constantemente cutucando-as e exigindo saber o que aconteceu. Claro que não expresso o final trágico do Pequeno Billy de forma tão crua. Não, eu estou devastado, completamente tomado pelo luto, na verdade tão devastado, tão tomado pelo luto que, em um grande gesto benevolente, eu cedo, apago um monte de coisas e permito que o Pequeno Billy siga com sua sofrida existência. Não quero terminar a Redação Pessoal de forma deprimente. E fico muito feliz pelo Pequeno Billy ter sobrevivido e estar Lutando Contra as Circunstâncias até hoje. Pois eu fui inspirado, e sem dúvidas continuarei a ser, pelo Pequeno Billy e os Incríveis Desafios que ele enfrenta e supera diariamente. Mas no geral, só estou feliz por não ser o Pequeno Billy. Eu não digo isso. Mas expresso a mensagem profunda dessa minha história a respeito dos sofrimentos de outra pessoa. Eu a tiro da penúltima música de *Abbey Road*, dos Beatles, o último grande álbum deles. É sempre bom jogar umas Referências Culturais, sabe. Como no final, você basicamente leva o que deu. E, irmão, isso não é uma verdade?

Aquele B+ em inglês que eu não mereci e deveria ter sido um A- não importa, eu escrevo com paixão. Meu copo está transbordando em comparação ao quase vazio que o Pequeno Billy recebeu. Eu seguro as lágrimas enquanto coloco, trêmulo, os últimos retoques. Cheio de Amor por Toda a Humanidade, mas especialmente pela minha própria bondade, eu caio no sono dos justos, ou, no meu caso em particular, dos muito, muito chapados.

Nem preciso dizer que eu apago, morto para o mundo exterior até duas ou três da tarde do dia seguinte. Para minha sorte, é algum feriado e eu não tenho aula. Eu rolo para fora da cama meio grogue e vou dar uma enorme mijada. Pela primeira vez na vida, Charlie acordou antes de mim e está recebendo visitas de cueca quando eu cambaleio para dentro da cozinha para uma hidratação rápida da minha boca extremamente ressecada. Dois caras vestindo sandálias com meias e que têm tufos de cabelo nascendo em todos os lugares errados estão em volta dele perto da bancada.

— Um Plymell Zap número doze! — guincha o Número Um. — Alguém me belisca!

— Só foram impressos 953 — se derrete o Número Dois. — Eu estou arrepiado de verdade!

Geeks de quadrinhos, o que mais? Maconheiros de meia--idade cujo desenvolvimento mental chegou no limite quando tinham dezesseis. Lembretes ambulantes e asmáticos do que não fazer. Igual Charlie, só que, diferentemente de Charlie, eles nunca estudaram em Harvard ou saíram no sol por um único dia. Eu estou meio que acostumado às suas peregrinações esporádicas até aqui. Não sei se já mencionei isso, mas aparentemente Charlie tem uma coleção de quadrinhos que é de matar. Não que eu me importe. O que quer que Charlie curta, faço questão de não curtir.

— Te disse que valia vir — o Um se vangloria para o Dois.

— Posso pegar? — o Dois pergunta hesitante para Charlie.

— Sem chances — dispara Charlie, aninhando o artefato sagrado em suas mãos com luvas brancas. — Já é ruim o suficiente você estar respirando seus germes nele.

O objeto de referência é um livrinho primitivo, amarelo e azul, embrulhado em papel alcalino. Charlie alegremente o coloca de volta em seu lugar na estante feita sob medida e que ocupa uma parede inteira da nossa pequena sala de estar.

— Você tem alguma ideia de quanto isso valeria no eBay?

— Os dois admiram.

— Março do ano passado um Zap Plymell número doze em condições razoáveis foi por quase setecentos — responde Charlie, que passa infinitas horas on-line observando as flutuações porque não tem nada melhor para fazer no que passa por uma vida para ele. — O.k., o mercado caiu consideravelmente desde então, mas o meu está em condições Muito Boas ou Ótimas.

— Uma possível joia! — pia o Um.

— *Mr. Natural* subiu dois e mais um terço — eu resmungo, listando títulos de quadrinhos obscuros e alternativos que só gnomos como eles poderiam reconhecer, ainda mais apreciar, incapaz de engolir meu desprezo, mesmo em meu estado nebuloso. — *Furry Freak Brothers* desceu meio ponto, *Two Fist Zombies* subiu um e um oitavo...

— Vá em frente, desdenhe mesmo! — Charlie diz, ofendido. — Mas um dia, quando você for o herdeiro de uma pequena, mas ainda significante fortuna, vai mudar de ideia. Só que eu não vou estar aqui pra você poder agradecer.

— Vai sonhando, Charlie. — Eu bocejo, tendo ouvido isso um gazilhão de vezes. Abro a geladeira.

— Eu só queria ter comprado mais quando era criança — Charlie reflete, elegantemente puxando a luva pelas pontas. — Mas meus pais sabiam o que era melhor. Eles diziam que quadrinhos eram uma perda de tempo.

Eu pego a caixa de suco, que além de ketchup, mostarda e um pote de picles mofados, é meio que a única coisa dentro da geladeira. Imediatamente sinto que ela não tem peso, é oca, vazia. Típico. A cara do Charlie.

— Charlie, quando o suco acabar, por favor jogue fora a caixa — digo. — Assim eu sei que preciso colocar suco na lista.

Isso me mata. Com todas as coisas cruciais acontecendo comigo, já é ruim o suficiente que eu tenha que fazer as compras para nós dois. Deus o livre de mover um dedo para ajudar de vez em quando.

— Isso só serve pra mostrar — ele grita atrás de mim enquanto eu me recolho de volta para o meu quarto com uma xícara de café frio. — Nunca ouça seus pais!

Cafeinado, eu ligo o computador para admirar a obra-prima da noite passada.

Sabe quando você fica chapado e acha que está dizendo todo tipo de merda superimportante, uma merda tão profunda e reveladora que mudaria sua vida para sempre se ao menos você pudesse se lembrar exatamente do que disse? E naquelas poucas vezes que você de fato se lembra de anotar a merda, na manhã seguinte você ou não consegue entender o que escreveu porque sua letra ficou totalmente ilegível ou, se consegue entender o que escreveu, não consegue entender por que achou tão incrível quando anotou? Bem, reler minha última e melhor tentativa de Redação Pessoal é tipo isso, só que com um enfarte junto. Pequeno Billy, o menino cego e aleijado? Que coisa mais capenga – literalmente. No que eu estava pensando? Eu ensinei o merdinha a nadar? Sim, eu realmente usei a palavra merdinha. Minha Redação Pessoal, que deveria ser um modelo de Mega Generosidade e Tolerância Suprema é, em vez disso, um monólogo de Insensibilidade Monumental e Incorreção Política Perturbadora. Intoxicação alimentar por causa de mortadela estragada? Eu não consigo acreditar no babaca sádico que eu sou. Oferecer a droga do meu rim? Na verdade, essa foi boa.

Mas, deixando tudo isso de lado – quer dizer, eu sempre consigo amenizar a coisa toda, amenizar bastante –, é preciso considerar a questão legal. Quer dizer, e se Columbia checar? Você precisa assinar um negócio que torna minha ofensa um crime. Por outro lado, Columbia recebe dezenas de milhares de inscrições. Columbia não pode checar todas. Mas, com a minha sorte, Columbia vai checar a minha. Pequeno Billy? Dá um tempo.

E mesmo que Columbia não cheque, minha Redação Pessoal é uma grande e gorda mentira. Em última instância, mandar essa redação é simplesmente errado. De muitas formas. Em muitos níveis. Sob a luz fria e forte do dia, eu não consigo fazer isso.

Deprimido, aperto "apagar".

Eu fico sentado ali, encarando a tela em branco, um gigante destruído. O prazo de inscrição é em tipo uma hora e ainda não tenho uma Redação Pessoal, a parte mais essencial dela.

Eu estou tão fodido.

Em minha última proeza de inutilidade, depois de meses, depois de infinitos dias e noites me esforçando e tentando escrever a Redação Pessoal Perfeita, vou ter que escrever a Redação Boa o Suficiente Assim Eu Espero em questão de minutos. Com a cueca de ontem, com meu cérebro morto, de ressaca. Em um frenesi de pânico, eu faço uma colagem de tentativas anteriores. Freneticamente, costuro algo mais ou menos coerente com frases e sentimentos antes dispensados. A clássica Construção de Caráter que vem de ter sido abandonado pela mãe combinada com a Nobreza de Não Ter Nada, mas com uma dose saudável de Otimismo Inabalável e um toque de desejo de Melhorar O Mundo. Em resumo, eu fabrico algo que se parece com uma Coisa embora eu não faça ideia do que essa Coisa seja. Tudo isso em setecentas e cinquenta palavras ou menos.

Me arrastando, cruzo a linha de chegada segundos antes do fim. Foda-se uma Redação Pessoal que impressione e choque. O melhor que posso esperar agora é que ela não cause nenhum mal.

O botão de enviar pulsa. Anestesiado, eu encaro a soma dos quase dezoito anos da minha existência terrena reduzida a números, letras, parágrafos curtos e uma Redação Pessoal corrida e imperfeita. Onde está a caixinha para anos me matando em matérias que não importam? Eu me pergunto.

Onde está o espaço para tentar o meu melhor com o que tenho, o valor numérico por agir com fé, arriscar decepção, ousar sonhar? Eu não consigo não pensar que deveria ter havido mais, que há mais que eu possa fazer. Mas não há. Porque isso, meus amigos, é o fim da linha. O alarme tocou, o tempo acabou. Fim de jogo.

E, ainda assim, não consigo me obrigar a clicar. Mas clicar eu devo. Tampando os olhos, eu murmuro uma oração silenciosa para uma força superior na qual não acredito.

Clique. Pronto, feito. A sorte está lançada, o mal está feito. Não há como voltar atrás.

De alguma forma, apesar de tudo, eu deveria estar aliviado, mas não estou, longe disso. Eu estive trabalhando para esse momento, esse objetivo, há tanto tempo que não me lembro de nada diferente. Imediatamente me sinto perdido, com pontas soltas, completamente sem rumo ou propósito na vida. Eu sou a mãe de todas as decepções.

Mas tenho um trabalho em Tenafly chegando, então eu marcho para a cidade e para a lavanderia. Está chovendo, frio e cinza lá fora, o que combina com meu humor. Eu checo os bolsos do terno antes de entregá-lo.

— Ei, Brooks — Sanjay me cumprimenta por trás do balcão. — O de sempre?

Eu faço que sim. Antes da minha nova vocação eu nunca tinha entrado neste apertado estabelecimento, mesmo ele estando aqui desde sempre. Agora sou um cliente regular e não apenas eu e Sanjay sabemos o nome um do outro como temos um código. Vai entender.

Enquanto me arrasto de volta para a Fera, sinto um impulso repentino de comemorar minha conquista, comemorar a ocasião, por mais desimportante para todos os outros além de mim. Mas comemorar com quem? Quem, além de *moi* liga a mínima para *moi*? É aí que eu vejo Murf do outro lado da rua, na vitrine do Metra, acenando para mim.

— Setecentos e vinte em verbais, bebê — eu relato orgulhoso, meu peito estufado como se eu merecesse uma estrelinha dourada. Eu não via o Murf desde que recebi essa notícia semi-espetacular. Na verdade, com o meu malabarismo para terminar a inscrição, me manter em dia com a escola, além dos fins de semana trabalhando em diversos círculos sociais adolescentes, parece que não o vejo há eras. — Eu meio que estou dentro da faixa aceitável oficial.
— Isso é incrível, Brooks — Murf diz, limpando vigorosamente uma mesa. Ele olha para mim. — Você está no seu caminho pra fora de Pritchard.
— Bem que eu queria — digo, notando pela primeira vez que o lugar está bem mais cheio do que o normal. Ué, tem até uma pequena fila em frente ao balcão onde dois novos empregados, com o uniforme do Metra, garotos que eu reconheço vagamente do colégio, operam com habilidade a linha de montagem de sanduíches.
— Picles, depois a pimenta! — Murf late para eles. — Idiotas! Me deram idiotas.
Eu também observei que todas as mesas estão limpas, o chão brilhando, as latas de lixo estão vazias, os porta-guardanapos notavelmente cheios. Que loucura, tudo está perfeito. Como se eu estivesse em uma dimensão paralela ou um episódio ruim de *Arquivo X*.
— Murf, o que está acontecendo? — eu pergunto, bastante assustado.

— Eu fui promovido, é isso que deu errado! — ele grunhe enquanto rapidamente ajeita as cadeiras. — Você está olhando para o novo gerente noturno do Metralhadora! E é tudo culpa sua!

— O que aconteceu com o Pat?

— Eles pegaram o babaca roubando da jarra de gorjetas com as câmeras de segurança. Sem você, não tinha sobrado mais ninguém, então eles precisaram me escolher!

Eu sinto muito, mas não consigo me impedir de rir. Murf como gerente. É demais.

— Você acha engraçado? — Murf diz, furiosamente varrendo um canto já impecável com a vassoura.

— Então se demita — eu aconselho.

— E abrir mão da Oportunidade de Uma Vida? E se o Metra realmente virar uma franquia nacional? Eu posso estar na nave-mãe.

Eu olho melhor. Esse é o Murf ou algum gêmeo do mal? Quem quer, ou o que quer que ele seja, deve ter bebido chá de fita se acha que o Metra vai para algum lugar além do ralo. Mas não falo isso.

— Merda no lugar do cérebro! Mostarda e depois a maionese! — Murf ordena para seus servos e então se vira de volta para mim com um sorriso maníaco. — Todo esse poder está subindo à cabeça! E quer saber, cara? Eu estou curtindo pra porra!

Eu me afasto dele. É um gêmeo do mal. Então, por um instante, os olhos do impostor se desfocam e o Murf Real aparece.

— Ah, meu Deus — o Murf Real se surpreende. — Quem sou eu? O que estou dizendo?

— Precisamos ficar chapados — eu recomendo.

— Quando? — ele pergunta, animado.

Eu puxo o iPhone e abro o calendário.
— Vamos ver. Eu tenho hora na quinta.
— Não dá — Murf diz. — Quinta é a noite mais cheia. Mas os sábados são lentos. Como são seus sábados?
— Pelo futuro distante eu não posso nos sábados.

Para a minha surpresa, Murf puxa o próprio smartphone e abre o calendário. Nós consultamos nossas agendas.
— Segunda que vem? — sugiro.
— Não posso. Tenho um monte de reuniões com possíveis novos fornecedores de carne — o Murf diz. — Tipo, você viu o que eles estão vendendo como *prosciutto*?

Mais uma vez, não acredito no que estou ouvindo.
— Terça? — ofereço.
— Eu não sei, cara. Terças são difíceis. Nós vamos lançar uma nova promoção de frango à parmegiana.
— Sexta da semana que vem? — eu persisto. — O Pixies vai tocar no Bowery.
— Pixies? — O Murf Real emerge de novo. O Pixies está bem no topo do panteão do Murf.
— Você acha que o gerente noturno pode se dar uma noite de folga?

Estamos falando de Pixies, mas, por incrível que pareça, Murf ainda hesita.
— Esse lugar vai cair aos pedaços sem mim — ele diz. Orgulho do que é seu. Responsabilidade. Iniciativa de verdade. De verdade parece que alguma consciência alienígena tomou conta do cérebro do Murf.
— Vamos lá, só eu e você — eu imploro. — Sendo idiotas. Perdendo tempo. Como nos velhos tempos.
— Como nos velhos tempos. — Ele me olha parecendo ele mesmo de novo. Nós sentimos algo obscuro e ameaçador.

Não pode ser possível, não para nós dois. Mas é. Eu e o Murf estamos perdendo contato.

— O.k., cara — Murf cede. — Pixies. Fechou.

Com um soquinho, nós fechamos o negócio.

Bruce no volume máximo, eu dirijo sem rumo, refletindo sobre as vicissitudes da vida. E, embora eu tenha uma tonelada de dever de casa, decido tirar um dia de folga, algo que não faço há tanto tempo que nem sei o que fazer com ele. Talvez eu faça uma visita surpresa à academia, jogue um pouco de basquete com meus parceiros, vá ver um filme bem ruim ou só dirija por mais casas de gente rica. Dormir é sempre uma opção atraente. Então ouço o refrão familiar:

HEY HO, LET'S GO!

Eu desligo a música, coloco no viva-voz sem olhar e assumo minha voz mais profissional.

— Rattigan e Associados. Com quem deseja falar?

— Brooks, Harvey Lieberman.

Harvey Lieberman? Só o nome Lieberman já me dá taquicardia. Essa é uma interrupção muito indesejada.

— Eu sei que é meio de última hora — ele diz. — Mas Celia foi convidada pra um jantar dançante no clube de campo de Green Meadow nesse sábado.

Eu posso ouvir Gayle ao lado dele.

— Primeiro uma festa! — ela guincha. — Agora um seleto clube de campo!

Eu a imagino, agitando nas mãos algum convite com caligrafia chique, fazendo uma dancinha feliz com aqueles sapatos horrorosos dela em volta de toda aquela arte primitiva perturbadora. Não é uma imagem agradável.

— Sem chance, dr. Lieberman. Sem chance — eu respondo com firmeza. — Esqueça.

— Por que não? — E então ele realmente diz: — Vocês se divertiram tanto da última vez!

Só lembrar da última vez me dá um arrepio. Apenas a perspectiva de passar mais tempo com Celia Lieberman está fora de cogitação.

— Repetir trabalhos é absolutamente contra a política da empresa — eu informo a ele, embora não exista essa política, ou qualquer política, da empresa. — Desculpa, sem exceções.

— Harvey, me dê o telefone! Você está fazendo errado!

— Eu ouço grunhidos e batidas quando Gayle luta com seu parceiro, menor e mais frágil, pela posse do telefone. — Me deixe falar com ele!

— Você me mordeu! — ele geme. — Está sangrando!

Mais uma vez, a dimensão da insanidade dos Lieberman me impressiona. Embora isso possa ser uma mancha negra no nome da empresa, vou desligar na cara deles. Eu devo, pela minha autopreservação.

— É o aniversário de dezoito anos de uma colega de Celia! — Gayle grita na minha orelha, vitoriosa, como sempre, nessas disputas. — Talvez você a conheça! — Adeus para sempre, Liebermans. Me despedir é tão dolorido. Só que não. Meu dedo desce para o botão vermelho de desligar. — Shelby Pace!

Eu não vou mentir. Na última semana, pensei uma ou duas vezes em Shelby Pace, especialmente tarde da noite com a porta trancada. Em algumas manhãs e tardes também. Com frequência no banho ou esperando no drive-thru. O.k., meio que o tempo todo em todos os lugares. Embora tenhamos trocado apenas um beijo fugidio, ele foi trocado com a gata mais gostosa da existência vestindo um biquíni de lacinho na sua mansão que tem um Picasso de verdade. Qualquer um desses fatores já é estupendo. Juntos, eles são atordoantes. Eles acabaram com minha alma. Pois eu me resignei ao fato deprimente de que essa experiência incrivelmente maravilhosa e absolutamente breve vai me assombrar pela eternidade. Porque essas estrelas nunca vão se realinhar e não haverá outros compromissos em Green Meadow. E aqui, de repente, está um.

— Brooks, você está aí? — A voz áspera de Gayle me traz de volta à razão.

Eu digo a ela que abrirei uma exceção só dessa vez. Pelo preço regular.

Lá vamos nós de novo

Celia Lieberman está assustadoramente calma e controlada quando eu a busco.

Não há nenhuma grande cena. Nenhuma demonstração ensurdecedora da disfunção familiar dos Lieberman, nenhuma confissão pessoal embaraçosa, nenhuma ameaça de vingança. Não, estranhamente tudo é sol e alegria, abraços e beijos.
— Boa noite, mamãe! — Celia Lieberman cantarola, trocando beijinhos com Gayle na porta da frente. — Boa noite, papai querido. Não precisam ficar acordados! — ela diz, alegre, dando um tapinha carinhoso na careca de Harvey. — Vamos lá, lacaio — ela diz para mim, distraída. Eu a sigo até o Prius, mantendo uma distância cautelosa, certo de que estou sendo vítima de uma enganação que pode muito bem terminar com a minha morte violenta.
— Ah, Harvey — Gayle dá um suspiro alto atrás de nós, segurando a mão dele. — É a juventude que nunca tivemos.
— Só que melhor — ele exulta. — Porque nós não precisamos passar por isso.

— Eu só quero que você saiba que isso não foi culpa minha. Foi ideia dos meus pais e eu decidi agradar os pobrezinhos iludidos — Celia Lieberman diz quando começamos nossa jornada noturna. — Pegue a esquerda na esquina.

Celia Lieberman está vestindo uma coisa horrorosa e com cara de vó, um vestido xadrez cinza que vai até os tornozelos e cuja gola realmente vai até o pescoço. Ela liga o rádio e aumenta bem o volume. Eu estou alerta, esperando que a bigorna caia na minha cabeça a qualquer momento, achando a civilidade de Celia Lieberman apavorante.

— Uuuu! — Celia Lieberman coloca a cabeça para fora da janela aberta e canta: — TAKE A WALK ON THE WILD SIDE! YEAH, BABY!

— Você está surpreendentemente de bom humor — eu observo quando ela volta para dentro, mantendo-a no meu campo de visão o tempo todo.

— Eu estou!

— Posso perguntar por quê?

— Eu fui aceita na admissão antecipada de Stanford.

A notícia me acerta pela esquerda como um saco de tijolos. Quer dizer, eu fico completamente cego. O choque é tão grande que desvio da nossa pista e caio na oposta, bem no caminho do trânsito movimentado. Um coro de buzinas me acorda no momento certo e eu faço uma virada fechada para a segurança. Mas foi por pouco, e nós dois estamos abalados.

— Jesus, você tá tentando nos matar?

— Você foi aceita na admissão antecipada de Stanford? — eu grasno, engolindo ar. Stanford! Sabe como a taxa de aceite de Columbia é uns sete por cento? Bom, Stanford é ainda mais impossível. Tipo uns cinco. Isso é mais baixo até que Harvard, a mais baixa do país, provavelmente do mundo. E não são cinco por cento de zé-ninguéns que se inscrevem, mas cinco por cento dos melhores e mais brilhantes, os superambiciosos que têm as notas e a coragem de achar que realmente têm uma chance. Quer dizer, para esses babacas, escolas como Columbia, Penn e Northwest são plano B. Mas mesmo sendo superinteligentes, bem-preparados e bem-conectados como são, a maioria não entra. Noventa e cinco por cento são esmagados como insetos no painel de um carro em alta velocidade.

Celia Lieberman foi aceita na decisão antecipada de Stanford! É incrível para mim pensar que eu possa conhecer alguém que entrou em Stanford. Mas Celia Lieberman? Com o jeito como ela se veste? Stanford! De alguma forma, é uma piada do universo comigo.

— Como você pode já saber? — eu vocifero, me recusando a acreditar. — Estamos no meio de novembro, ninguém fica sabendo de nada até a primeira semana de dezembro!

— Bom, eu fiquei. Já faz quase uma semana — ela diz com um sorriso largo, dançando ao som da música.

Com minhas chances cada vez menores graças à minha Redação Pessoal, não vou ficar sabendo nada de Columbia até o último segundo possível, tipo os últimos dias de dezembro, quando eles não puderem adiar mais, e quem sabe o que vou ficar sabendo? Stanford. Porra. Celia Lieberman!

— Sabe o que isso quer dizer? — Celia Lieberman sorri.

— Que suas notas foram astronômicas? — eu guincho.

— Não, quer dizer que no dia quinze de setembro eu estarei a mais de quatro mil e oitocentos quilômetros dos meus malditos pais. Foi por isso que eu escolhi ir pra lá!

O clube de campo de Green Meadow é do tamanho de um pequeno principado e exatamente o que você esperaria de um playground particular dos mega-ricos, só que ainda mais. Eu paro o Prius atrás de uma caravana de Audis, Infinitis, Benzis. Um cara de uniforme com ombreiras abre elegantemente a porta de Celia. Ela corre para fora, remexendo os quadris e socando o ar, gritando:

— HORA DA FESTA! VAMOS DESTRUIR, CARAS!

O valet olha para ela e depois para mim. Eu dou as chaves para o cara completamente chocado, junto com uma explicação que sinto que ele merece.

— Ela foi aceita na admissão antecipada de Stanford.

Nós somos guiados pelo lobby reluzente até um vasto salão de baile com pé-direito alto que parece ter saído de algum palácio inglês. Ali, embaixo dos lustres de cristal, em seu habitat natural, é possível dizer, em seus trajes e glória completos, está o *crème de la crème* da sociedade adolescente de Green Meadow. As garotas são lindas, sofisticadas, magras; os caras são altos, esguios, charmosos. Futuros líderes, tomadores de decisões, os que movem, sacodem. Dançando, rindo, fazendo piadas. E por que não? Eu também estaria.

— Deus, eu odeio pessoas atraentes e bem-ajustadas, você não? — Celia Lieberman diz. — Ah, quase esqueci, você é um deles.

Mas eu não sou, nem de muito longe. Então, como uma visão, eu vejo a aniversariante do outro lado do salão. Shelby, em um vestido curto, justo e transparente que marca seus mamilos, deslizando na nossa direção.

— Celia, escuta, uma coisa... — eu sussurro para Celia Lieberman. — Eu meio que disse para a Shelby que moro na cidade.

Celia Lieberman me olha intrigada.

— Por que você meio que diria isso?

— Eu, hum, não achei que seria bom para sua imagem sair com alguém de Pritchard, Nova Jersey — eu gaguejo, cada vez mais nervoso conforme Shelby se aproxima. Embora eu desvie o olhar, Celia Lieberman me pegou direitinho.

— Ah, que bondoso da sua parte.

— Só vai na minha, o.k.? — imploro.

— Deus, você é uma farsa *tão* grande! — Ela se impressiona. Então, Shelby chega a nós no ritmo da música pulsante, perturbadora em sua perfeição.

— Ei, vocês vieram! Eu estava contando com isso!

— Obrigada! — Celia Lieberman grita de volta. — Não acredito que você me convidou!

— Ah, não foi *você* que eu convidei! — Shelby grita de volta, lançando um olhar sedutor por cima de Celia. Eu me viro. De novo, por eliminação, tem que ser eu. Grato pela minha boa sorte contínua e inexplicável, devolvo o olhar de Shelby colocando nele o máximo de significado que consigo. Eu consigo ver todo o cenário sórdido lentamente ficando claro para Celia Lieberman conforme ela percebe que foi usada. Usada tanto por Shelby quanto por mim para nossos planos egoístas. Eu faço uma careta, como o nojento que sou, certo de que minha farsa vai ser revelada.

— Celia, você não liga de eu roubar o Brooks por uma música, liga? — Shelby pergunta, deslizando seu braço macio pelo meu, pegajoso de suor.

— Ele é todo seu. — Celia Lieberman aperta minha bochecha com força. — O pobrezinho precisa de um exercício depois da longa viagem vindo da cidade.

Engolindo lágrimas de dor, eu solto um morno agradecimento para ela enquanto sou levado.

— Eu estarei vomitando no banheiro — Celia Lieberman comenta atrás de nós, fazendo eu e Shelby nos virarmos para ela, assustados. — Brincadeira. — Celia ri e dessa vez é ela que sai.

— Aquela Celia Lieberman tem um senso de humor interessante — Shelby comenta, vendo-a se afastar.

— É, ela é o máximo. — Eu alongo o maxilar, só agora voltando a sentir o lado esquerdo do meu rosto onde Celia apertou. — Mas chega dela. Vamos dançar?

Shelby conhece todos os passos e até aqueles que não podem ser ensinados. Suave e sensual, ela antecipa friamente todos os meus movimentos e giros e aumenta a aposta com algumas provocações próprias. Próximos, mas sem nunca nos tocarmos de verdade, nós surfamos pelas ondas de música eletrônica que caem sobre nós. Seus olhos verdes de gata estão fixos em mim, provocantes, tentadores. Eu quero agarrá-la, devorá-la, consumi-la. Eu a desejo, eu desejo tudo *isso*.

— Então, como vão as coisas com Celia Lieberman? — ela grita por cima do som.

— Não poderiam estar melhores! — eu grito de volta, a música mascarando meu amargor. — Ela acabou de ser aceita na admissão antecipada de Stanford!

Shelby erra um passo, nós nos trombamos. Stanford. Até ela, ela que tem tudo, está impressionada. E com inveja.

— Legal! — ela grita.

O simples fato de pensar em Celia Lieberman e Stanford juntos na mesma frase estraga meu humor.

— Não vamos falar de Celia Lieberman — eu grito. — Vamos falar de você!

De repente, eu penso melhor. Pois ali, atrás de Shelby, na mesa do bufê, mascando uma enorme pata de lagosta em cada punho gordo, está o maldito Burdette, do gosmento Colégio Pritchard, bem na linha de frente, o primeiro dominó que começou a coisa toda. Meus olhos se esbugalham como em um desenho animado, minha garganta seca. Antes de ser descoberto, eu habilmente puxo Shelby pelos quadris na minha direção e nos giro de forma vertiginosa, usando-a como escudo visual.

— Menino — ela ofega, pega de surpresa, mas não achando ruim. — E eu pensando que você não era do tipo que ficava de brincadeira.

Meu coração está parecendo uma bateria quando eu furtivamente espio o bufê por cima dos ombros nus de Shelby. Burdette não está mais lá. Não há sinal dele em lugar nenhum. Talvez tenha sido só uma ilusão, eu penso, uma alucinação causada pelos meus hormônios em fúria, algo que eles definitivamente estão desde que Shelby rodopiou nos meus braços e esfregou sua bundinha firme suavemente contra minha crescente virilha. Isso está acontecendo de verdade?

— Então, hum, como é ter dezoito anos? — eu solto, tentando me manter no controle.

— Ótimo. — Ela sorri, se virando para me encarar de novo. — Agora eu posso votar e trepar legalmente!

Isso deveria chamar minha atenção de uma forma inquestionável, mas não chama, porque *é mesmo* o maldito do Burdette a quarenta e cinco graus, mergulhando de cabeça, como o porco que ele é, na fonte de chocolate. Mais uma vez eu giro Shelby.

— *Isso* é ótimo! — exclamo, meu cérebro entrando em curto-circuito enquanto tento planejar uma fuga.

— Qual dos dois? — Shelby pergunta, confusa. — Votar ou trepar?

— Trepar, depois votar! Obrigado pela dança!
Eu fujo, deixando-a perdida. É um desastre completo.

Correndo pelo lugar, eu noto Celia Lieberman saindo do banheiro feminino com Cassie atrás dela.

— Você deve dar bastante — Cassie diz depois de dar mais uma boa olhada na roupa horrorosa de Celia Lieberman, tentando entender o apelo. Eu faço um sinal urgente para Celia Lieberman, que me nota.

— Ah, eu dou — Celia exclama, em meu benefício. — Eu sou uma vadia completa.

— Mesmo? — A boca de Cassie se abre, incrédula.

Eu estou tentando manter a calma e deixar que a conversa insípida delas termine, mas o risco de exposição pública é imediato demais.

— Vamos, estamos indo embora — eu comando, puxando Celia Lieberman pela mão.

— Mas nós acabamos de chegar — ela protesta.

— Eu não consigo esperar!

Eu a arrasto para fora, Cassie está no chão, pensando no pior, como sempre.

— Cara! — eu a ouço assobiar para si mesma.

Eu rapidamente conduzo Celia Lieberman até a porta da frente. Quando estamos fora do campo de visão de Cassie, ela se solta.

— Ei, qual é a da encenação de homem das cavernas? Você e a duquesa não se deram bem?

— Não, eu só tive um encontro com o primo da minha primeira cliente!

Ela me olha, ainda sem entender.

— E daí?
— E daí que foi ele que arranjou. Ele sabe o que eu faço!
A cor some do rosto mal maquiado de Celia Lieberman enquanto ela processa todas as consequências possíveis, todas catastróficas.
— Vou pegar meu casaco! — ela grita.
— Te encontro no carro!
Nós corremos em direções diferentes. Desviando e driblando como um ponta-esquerda eu avanço pela multidão. Bem quando vejo a luz entrando pela porta da frente, meu caminho é bloqueado pela enorme forma loira de Tommy. Ele agarra minha gravata e a puxa para baixo. Muito, muito puto.
— Escuta, verme, ninguém desrespeita Tommy Fallicko e se safa disso!
Tommy o quê? Poderiam meus ouvidos, como todo o resto, estarem me enganando?
— Como é? — eu cuspo, me soltando das mãos dele.
— Ninguém caça na reserva pessoal de Tommy Fallicko!
— Seu sobrenome é fálico?
Eu estou intrigado, apesar do extremo risco da minha situação. **Fálico**. – adjetivo: *relativo ou semelhante a um pênis ereto*. Que caralho. Isso fez minha noite, meu ano, até. Tommy Fálico! Tão conciso, tão adequado. Eu sei que não devia, mas não consigo me impedir de rir de orelha a orelha.
— Com CK — Tommy estoura. — F-A-DOIS L-I-C-K-O!
— Mesmo assim, era de se imaginar que sua família teria mudado. — Eu gargalho, perdendo o controle. — Há muito tempo.
No minuto em que Pênis mergulha para acabar comigo, eu espio Burdette de novo e fujo. Do lado de fora, capturo o mesmo cara de antes e o sacudo desesperadamente pela gola.

— Prius azul! E pelo amor de Cristo, rápido! Ele dispara como um foguete, se para achar meu carro ou chamar a polícia, eu não sei. Eu corro para o abrigo de uma grande urna grega, mas eis que estou um momento atrasado.

— Rattigan?

Eu congelo. Acabou. Ponho a cabeça para fora e Burdette, paquiderme que é, imediatamente a fecha em um mata-leão esmagador. Ele tem uma perna de algo na mão enquanto me esmaga em sua axila suada.

— Saco de merda! — ele troveja. — Achei que fosse você! Eu me contorço e tento sair desse fedido abraço da morte, chutando o ar. Meus olhos começam a revirar por conta do fedor e da falta de oxigênio. Eu estou perdendo a consciência rapidamente.

— Eu... não... consigo... respirar...

Burdette me solta, mas me ataca de novo com um tapa nas costas. Eu quase desmaio com esses golpes.

— Ei, Burdette, que surpresa desagradável, — eu digo, deslizando habilmente para longe do alcance dele. — O que você está fazendo aqui?

— Essa tal de Shelby foi para um acampamento na França ou alguma merda assim com uma garota que estou tentando pegar. O que você está fazendo aqui?

— Indo embora!

O Prius estaciona na nossa frente. Eu abro a porta da frente para Celia, que corre por mim e mergulha lá dentro. Juntando as duas mãos, eu acerto Burdette no estômago o mais forte que posso. Ele se dobra ao meio. Jogando para o valete cinco dólares do meu próprio dinheiro, eu me sento atrás do volante e dou a partida. Conforme deslizamos para a saída, eu vejo Burdette curvado ao meio, sua figura encolhendo no retrovisor.

— Vai mesmo! — Burdette grita atrás de mim, rindo. — Saco de merda!

Pelos próximos vinte minutos ou coisa assim, nós dirigimos em um silêncio carregado. A exposição pública teria arruinado nós dois, mas bem mais Celia Lieberman, porque se as pessoas ficassem sabendo que pagou pela coisa, assim dizendo, ela se tornaria uma pária social. Apesar de qualquer admissão antecipada em Stanford. Eu porque se Shelby soubesse quem realmente sou, teria terminado antes de começar, o que quase aconteceu. Ela estava nos meus braços, me olhou bem nos olhos, falou em trepar. O maior mole da história dado pela garota mais desejável do planeta. E eu dei o fora. É trágico demais. Acho que se Celia Lieberman não estivesse ali para tripudiar, eu choraria de verdade.

— E agora? — ela pergunta.

— Agora você vai pra casa e eu vou afogar minhas mágoas com enormes quantidades de álcool barato, — eu resmungo.

— Que mágoas?

Que tal ter perdido Shelby Pace quando eu poderia ter tido ela? Que tal nunca saber se poderia ter acontecido? Que tal quase esperar que Shelby fosse só uma esquenta-pica que estava brincando comigo e que não teria acontecido de verdade? Porque se pudesse ter acontecido de verdade, o que no fundo eu acho que poderia, bem, eu honestamente não consigo imaginar como teria sido ficar com uma garota daquelas. Mas tenho uma boa certeza de que seria para além de incrível para porra. Eu poderia continuar, mas é doloroso demais. De fato, minha sensação de perda é tão vasta e volumosa que sou incapaz de expressá-la.

— Não que importe agora — eu consigo dizer. — Mas obrigado por não ter contado a Shelby sobre mim aquela hora.

— Sem problemas. — Celia Lieberman dá de ombros. — Quando se trata de Shelby Pace, todos os caras são idiotas. Vocês não conseguem evitar.

De alguma forma, eu a culpo. De alguma forma, eu culpo Celia Lieberman por tudo de errado na minha vida. Se eu pudesse, eu a culparia pela proliferação nuclear, a fome do mundo e a falta de saúde pública decente. Eu sei que é irracional. Porque Celia Lieberman, Celia Lieberman se comportou de forma impecável, quase admirável. Mas continua sendo verdade que se não fosse por Celia Lieberman, eu nunca teria vislumbrado a experiência sublime que Shelby Pace poderia ter sido. E eu estaria muito, muito melhor se isso não tivesse acontecido.

— São nove e dezesseis — ela tagarela, ignorando meu estado desmoralizado. — Depois do meu último triunfo social, você não pode me levar pra casa por pelo menos mais umas três horas, no mínimo. As unidades parentais não vão me deixar em paz.

— Você não devia reclamar dos seus pais o tempo todo — digo, enormemente irritado. — Eles só estragam a sua vida porque se importam. Quer dizer, pelo menos eles querem o que acham que é melhor pra você.

—Ah, os seus não?

Não, Celia Lieberman, não. Um desapareceu logo que eu nasci e o outro caga para tudo, ainda mais para mim. Mas eles não sabem desse tipo de coisa em Green Meadow, onde todos os pais têm tempo e dinheiro para investir excessivamente em suas crias. Não faz sentido tentar explicar, ela não faz sentido, nenhum deles, então eu nem tento.

Mudando de assunto, eu pergunto:

— O que você estaria fazendo às nove e dezesseis de um sábado à noite se não fosse pelos seus pais?

Um boliche. É o último lugar que eu imaginaria que Celia Lieberman me levaria. Eu não consigo me lembrar da última vez que estive em um boliche, e agora me lembro do porquê. Eu não sei se é o cheiro de sapatos mofados, cerveja quente e comida gordurosa, ou o estrondo das bolas rolantes e pinos caindo que me dá enxaqueca, ou o ataque aos sentidos causado pelos raios laser e luzes fluorescentes ou todas as opções anteriores que tornam tudo horrível. Não, boliche realmente não é a minha, isso somado ao fato de eu ser muito ruim, o que acho secretamente humilhante e irritante. Por sorte, Celia Lieberman não me levou até lá para jogar boliche – nem para passar um tempo no bar ou na lanchonete – porque eu a sigo para além deles, na área de jogos, no fundo desse circo de diversão familiar.

Eu caio em uma escuridão abrupta. Quando a minha visão finalmente se ajusta, noto que o fliperama está cheio de pentelhos insuportáveis, o que, por definição, engloba todo mundo mais de seis meses mais novo que eu. Gritando e berrando por nenhum motivo aparente, agrupados em montes sombrios em volta de diversas unidades multimídia vibrantes. Eu me viro e vejo Celia Lieberman fingindo jogar pebolim em uma mesa comprida e lascada.

— Ele não é lindo? — Ela suspira, seu rosto enfeitiçado, olhando para frente, girando e puxando as barras sem qualquer efeito. Eu me esforço para enxergar no caos escuro do lugar.

Ela está se referindo a um magricela alto e prematuramente careca que está pulverizando uma garotinha no que eu reconheço ser *Bludgeon XIII*, a nova e mais extrema edição de um videogame especialmente vil, apelativo, totalmente repreensível, o qual é possível que eu jogue mais que ocasionalmente.

— *Aquele* cara? — Eu olho para ele, então de volta para ela e para ele de novo. Com certeza Celia Lieberman não pode estar falando sério.

— Franklin Riggs — ela ofega. — Acabou de ser aceito na Cal Tech.

— *Aquele* cara? — Jesus, eu penso, em todo lugar alguém se dá bem.

Franklin termina com a garotinha de forma sádica, esmagando o ser virtual em uma massa sangrenta de membros decepados, artérias esguichando e órgãos saltando para fora até que não tenham sobrado mais partes virtuais para arrancar ou destruir. Triunfante, Franklin estende a mão para receber o pagamento.

— Passa pra cá, pirralha — ele grasna. Rapaz encantador.

— Nós estamos no clube de xadrez juntos — Celia Lieberman continua, radiante. — Ele é o presidente. Eu sou tesoureira.

Eu olho de novo para Franklin Riggs. Além de não ter cabelo, ele não tem queixo. Ignorando a Cal Tech, eu não entendo. A menininha entrega para ele o que deve ser um mês inteiro de mesada. Franklin friamente embolsa até o último centavo.

— Próxima vítima! — ele desdenha.

Um menino ainda menor pega o lugar da garotinha.

— Feitos um para o outro — eu comento, no auge da minha diplomacia.

— Ele mal nota que eu existo — Celia Lieberman diz, derrotada, desistindo de fingir que está jogando pebolim. Ela acena para Franklin para provar o ponto.
— Ei, Franklin! — Ela dá um sorriso brilhante.
Franklin, iluminado pelo sangue eletrônico, simplesmente se contorce em uma careta doentia como resposta.
— É — eu digo. — Eu entendi o que você quer dizer.

De volta ao Prius, Celia Lieberman declara que está faminta e ainda temos mais uma hora para matar, então vamos fazer um rango em uma lanchonete ancestral que ela conhece e onde ela diz que ninguém da Escola Preparatória Green Meadow vai. Eu posso acreditar, porque o lugar é um lixo, o tipo de lugar que você encontra em Pritchard. Ótima comida, decoração e ambiente nem tanto. Mas depois das privações que sofri, um cheeseburger duplo e um milk shake de chocolate caem bem.
— Então, me conte sobre os seus pais — Celia Lieberman diz, sentada à minha frente na cabine. — Eles não podem ser piores que os meus.
— Pai. Minha mãe sumiu — eu respondo, mastigando delícias gordurosas. — Sou só eu e o Charlie.
— Você chama seu pai pelo nome? — Celia Lieberman já devorou sua (óbvio) omelete vegetariana, batatas e torrada em tempo recorde. Eu posso notar que ela está olhando gananciosamente para minhas batatas fritas.
— Charlie não é bem um pai. Não é bem nada, na verdade. — Celia Lieberman se serve das minhas batatas. Sem perguntar. — Escuta, esqueça o que eu disse. Seus pais são doidos, o.k.? Acho que os de todo mundo são.

— O que o Charlie faz? — Celia Lieberman pergunta, agora pegando minhas batatas aos punhados.

— No geral, ele fica chapado e lê quadrinhos. Mas quando não está fazendo isso, ele entrega cartas. — Eu sou muito protetor em relação às minhas batatas fritas. Veja, eu economizo minhas batatas para que sempre sobre algumas quando eu terminar o meu repasto. Batatas fritas são como sobremesa para mim. A pequena recompensa que guardei para mim. É a cara da Celia Lieberman estragar meu prêmio. De repente, eu chego ao limite e ataco a mão dela com uma colher.

— Peça suas próprias batatas — eu rosno.

— Ei, isso doeu! — Celia Lieberman reclama, esfregando o machucado.

— Bom — eu digo. — Era pra doer.

Celia Lieberman me observa comer por um tempo. Eu não me apresso.

— Seu pai é carteiro? — ela pergunta, retomando a conversa. É quase engraçado que a ideia pareça tão doida para ela. Que o carteiro, o açougueiro, o alfaiate, todas as pequenas pessoas que tornam a vida tão conveniente possam ter seus próprios filhos. Então, só por diversão, eu decido explodir a cabeça dela.

— Ah, e melhora. Ele é um carteiro que estudou em Harvard.

— Seu pai é um carteiro que estudou em Harvard? — A cabeça dela explodiu.

— Ele nem sempre foi um carteiro. Antes de eu chegar, Charlie era um romancista promissor.

Eu sei, impossível de acreditar, mas é verdade. Antes de eu nascer, Charlie era alguém, tinha conquistado alguma coisa digna de nota.

— Eu nunca conheci um escritor — Celia Lieberman comenta. — Médicos, advogados, investidores, dentistas demais, mas nenhum escritor.

— *Céu de pedra*, de Charles Rattigan — informo a ela. Eu acho que nunca contei a ninguém sobre o passado semifamoso de Charlie. Nunca houve ninguém para quem isso pudesse importar. O *New York Times* o nomeou um dos dez melhores trabalhos de ficção do ano de 1995.

— E o que aconteceu depois?

— 1996 aconteceu, então 1997 e 1998. Nada aconteceu. Então eu aconteci. Esse assunto é um saco. Porque eu não sei o que aconteceu. Fui eu que aconteci? Fui eu a razão de Charlie ter perdido o talento e a motivação ou qualquer dom que ele um dia teve?

— Olha, podemos falar de outra coisa?

— É por isso que você cobra pra ser um substituto? — Celia Lieberman insiste. — Pra se livrar dele?

Eu paro de comer, meu apetite de repente desapareceu. Charlie é um enigma que eu nunca vou desvendar. E embora me doa admitir, Celia Lieberman acabou de articular uma coisa que eu só agora percebi que sinto há muito tempo, mas nunca admiti.

— Sabe, eu nunca pensei dessa forma, mas provavelmente sim.

— Incrível, temos algo em comum, afinal de contas. — Ela olha para minhas batatas fritas de novo. — Você ainda vai comer?

Derrotado, eu empurro meu prato na direção dela. Ela mergulha sem nenhuma vergonha.

— Na verdade, estou tentando guardar dinheiro pra Columbia.

— Você precisa pagar sua própria faculdade?

— Se eu entrar, o que Charlie realmente espera que não aconteça — eu digo, ranzinza. — O mais provável é que ele terá o que quer. Minhas notas ainda estão vinte e cinco pontos abaixo da média. E minha redação foi um desastre. — A expressão de Celia Lieberman se suaviza ao ver esse novo lado meu, um lado que eu faço questão de nunca mostrar, mas imagino que nunca vou vê-la de novo, então por que não desabafar um pouco? — De qualquer forma, *isso*, como você chama, é bem melhor do que ganhar salário mínimo em uma loja de sanduíches.

— Eu nunca tinha conhecido alguém da minha idade que trabalha por um salário mínimo — Celia Lieberman reflete. — Na verdade, eu nunca conheci ninguém da minha idade que trabalha, ponto.

Ninguém? Isso é possível? Embora seja o que eu imagino, ainda é, de alguma forma, além da minha compreensão.

— Bom, em Pritchard a gente trabalha. — Eu dou uma risada amarga.

Mais uma vez dirigimos em silêncio. As perguntas de Celia Lieberman remexeram coisas que eu me esforço para não pensar, porque pensar nas coisas não muda nada. Charlie ainda é um vagabundo e eu ainda estou sozinho. Eu estou numa encruzilhada. Se eu não conseguir pegar o trem que está passando, nunca vou arrastar minha bunda para fora de Pritchard. Quanto a Celia Lieberman, eu não tenho ideia do que ela está pensando, o que é normal, porque eu nunca tenho. Mas eu sei que ela está pensando em alguma coisa, porque ela não deu um pio por uns quinze quilômetros.

— Você conhece alguém em Columbia? — Celia Lieberman pergunta do nada.

— Você está brincando? — eu respondo. — Eu não conheço nem alguém que conhece alguém que conhece alguém.

— Você é muito bom em alguma coisa? — ela pergunta. — Algum talento escondido? Esportes? Música? Computadores?

— Nada de especial pra mim — eu relato funestamente. — Na verdade, se eu fosse Columbia, também não me aceitaria.

— Meu tio é professor lá, no Departamento de Física — Celia Lieberman declara.

— Sério? — Um professor de física não é exatamente quem eu colocaria no topo da minha lista de contatos desejados, especialmente quando não tenho a menor intenção de ver outra aula de física na minha vida. Eu estava esperando algo mais como um político ou alguém que ganhou um prêmio de alguma coisa ou só algum ex-aluno podre de rico mesmo. Mas ei, um professor em Columbia. É alguma coisa, melhor que nada.

— Tio Max. O querido irmão mais velho da mamãe. Mas eles não se falam há anos.

Ótimo, bem quando eu me empolguei com o cara. Quanta sorte.

— Mas eu acho que ele ainda falaria comigo — Celia Lieberman acrescenta. — Aposto que eu poderia marcar uma entrevista se você achar que pode ajudar. Ele só é meio ranzinza.

Tenho certeza que sim, eu penso.

— Eu não me importo se ele for um serial killer. Aceito qualquer coisa — digo, mas sem acreditar que ela vai cumprir. As pessoas nunca cumprem.

Nós freamos ao chegar na propriedade dos Lieberman. Eu encosto o Prius na entrada ao lado da Fera. Celia Lieberman sai. Eu também.

— Você não precisa me acompanhar até a porta — ela diz. — Meus pais não estão em casa pra fazer uma cena.

— Não?

— Eles estão na cidade. Papi está recebendo algum prêmio importante por ter salvo a vida de algum presidente em algum país do oeste africano. Eles estão numa cobertura do Plaza.

Ela me disse o tempo inteiro que precisávamos ficar fora a noite toda por causa dos pais dela, e agora descubro que eles nem estão por aqui para invadir a privacidade dela? Você está me zoando? Que escrota! Eu a fuzilo com uma raiva muda.

— Achei que podia fazer valer o dinheiro deles. — Ela sorri inocentemente. — Falando nisso... — Abrindo a bolsa, ela puxa um envelope grosso cheio de dinheiro. — Pagamento completo e mais um extra.

Ela joga o pacote para mim. Eu agarro.

— A gente se fala — ela diz, andando para a porta.

Mas eu sei que não é verdade.

Dezembro

Nove de dezembro, para ser exato, Dia de Pearl Harbor. Um dia que viverá para sempre na infâmia. Cara, eu espero que não. Porque, auspiciosamente, é também Dia da Resposta Antecipada de Columbia. Hoje o veredito finalmente será entregue. As inscrições foram processadas, os números analisados, conquistas quantificadas, intangíveis categorizados. Hoje, jovens vidas serão julgadas. E a maioria será seriamente reprovada.

Eu imagino um carrinho com uma pilha enorme de destinos selados sendo levado do escritório de admissões de Columbia pelo pátio emoldurado por trepadeiras até o correio do campus. As montanhas de envelopes finos, com carimbos idênticos e selos oficiais trazendo decepção e desespero para os que deram tudo e ainda assim não conseguiram. A pilha menor de pacotes gordos, estourando de formulários a serem preenchidos pela nata, os malditos sortudos que têm o que quer que seja necessário. As três e meia ótimas e terríveis notícias terão sido separadas e colocadas em caminhões, se espalhando pelo país como um vírus.

O que nos traz a um minuto para as cinco, ou seja, agora. Em menos de um minuto, além de enviar as cartas por correio, Columbia coloca aprovado ou reprovado on-line. Em menos de um minuto, o Futuro pode ser determinado. Em menos de um minuto, eu posso ser agraciado com status instantâneo, me tornar um membro estimado da elite, resultado de um antigo pedigree. Em menos de um minuto, o passado, modesto e ordinário como foi, pode não importar mais. Em menos de um minuto, eu posso começar do zero. Tudo pode mudar para mim. Tudo. Eu não sou velho, mas sou velho o suficiente para saber que momentos definidores como esse são poucos e raros. Trinta segundos, vinte e nove...

Vinte e sete segundos e as Shelby Paces do mundo se tornarão uma realidade. Vinte e três segundos e Pritchard se tornará uma memória distante. Dezenove segundos e serei um deles...

Minhas mãos estão tremendo, minha garganta está seca, meu coração está disparado.

Menos de dez. Cinco. Eu trabalhei tanto e esperei tanto tempo por isso, por esse momento. Três, por favor, Deus, dois, por favor, Deus... Um.

Eu não consigo abrir os olhos. Não consigo respirar. Na verdade, eu sinto que deveria deitar, mas não deito. Em vez disso, encaro a tela à minha frente. Eu já digitei meu número e fiz login no site de Columbia. E certo como o dia, eu tenho um e-mail do Escritório de Admissões. O e-mail.

Reunindo toda a força de vontade que me resta, eu clico no pequeno envelope. Ele se abre e desdobra, expandindo-se em uma carta elegantemente datilografada no papel oficial da universidade. De início as palavras eletrônicas são indecifráveis, como hieróglifos egípcios, mas gradualmente elas se arrumam e ganham contexto e significado.

Caro Brooks, eu sou cumprimentado.

Daqui a coisa descamba rapidamente.

Porque não há um primeiro parágrafo que começa com uma exclamação alegre, "Parabéns!". A segunda frase não diz "temos o prazer de lhe informar...". Não, nada dessas coisas boas para os que são como eu. Em vez disso, há menção a números recorde e porcentagens menores do que nunca. A mesma merda de sempre sobre como eles tiveram que rejeitar legiões de candidatos perfeitamente qualificados. Acabou. Eu não consegui a nota. Eu fui rejeitado.

Eu fico sentado ali, anestesiado. Sinto gosto de cinzas. Sentindo-me idiota por ter ousado sonhar.

Então noto que a carta não terminou, mas é mais longa do que deveria ser se eu tivesse sido rejeitado, porque eu não fui rejeitado. Bem, eu fui, mas não totalmente.

Eu fui Adiado.

Uma decisão final será tomada no fim de março ou início de abril, quando serei notificado. Ah, esses filhos da...

Tento ver o lado positivo. Eu ganhei uma folga do desastre completo que poderia ter acontecido. Há uma fresta de esperança. Eu ainda estou vivo!

Mas, na verdade, é um golpe tremendo e uma desvantagem devastadora. A Admissão Antecipada era de longe minha melhor chance. Uma taxa de aceite de quase vinte por cento. Agora que fui jogado para a pilha de inscrições gerais, minhas chances se reduziram a menos de sete. Eu sou mais um na horda escandalosa. Ah, esses filhos da...

Eu amaldiçoo minha própria mediocridade e catalogo minhas falhas. Nada é rápido e fácil para Brooks Rattigan. Não, para Brooks Rattigan, o tormento será arrastado indefinidamente até um final provavelmente amargo. Mas, enquanto houver uma partícula de possibilidade, eu flutuarei no limbo, um peão no jogo maligno deles. O inferno da rejeição seria melhor que o purgatório ao qual fui sentenciado. Minha agonia seguirá por meses. Não apenas isso, ela vai crescer, infeccionar, queimar como ácido. O quanto um único garoto adolescente pode aguentar? Nos próximos longuíssimos meses, eu vou descobrir. O Metra está consideravelmente mais cheio e arrumado do que na última vez que eu visitei. Há uma grande fila no balcão, as mesas estão cheias com uma boa amostra do que passa por sociedade de Pritchard. Os clássicos pais e mães que acabaram de sair do trabalho e estão cansados demais para cozinhar comendo algo rápido com os filhos, os bombeiros matando tempo, jogadores se reabastecendo depois de horas treinando cestas, maconheiros satisfazendo laricas, um sem-teto aproveitando o abrigo temporário enquanto toma uma xícara de café frio. Eu também noto que pequenas melhorias estéticas foram feitas. Cortinas de xadrez vermelho e branco foram penduradas nas janelas e imagens de *O poderoso chefão* em molduras baratas adornam as paredes. O falsete de Frankie Valli soa de uma jukebox recém-instalada. Eu não quero exagerar, porque o Metra não é nenhum destino gastronômico, mas preciso dizer que em um tempo bem curto Murf o transformou de buraco nojento a ser evitado a todo custo em um restaurante confortável e com comida decente. Quem diria que ele tinha essa capacidade? Eu com certeza não tinha.

— Eu podia ter sido rejeitado — digo ao Murf, que está concentrado limpando a nova máquina de refrigerantes com uma escova de dente e um lenço de camurça. — Quer dizer, se eu não estivesse no jogo em alguma medida, eles podiam só ter me cortado logo. É o que eles fazem com a maioria das pessoas.

Existe algo mais deprimente do que alguém que está desesperado por consolo e ao mesmo tempo se recusa a admitir que há motivo para ser consolado? Bem, diga oi para o Novo Eu.

— Então na verdade eu não estou pior do que se só estivesse me inscrevendo no prazo regular — eu insisto, persistindo em apresentar meu cenário mais favorável. — Na verdade, você pode até dizer que tenho uma pequena vantagem, porque agora Columbia sabe que é minha primeira escolha e que eu vou se eles me aceitarem. As faculdades gostam de saber disso.

— Isso é ótimo, Brooks — Murf responde, correndo para abrir a porta da frente para alguns clientes indo embora. — Obrigado, voltem sempre.

De repente, Murf fica pálido, olhando para a frente em choque.

— É ela — ele engasga e fica instável.

Eu me viro para ver o que poderia ter causado uma reação tão extrema. É Julie Hickey, rebolando na nossa direção depois do treino de pompons com sua quase igualmente voluptuosa co-capitã Mandi Piddick. Voltando para dentro, Murf rapidamente fecha a porta e grita:

— ALERTA VERMELHO! AGORA!

Eu olho impressionado quando os dois servos imediatamente entram em ação. Um coloca uma toalha de mesa de linho branco em uma cabine na janela que eu notei que está sempre livre com um cartão de "reservado". O outro faz surgir um vaso de flores artificiais e velas. Murf reinicia a jukebox com o quadril. A playlist de clássicos românticos dele começa, abrindo com *Beast of Burden*, dos Stones. Você sabe, aquela que o refrão diz *"tudo que eu quero é você fazendo amor comigo"*, seguido sutilmente por *"Please, Please, Please."* Correndo de um lado para o outro na minha frente, os servos convergem para Murf. Um coloca um espelho na frente dele para que ele possa rearrumar o cabelo, o outro ergue uma jaqueta, na qual Murf entra com agilidade. Um escova os ombros do Murf com uma escovinha, o outro diminui as luzes ambiente. Tudo bem treinado e realizado a tempo para o Murf casualmente abrir a porta e cumprimentar o objeto dos seus desejos mais violentos.

— *Arrivederci!* Bem-vindas ao Metra. Nós trabalhamos para servi-las! — Apontando com os dedos, ele sopra fumaça imaginária do cano, como um gângster. — Murphy. Peter Murphy, Gerente Noturno.

— Julie, você conhece esse doido? — Mindi pergunta, olhando desconfiada para Murf.

— Não pergunte — Julie responde, revirando seus olhos com cílios grossos.

— Por aqui, madames — Murf dirige, impassível. — Melhor mesa da casa.

Ele as leva à mesa que agora tem velas e retira a placa de *"reservado"* com grande drama. Em seguida, em um gesto muito bem ensaiado, Murf dramaticamente afasta os cardápios que os subalternos apresentam enquanto faz uma mesura.

— Se me permitem — o sr. Subitamente Sofisticado diz. Ele estala os dedos com uma presença imponente. — Dois *Vito Gargantuans* na ciabatta de alecrim, pimenta extra, queijo extra! O clássico! *Pronto!* Movam essas bundas!

Os servos fogem de volta para trás do balcão. Apesar do meu sofrimento autoimposto, estou curioso para ver como o novo e melhorado Murf vai lidar com Julie, mas ele me olha de um jeito que me diz que ficar por ali está fora de questão.

— Te vejo sábado — digo.

Ele faz que sim. Sábado. Então se volta para Julie, torcendo as mãos e sorrindo maliciosamente.

— Normalmente, eu recomendaria um fresco Chianti para harmonizar com o Vito, mas como ainda estamos esperando resposta da licença para vender bebidas alcoólicas e você é menor de idade de qualquer forma, nós oferecemos uma grande variedade de bebidas não alcoólicas.

— Só água — Julie responde.

As luzes piscam por toda a rua principal, ou o que restou dela. A maior parte das fachadas está lacrada, abandonada há tempos, seus letreiros transformados em desbotados epitáfios, esforços mal alocados e tentativas dilaceradas. Um vento gelado corta até minha alma exausta enquanto eu me arrasto de volta para o carro, cansado de tudo. De mim. Eu não tenho nenhum rancor do Murf, desejo só o melhor para ele, mas seu novo sentimento de propósito só acentua minha falta de um. Porque eu perdi o meu. Porra de adiamento. Eu estou exausto, o tanque esvaziou. Além do mais, que diferença faz? Por que continuar batendo a cabeça contra uma parede impenetrável? Por que não apenas desistir, tomar o caminho mais fácil, deixar a vida me levar? Não é como se alguém estivesse controlando ou se importasse. Não tem ninguém monitorando meu mau comportamento, reconhecendo minha luta ou simpatizando com meus esforços, ninguém torcendo por mim, me incentivando ou empurrando. Sou só eu e sempre foi. E estou sentindo isso com mais força do que nunca.

HEY HO! LET'S GO!

Meu telefone grita. É, certo. Que piada. Você não vai para lugar nenhum, campeão. Por puro reflexo, eu atendo a ligação.

— Sim — respondo entediado, exausto demais para vestir a fachada profissional.

— Eu quero que você saiba que precisei insistir, implorar e me humilhar de forma generalizada — uma voz de garota anuncia do outro lado da linha.

Eu reconheço essa voz. Achei que nunca mais fosse ouvi-la de novo.

— Celia Lieberman? — digo. Eu não tive nenhum contato com Celia Lieberman, ou qualquer outro Lieberman, já faz semanas. Ouvir a voz dela traz de volta a memória dolorosa de Shelby e da Boa Vida, ambos fora de alcance mais do que nunca.

— O tio Max vai te receber no escritório dele às dez em ponto no sábado — ela me informa, orgulhosa. Eu consigo ouvir Gayle guinchando ao fundo.

— Celia! Venha ver o vestido lindo que comprei pra você!

Então eu entendo do que Celia Lieberman está falando. Tio Max. O professor de física em Columbia. O potencial pistolão que eu nunca achei que fosse acontecer. Poderia o tio Max ser o pouco que me falta e que preciso tanto para empurrar essa delicada balança ao meu favor? Eu agarro o telefone com mais força, sem ter certeza se ouvi direito.

— Vai mesmo? — Um comprometimento renovado com a minha fraca causa corre pelas minhas veias. Eu estou instantaneamente recarregado, re-motivado.

Gayle grasna de novo da forma mais irritante possível.

— Ce-lia!

— Eu vou te encontrar em frente à biblioteca Low às nove e quarenta e cinco — Celia Lieberman me diz, e então grita o mais forte que pode: — ME DEIXA EM PAZ! EU ESTOU NO TELEFONE!

Meu tímpano direito estourou. A dor é penetrante e intensa. Eu tropeço para trás com as ondas de choque ricocheteando pelo meu crânio.

— Oito meses e onze dias... — Celia Lieberman murmura para si mesma. Mas eu não consigo ouvi-la direito. Eu não consigo ouvir nada exceto um tremendo zumbido que não parece querer desaparecer.

— Você vai comigo? — finalmente pergunto, rouco.

— Eu não posso deixar você entrar sozinho na cova dos leões — ela diz.

— O que você quer dizer com cova dos leões? — eu pergunto, desconfiado.

Ela desliga antes que eu possa ter uma resposta.

Tio Max

Não importa quantas vezes eu passe por isso, ainda me derruba. O primeiro relance distante da cidade reluzente no trem que segue para o norte. Ela te atinge do nada, vinda de lugar nenhum. Uma montanha gigante de vidro, aço e determinação, imponente acima de um vasto pântano, além do Hudson reluzente. É como a cena em *O Mágico de Oz* quando Dorothy, o Espantalho, o Homem de Lata e o Leão saem saltitando felizes por campos de papoulas, a Cidade das Esmeraldas brilhando à frente – exceto que eu não desmaio chapado de ópio. Eu olho pela janela, espantado. Não viajei muito, Boston e Filadélfia algumas vezes, Baltimore uma vez, mas nenhuma grande cidade como Londres, Paris ou Pequim, mas mesmo assim, eu sei, de alguma forma, que não existe cidade como a minha. E nada me deixa pilhado como mergulhar nela. Porque em Nova York você nunca sabe o que te espera virando a esquina. Em Nova York, todas as coisas são possíveis.

Quando eu chego, quinze minutos adiantado, descubro que Celia Lieberman já está lá. Instalada bem no alto da grande escadaria de granito da Biblioteca Low, sentada de pernas cruzadas, perdida em um livro. Eu quase não a reconheço, porque é a primeira vez que a vejo sem usar um vestido pateta ou conjunto bufante que Gayle escolheu para ela. Embrulhada em um gorro de lã, jaqueta e jeans, Celia Lieberman parece razoavelmente normal, na verdade. Ela logo enfia o livro num bolso quando me vê me aproximando. Ela se levanta. Eu estendo a mão para ela apertar. Ela aceita. Olhando-a com firmeza nos olhos, aperto a mão dela vigorosamente por uns cinco segundos e então solto. Os braços dela caem moles ao lado do corpo.

— Então, como foi? — eu pergunto em vez de cumprimentá-la.

— Como foi o quê? — ela responde com outra pergunta, estupefata.

— Uma entrevista para admissão na faculdade dura em média meros 6,3 minutos — eu explico. — Cada segundo conta. Portanto, o aperto de mão, como meu PCF, tem uma importância enorme no Processo de Admissão.

— PC o quê?

— Ponto de Contato Físico. Está em todos os livros de autoajuda. — É a cara de Celia Lieberman não saber disso. Mas, bom, qualquer um que entre em Stanford com admissão antecipada não precisa entender da doce arte de puxar saco como o resto de nós, meros mortais. — Um aperto de mão curto e fraco expõe falta de confiança — eu explico, sério. — Mas aperte por muito tempo ou com força demais e você pode parecer um babaca insistente. O segredo é um confortável meio-termo.

— Cara, você está me assustando — ela diz, dando um passo para trás.

Eu estendo a mão de novo.

— Vá em frente — eu insisto. — Tente de novo.

— Se é necessário. — Celia Lieberman aperta minha mão de novo com relutância. Eu dou a ela o tratamento completo outra vez: faço um contato visual confiante, conto até cinco e solto.

— Então, como foi?

— Estranho — ela responde. Ela ergue dois copos do Starbucks dos degraus e me entrega um deles.

— Melhor não — eu recuso. — Já estou pilhado o suficiente sem isso.

— Você está nervoso? — ela pergunta, surpresa.

Sim, estou nervoso. O que ela esperava? A cova dos leões? O que foi aquilo?

Pequenos perto dos imensos edifícios de educação superior à minha volta, nós seguimos nosso caminho pelo campus agitado. Este é um lugar sério, cheio de gente séria pensando em coisas sérias. É quase como se você pudesse ouvir todos os neurônios trabalhando. E quer saber? Eu adoro isso.

— Então, por que você quer estudar em Columbia? — Celia Lieberman me testa.

— É a faculdade de ponta mais perto de casa na qual eu tenho alguma chance de entrar — respondo, triste, mas sincero.

— Não, tonto, não a resposta de verdade. Figuras de autoridade amam uma merda altruísta e densa. — Nem me fale. Eu penso no Pequeno Billy e no que quase aconteceu e sorrio sozinho. Celia Lieberman nem tem ideia do quão denso e cheio de merda altruísta eu posso ser. — Especialmente o tio Max. Ele se considera um gigante intelectual, embora lhe falte certos dons sociais — ela aconselha. — O que você falou nas respostas curtas?

— Eu acabei escrevendo sobre como eu amo vir aqui.

— Aqui? — Ela me encara, sem entender.

— Aqui. Columbia. Pátio Van Am.

Eu paro, absorvendo a paisagem. A Rotunda, com as palavras de sabedoria de algum notável esquecido pelo tempo esculpidas e já gastas. O Portão Taint com seu relógio antigo que ainda funciona. À moda antiga, discreto, digno. Um oásis de calma e razão em um planeta cada vez mais doido. Ah, ser só uma pequena parte disso tudo.

— Você vem aqui com frequência? — Celia Lieberman pergunta.

— Sempre que tenho a chance.

Nós retomamos nosso caminho. Eu continuo, embora sem saber por quê:

— Eu sei que parece brega, mas sempre imagino as pessoas que um dia estiveram atrasadas para a aula neste mesmo lugar em que estamos. Alexander Hamilton. Jack Kerouac. Rodgers e Hammerstein. Até mesmo Lou Gehrig. Mas quando eles eram jovens como a gente e ainda não eram ninguém. Os dois Roosevelts. O maldito James Cagney. Barack Obama. Antes de eles fazerem o que fizeram e deixarem suas marcas. Eu não sei, mas é... como tocar na grandeza. É meio que isso que eu disse na minha resposta, mas melhor, porque eu fiz tipo mil rascunhos.

— Uau — ela diz. — Boa.

— E, na verdade, nem é mentira — eu admito com certa timidez, me perguntando por que estou contando tudo isso a ela. Provavelmente porque nunca mais vou vê-la.

— O tio Max vai comprar — Celia Lieberman prevê, trotando na minha frente. — Só faça questão de mencionar Enrico Fermi. Ele era membro do Departamento de Física daqui quando trabalhou no Projeto Manhattan.

— Eu sei quem Enrico Fermi é — protesto, mesmo que eu não saiba, e corro atrás dela.

Tio Max realmente é encantador. Enrugado e grisalho, usando um colete de tricô velho e com sobrancelhas fora de controle que me dão uma compulsão tremenda de arrumar. Aliás, ele não está nada feliz com essa interrupção agendada – devia estar a ponto de fazer uma descoberta cósmica. E eu meio que posso acreditar, a julgar pelas pilhas de grossos artigos científicos por todo lado e as duas lousas cheias de cálculos escritos às pressas que são de uma complexidade vertiginosa. Eu consigo entender o que Celia Lieberman quis dizer com cova dos leões. Eu estou bem intimidado.

— Obrigada, tio Max — Celia Lieberman diz, nervosa. — Eu realmente sou grata...

— Vamos lá, vamos acabar com isso — ele late. O que foi que Celia Lieberman disse? Faltam-lhe dons sociais? Totalmente. Ele abre a porta do escritório, empurrando-a de forma brusca para o corredor, e gira a chave duas vezes depois.

— A filha é tão pirada quanto a mãe — ele resmunga, se acomodando atrás de uma escrivaninha lotada. — Você tem nome?

— Brooks — eu gaguejo. — Brooks Rattigan. — Eu removo, apressado, uma centrífuga surpreendentemente pesada de uma cadeira empoeirada e me sento.

— Bom, sr. Brooks Rattigan, vou te dizer o que digo a todo mundo que pede ajuda na admissão dessa augusta instituição de, assim dizem, sapiência. Eu sou um professor de física, o que não conta muito por aqui. Não tenho nenhuma influência nas admissões. Então, se você não se importa, sou um homem extremamente ocupado...

Girando em sua cadeira, ele observa as duas lousas, pega um pedaço de giz, se levanta e recomeça a furiosamente rabiscar e apagar montes de letras e números. Eu fico sentado ali, chocado. É isso? Eu me animei e me arrastei até Morningside Heights para nem ter meus 6,3 minutos? O tio Max podia pelo menos fingir não me dispensar. Eu gostaria de estragar as equações dele. Eu gostaria de arrancar os fios das suas sobrancelhas um por um. Intelecto gigante é minha bola esquerda. Que tal babaca gigante?

Mas não digo isso.

— Enrico Fermi! — eu exclamo, desesperado para não perder minha única chance de ter uma chance.

Ele se vira para mim, curioso.

— O que tem Enrico Fermi?

Enquanto reviro meu cérebro em busca de uma continuação, o celular do tio Max vibra. Ele faz uma careta para o número na tela.

— Feche a porta quando sair — ele resmunga para mim. Tremendo e se preparando, ele pega o telefone e atende.

— O que foi agora, Marion?

Eu fui dispensado. Não terei reunião, consideração, muito menos uma recomendação brilhante. Rejeitado, eu me levanto e coloco a centrífuga de volta no lugar.

— O que você espera que eu faça a respeito? — ele grunhe no telefone. — A leve eu mesmo?

Eu estendo a mão para a maçaneta e começo a girá-la.

— Não grite, Marion! — ele grita. — Eu entendo que é o último ano dela. Mas seja razoável. No esquema geral das coisas, o baile de inverno dificilmente é...

Baile de inverno? Eu me animo. Eu enrolo, sentindo uma oportunidade, farejando carne fresca.

— Isso não é justo. Mas... sim, mas, mas... — Tio Max está lutando uma batalha perdida para tentar dizer alguma palavra. — Claro que estou arrasado com isso. Gravity é nossa única filha, mas ela vai sobreviver.

De repente, posso ouvir solos de guitarra e um coro de vozes celestiais. As nuvens negras se afastam, ofuscantes luzes celestiais caem sobre mim. Eu estou iluminado.

— Fique calma, Marion! Não é uma tragédia... — Tio Max se contorce quando ouço silêncio do outro lado da linha. Ele esqueceu que estou aqui, que eu existo. Eu o deixo sofrer por um momento ou dois, que é o que o velho ranzinza merece. Ah, quão lindamente o jogo virou. Aproveitando meu momento, eu ataco.

— Com licença, professor — ofereço meu tom mais solícito. — Mas eu não pude deixar de ouvir que você tem uma filha...

— Gravity — ele diz dolorosamente, pegando um grande frasco de aspirina extra-forte.

— Um nome adorável. Deve ser uma garota muito especial.

Ele baixa o frasco e me olha. Para alguém que se considera um gênio, a ficha demora a cair para o tio Max.

— Baile de inverno — eu menciono casualmente, movendo as mãos para ajudá-lo a pensar, a fazer as conexões e chegar à conclusão óbvia.

— Ah, ela é! — ele professa animado, finalmente, finalmente entendendo. — Uma, hum, ceramista inspirada...

Celia Lieberman está andando de um lado para o outro, ansiosa, quando nós emergimos vinte e três minutos mais tarde. Eu com um sorriso esnobe, seguido por um efusivo e caloroso tio Max.

— O sub-reitor de Admissões é um antigo parceiro de poker meu, Brooks — ele afirma. — Eu com certeza vou fazer um boletim completo pra ele assim que tiver a chance.

— Obrigado, Max — eu digo, magnânimo. — Qualquer coisa que você puder fazer.

A boca de Celia cai de surpresa quando Max, transbordando de gratidão, me esmaga em um emocionado abraço de urso.

— Você é um golpista! — Celia Lieberman grita, quase engasgando com seu sanduíche, quando eu conto a ela o que aconteceu.

Eu sou um golpista. Um grande e feliz golpista. Eu admiro como os ventos do destino mudaram de forma tão repentina e pouco característica. Eu me maravilho com minha habilidade de notar e agarrar uma oportunidade, me orgulho imensamente de minha total falta de escrúpulos. Um golpista, com certeza é isso que eu sou. E para celebrar meu feito duvidoso, dei para nós dois um dos melhores sanduíches de Nova York, com todos os extras, enquanto caminhamos pelas vibrantes e agitadas calçadas da Broadway.

— Eu não acredito que você cobrou cento e cinquenta dólares do pobre tio Max — Celia Lieberman diz, mostarda escorrendo pelo queixo.

— Ei, isso é quarenta por cento do preço normal e ele insistiu — eu digo, engolindo bocados de deliciosa gordura animal e aditivos artificiais. — O que não posso acreditar é que alguém deu à filha o nome de Gravity. Não me impressiona que ela esteja deprimida.

De repente, Celia Lieberman congela.

— Ei, você não disse a ele nada sobre mim, disse?

— Por favor, eu sou um profissional — garanto a ela. — Discrição é parte do trabalho.

Nós chegamos na esquina e nas escadas do metrô. Celia Lieberman para de novo.

— Bom, eu fico por aqui — ela diz.

O que ela quer dizer é que aqui nos despedimos, e eu subitamente percebo que vai ser pela última vez. Todos os assuntos com os Lieberman foram concluídos, eu deveria estar saltitando de alegria, mas não estou. Eu aprecio e sou grato por Celia Lieberman, por qualquer um, na verdade, ter me ajudado. Quando Celia Lieberman desconfortavelmente estica a mão para um aperto de *adieu*, algo cai do bolso da jaqueta dela para o chão. Sendo galante, eu me abaixo para pegar para ela.

É um livro de bolso, o que ela estava lendo mais cedo. A capa azul está amassada e desbotada, as páginas dobradas, amareladas, gastas nas pontas. Eu o reconheço. Eu deveria. Nós temos vários iguais a esse em casa. *Céu de pedra*, de Charles Rattigan.

Só ver o título quase me faz perder a respiração. Eu entrego a única tentativa de qualquer coisa que Charlie já fez de volta para Celia Lieberman e a olho, intrigado.

— Onde você...

— On-line. E deixa eu te dizer, não foi fácil... — ela responde, desconfortável, guardando-o rapidamente de volta no bolso.

— E que tal? — pergunto, vagamente curioso, mas no geral achando esquisito que ela tenha uma cópia.

— Até agora bem deprimente, mas de um jeito muito bom — ela me informa. E para. — Você está me dizendo que nunca leu?

E dar ao babaca o prazer? Não, eu nunca li. Por diversas razões que eu nunca consegui definir e há muito tempo deixei de tentar. Principalmente, acho, porque eu nunca quis experimentar em primeira mão a magnitude do potencial desperdiçado de Charlie. Bom? Tenho certeza que é. Mas o que está feito, está feito. Não faz sentido chorar pelo talento derramado. Qual o ponto de pensar no que poderia ter sido se Charlie tivesse mantido o controle? Bom? Com minha sorte, tenho certeza que *Ceu de pedra* é incrível. Lê-lo? De jeito nenhum.

Mas eu não digo isso.

— Bom, obrigado pelas memórias — eu digo, um pouco mais seco do que pretendia, esticando a mão.

— Você também — ela diz suavemente, apertando minha mão. — Boa sorte com Columbia.

— Acabe com eles em Stanford — eu digo, arrependido por ter sido tão ríspido.

Nós ficamos parados ali, então Celia Lieberman começa a descer as escadas. Eu a observo ir embora com sentimentos estranhamente confusos. Feliz por me livrar dela, mas profundamente grato, um pouco nostálgico também. Não posso dizer que não foi agitado. Então, quando ela já está na metade do caminho – e eu juro por Deus que não sei de onde vem isso –, eu a chamo:

— Se você quiser atrair aquele tal de Franklin, tem que fazer um esforço.

Ela para, equilibrada na ponta de um degrau, e se vira para mim, surpresa. O que eu fiz? O que estou fazendo? Nós olhamos um para o outro. Nenhum de nós fala nada. Por fim, ela retoma a conversa de onde eu tão abruptamente comecei.

— Eu já tentei de tudo — ela lamenta. — Rir das piadas ruins dele. Derrubar coisas e me inclinar pra pegar. Ouvir as músicas horríveis que ele gosta. Escuta essa, Franklin realmente acha que os Backstreet Boys são subestimados.

— Você não está falando sério.

— *Muito* subestimados — ela realça.

— Deus — eu respondo.

— Eu até deixo ele ganhar de mim no xadrez, o que é difícil, porque o Franklin é bem ruim.

— Quer dizer, como você se veste — eu digo de repente, tentando me manter no assunto, de novo sem saber por quê. Celia baixa os olhos, envergonhada.

— Essa é uma causa perdida.

Subindo as escadas de novo, ela se junta a mim na calçada. As pessoas correm por todos os lados à nossa volta. Estamos no meio do caminho. Ela me segue pela multidão, passando por fachadas de lojas, até onde podemos fazer uma consulta mais particular. Eu me viro para ela, todo profissional:

— Você tem uma base firme sobre a qual construir. Analiticamente falando, é claro. Você só precisa achar seu próprio estilo.

— Ah, e você é um especialista — ela diz, cética como sempre.

— Depois de quatro meses sendo um substituto, acontece de eu me considerar uma autoridade da moda. — Eu rio, esnobe.

Na verdade, eu meio que me considero. Nos últimos meses, eu vi de tudo. Vestidos de festa tomara que caia, sem costas, aquelas coisinhas frente única. Cabelo liso, com volume, cacheado, solto, de lado, às vezes tudo isso ao mesmo tempo. E sapatos. Nem me faça começar com os sapatos. Por que o sexo feminino é tão obcecado com eles é algo além da minha compreensão. Eu tenho tipo dois pares. Mas não elas. Pelo menos três pares de cada. Saltos altos, sapatilhas, sandálias, a variedade é impressionante. Eu não vou entrar nos certos e errados da maquiagem, as bases, os realces, pós e cremes, as regras de esmaltes adequados. É como se cada garota fosse uma obra de arte particular. Antes do final de setembro, eu nunca tinha percebido o esforço tremendo, as escolhas infinitas e a extrema ansiedade que faz parte de ser uma adolescente típica. E, se você perguntar para mim, são todas doidas. É, eu sei que é o que a sociedade diz a elas sobre como ser. Mas ainda assim. Lunáticas, todas elas.

Mas, de novo, eu não digo isso.

— Tudo bem, talvez eu não seja — eu concordo. — Mas sei do que os caras gostam, já que eu sou um.

— Minha mãe compra todas as minhas coisas — ela diz.

— O que você vestiria se fosse sua escolha?

— *Minha* escolha? — A ideia parece impensável para ela.

— Seu cabelo — eu digo. — Já considerou usar mais curto?

— Tipo um chanel? — ela me olha, assustada. — Isso não é meio radical?

Eu rio. Eu não posso fazer milagre.

— Me dê duas horas e vou mudar sua vida — eu prometo.

Celia Lieberman se observa criticamente na vitrine de um restaurante chinês. Apesar das carcaças de pato penduradas em ganchos em volta do reflexo dela, ela parece intrigada pelas possibilidades. Então eu vejo a dúvida passar pelo seu rosto. Autoexpressão, afogar-se ou aprender a nadar em suas predileções e preferências pessoais, sem mãe ou pai como desculpa, e rede de segurança, é demais para ela.

— Desculpa — ela diz, amarelando. — Eu não posso te pagar.

— De graça.

— De graça? — Ela me olha, incrédula.

Não era exatamente assim que pensei em passar uma tarde na minha querida cidade. Mas, como eu disse, em Nova York você nunca sabe o que vai acontecer. Então eu aceito.

— Uma boa ação merece outra — eu digo, casualmente. — Além do mais, eu vou encontrar um amigo mais tarde, então tenho um tempo pra matar.

Eu a levo a Williamsburg, a parte mais hipster do Brooklyn. Ela nunca esteve lá. Eu só estive uma vez, mas finjo que vou sempre. Enquanto caminhamos pela descolada Bedford Street, eu discorro com ar de entendido a respeito de todas as minhas aventuras nos botecos locais, inventando enquanto falo. Eu cumprimento com calorosos acenos de cabeça pessoas que não conheço e estou ficando sem material quando chegamos ao nosso destino. Um salão de cabeleireiro sobre o qual eu fiz uma nota mental na minha primeira e única visita de reconhecimento como sendo um ninho de supergatas. Se vou fazer uma boa ação, posso ao mesmo apreciar a paisagem enquanto isso.

— Prepare-se pra ser transformada — eu anuncio de forma grandiosa.

Primeiro, uma cabeleireira cheia de piercings e tatuagens se prepara para cortar uns bons quinze centímetros dos cabelos rebeldes de Celia Lieberman com um par de enormes tesouras medievais. Celia Lieberman barganha comigo para que sejam só sete centímetros. Eu concedo dez. Ela me ameaça de morte. É como se tivesse sido possuída por satã, mas a cabeça dela não está girando e ela não está vomitando gosma verde. Eu me mantenho firme. Dez.

Depois, os óculos. A armação, quero dizer. Elas têm que ir, definitivamente. Elas são sérias e pesadas, e Celia Lieberman já é séria e pesada o suficiente sozinha. Nós continuamos. Eu a levo até um lugar fora de mão em Greenpoint que ouvi falar e onde vendem coisas legais. Recém-tosada, ela aperta os olhos tentando se enxergar no espelho enquanto prova uma sucessão de itens da moda com uma cara de hipster retrô. Gatinho, coloridos, aviador, oval, oblongos, octogonais. A maioria fica horrível nela. Mas eu continuo tentando, meticulosamente garimpando looks e efeitos. Quando faço minha seleção final – óculos de tartaruga com meio aro, intelectuais, mas com a dose certa de atitude –, Celia Lieberman expressa fortes reservas. Eu digo a ela para confiar em mim. Ela precisa, já que não consegue ver nada sem as lentes corretivas.

Quando eu praticamente a arrasto para o brechó no fim da rua, Celia Lieberman está em plena rebelião. Ela fica boquiaberta com as araras e mais araras de roupas amassadas.

— Mas elas são usadas! — ela grasna, recuando para a porta.

— Ah, me perdoe, Vossa Alteza — eu digo, empurrando-a de volta para dentro.

Mas é a última vez que vou ter a última palavra.

Pelas próximas duas horas, é como se eu fosse um prisioneiro tentando escapar de uma montagem em alguma comédia romântica. Saias. Vestidos. Conjuntos. Mod. Punk. Gótica. Um desfile de modas grandes ou pequenas do último meio século. Uma por uma, Celia Lieberman as experimenta e eu inspeciono. Por que eu não tenho ideia. Já que minhas opiniões são solenemente ignoradas, fortemente ridicularizadas ou sumariamente rejeitadas. Em um pequeno chilique, eu jogo as mãos para o alto e vou checar meu e-mail. Parece um banquete, as bonitinhas sacolas de lojas se multiplicam exponencialmente conforme seguimos. Eu me torno um carregador. Quando chegamos nos sapatos, como eu temia que por fim chegaríamos, eu estou atordoado, exausto, mas não Celia Lieberman. Não, Celia Lieberman só está começando. Ela se equilibra em stilettos, gira em plataformas, posa em tênis quadriculados. Umas dez sacolinhas depois, quando finalmente saímos da loja, eu estou estuporado, mas momentaneamente me animo quando passamos por uma grande vitrine que exibe lingeries sexies e minúsculas. Agora, essa é uma sacolinha que eu adoraria acrescentar ao meu fardo. Eu abro a porta para Celia Lieberman. Ela me olha espantada e segue andando. Não custa tentar, certo?

Greenwich Village. Catorze até West Houston, Hudson até Broadway. Só alguns quarteirões, mas uma atmosfera toda especial. No Village, as ruas não têm números ou letras, nem são organizadas logicamente em um xadrez, mas possuem nomes e não vão para lugar nenhum. MacDougal, Christopher, Grove, st. Luke's Place, cada uma tem sua história. Dede o início, o Village foi a parte de Nova York reservada para os não convencionais – os rebeldes, os esquisitos, os párias. Os sonhadores. Escritores superimportantes escreveram suas obras-primas aqui. Edgar Allan Poe. Mark Twain. Robert Louis Stevenson. Você ainda consegue sentir a presença deles, de alguma forma. E Dylan Thomas, o único poeta que eu meio que entendo. Você ainda pode se sentar na exata mesa em que ele bebeu até morrer no Chumley's. No início dos anos sessenta, quando estava só começando, Bob Dylan tocou no Gate e no Vanguard, ambos decadentes e acabados, mas ainda abertos. Mais tarde, no CBGB, foi o Velvet Undergroud, The Dolls, os Ramones, toda a cena glam e grunge. Os direitos gays começaram no Village. Assim como o movimento feminista. No Village é onde acontecem coisas que viram lendas. É minha parte preferida da cidade e uma que eu conheço bem.

E o melhor momento para se estar no Village é agora, logo antes do Natal. Não são só as fileiras de luzinhas coloridas penduradas por toda parte, os rappers rimando, as comidas étnicas fritando, os grupos de manifestantes exigindo isso, os contra-manifestantes exigindo aquilo ou o agito costumeiro do comércio perto das festas que tornam dezembro tão incrível aqui. É o conjunto. A energia, as expectativas, a sensação de que algo Grande vai acontecer.

Então, mesmo que eu pareça um burro de carga com as compras de Celia Lieberman, eu me sinto alegre. Tio Max vai falar pessoalmente com o sub-reitor de Admissões sobre mim, minha tortura consumista autoimposta acabou, os poderosos Pixies me esperam! Atravessando a estreita rua de paralelepípedos, eu respiro o ar do Café Figaro com seu aroma inebriante de leite vaporizado, chocolate e café recém-torrado. E quase sou esmagado por um táxi avançando o sinal vermelho. Por centímetros. O babaca nem buzina.

— IMBECIL — eu grito, vivo por pura sorte.

O motorista de turbante me mostra o dedo do meio. Eu alegremente mostro de volta.

— Deus, eu adoro essa cidade! — exclamo.

— Você certamente a conhece bem — nota Celia Lieberman, que agora é quem tem que correr para acompanhar.

— Eu venho sempre que posso — digo com solenidade, observando meus domínios. — É território neutro.

— Território neutro?
— É, você nunca conhece ninguém e ninguém te conhece, então as máscaras caem. Você pode ser você mesmo sem nenhuma consequência social. É libertador.

Nós chegamos em segurança ao outro lado. Outro táxi passa. Eu brando um punho para ele, só pela diversão.

— CARA DE MERDA!

Em Pritchard, se eu gritasse isso no meio da rua, provavelmente seria preso. Em Green Meadow, eu seria socado pela polícia local em segundos. Mas aqui sendo Nova York, eu não recebo nenhum olhar, reação ou objeção. Nem mesmo do policial troncudo de sobretudo, patrulhando sua área, sacudindo um cassetete.

— Viu? — eu me gabo. — Ninguém dá a mínima.

Celia Lieberman olha para o policial e então para mim de novo, um pouco chocada.

— Então esse é o verdadeiro Brooks Rattigan? — ela pergunta, seca. — Uma massa de raiva e ressentimento?

— Sou eu.

De repente, vindo da esquina, eu ouço um refrão familiar.

— EI, BROOKSIE!

Meus olhos estão me enganando? É Murf, como esperado, mas o antigo Murf, alegremente desarrumado, louco de bêbado, rodopiando em um poste de rua. Esse dia pode ficar melhor? Pode. Ele ergue uma enorme garrafa de vinho que Deus sabe onde conseguiu.

— Manischewitz! — Ele brinda. — Essa merda é kosher!

— É boa — Murf admite, mastigando furiosamente. — Não vou mentir. Muito boa. Mas já comi melhores.

Nós três estamos devorando uma pizza extra-grande de linguiça e pimentão inteira em pé, espremidos no balcão sujo. John's, na Bleecker, é um desses lugares que os aficionados amam e onde está a melhor pizza é uma discussão acalorada entre eu e Murf desde que tínhamos cinco anos.

— Quer uma de verdade? — Murf continua engolindo seu pedaço. — Venha pra Jersey! Tony's em Asbury Park. Aquilo é massa. Aquilo é pizza! Estou certo ou estou certo, Brooks?

Limpando os dedos em um guardanapo, Celia Lieberman obedientemente anota o nome em seu iPhone.

— Tony's. Asbury Park. Anotado.

— O Murf é a maior autoridade do mundo em junk food — eu informo a ela.

Ela ri, relaxada, e não tensa como de hábito. Ela está realmente se divertindo com a gente. Eu não pretendia incluir Celia Lieberman, mas Murf insistiu e eu relutantemente cedi. Eu não fico muito confortável tendo minhas duas realidades se cruzando.

Celia Lieberman e Murf são lados muito diferentes de mim que eu mantive cuidadosamente separados um do outro. Mas, por incrível que pareça, eles se dão muito bem.

— Eu não sei — ela diz —, nós temos lugares muito bons em Green Meadow.

— Claro, se você quer uma pequena fatia sem gordura e sem gosto feita de nada — Murf desdenha. — Seus comedores de quiche.

— Você está certo. — Celia Lieberman sorri, se rendendo graciosamente. — Sou mais Jersey.

Ela está sendo aberta e gentil, não esnobe e condescendente. Murf está radiante. Eu sei que ele gostou dessa Celia Lieberman.

Está chegando perto da hora do show. Sob a supervisão divertida de Murf, eu carrego fielmente todo o espólio de Celia Lieberman para fora e, tropeçando embaixo do peso, faço sinal para um táxi.

— Seu amigo é legal — ela comenta, quase tanto para ela mesma quanto para mim.

Mal sabe ela que, pelas suas costas, através da vitrine do John's, Murf está fazendo um enfático joinha para mim como se Celia Lieberman fosse algum tipo de gata.

— É, o Murf é único — eu digo carinhosamente. — O que é bom, porque o mundo não daria conta de dois dele.

Então, para completar, Murf movimenta os quadris e põe a língua para fora como um cachorro, sinalizando que eu deveria ir fundo. Esse homem não tem vergonha.

Ir fundo? Com Celia Lieberman? A ideia é absurda.

Um táxi encosta na calçada. Eu abro a porta e empilho todas as sacolinhas dela no banco de trás. Ela escorrega ao lado delas e então se vira para mim, esperando. Pelo que eu não sei.

— O Franklin não vai nem imaginar o que o atingiu — eu digo a ela.

— Provavelmente ainda é um esforço perdido, mas obrigada, Chefe.

— Confiança! Atitude positiva! Vai, time! — Eu fecho a porta. É isso. Desta vez eu tenho consciência limpa e nenhum arrependimento. As contas foram acertadas. Nós nos despedimos com a ficha limpa. Quando o táxi se afasta, ela abre a janela e se inclina para fora.

— Bom, foi bom te conhecer, Brooks Rattigan!

— Você também, Celia Lieberman — eu grito de volta, levemente surpreso por estar meio que falando a verdade. Eu a observo desaparecer no trânsito e da minha vida para sempre.

Por pouco(s)

Os Pixies são como em todas as outras vezes que os vi. Atômicos. Sem truques, telas monstruosas ou shows de luzes elaborados com essa gente. Só uma ótima banda tocando, detonando em músicas diretas, de arrasar. Em excelentes condições, Black Francis ruge, rosna, grunhe como um macaco enlouquecido. Joey está destruindo com os gemidos da sua guitarra e Dave está socando a bateria como se fosse ter um ataque do coração, o que, em sua idade meio avançada, pode acontecer. Música boa e honesta. Eu te pergunto: pode ficar melhor?

Esmagados na frente do lugar lotado, Murf e eu somos carregados pelo furacão de sons, nós dois já a caminho de um glorioso estupor alcoólico graças a uma pulseirinha colorida e preciosa que eu consegui com um simpático hipster idoso. Socando o ar ao som da batida trovejante, sendo contidos por membros desconjuntados, nós devolvemos o que levamos, empurrando e puxando, sendo empurrados e puxados de volta. Um caos absoluto, abandono puro, descarga sem controle. Fazia tanto tempo que as sensações parecem quase novas para mim.

Eu prendo Murf em um exuberante mata-leão. Ele responde com uma forte cotovelada no meu intestino. Eu me dobro ao meio. Nós dois rimos. Como nos velhos tempos. Parceiros de novo. Eu ergo dois dedos perguntando se ele está pronto para uma recarga. Murf faz que sim a cabeça entusiasmado.

Eu levo uns bons dez minutos para estapear meu caminho até o bar do lobby e mais uns dez para pedir outra rodada. Eu estou me voltando quando ouço:

— Brooks? — uma voz sedutora pergunta, fazendo arrepios subirem e descerem pela minha espinha. — Brooks Rattigan?

Eu não preciso te dizer quem é, mas o farei de qualquer jeito.

Shelby Pace. Deixando pouca coisa para minha vívida imaginação em uma minissaia que fica bem no limite de ser considerada atentado ao pudor. Shelby Pace, com suas pernas longas e esguias, pele bronzeada, decote profundo que mostra lampejos do nada que está por baixo. Shelby Pace, a intocável.

Eu estou sem palavras. Não apenas por conta da presença dela, mas por causa da impossibilidade dela. Eu estou ensopado, uma meleca suada e superaquecida. Todo mundo está. Meu Deus, são os Pixies! Como *não* estar? Mas, de alguma forma, Shelby não está. Mesmo no meio da multidão, ela está perfeitamente arrumada, sem um fio de cabelo fora do lugar, alheia a tudo. É como se ela fosse uma daquelas deusas gregas que estudamos na escola, aquelas que desceram do Olimpo para brincar por capricho conosco, seres inferiores. Os lábios de Shelby, maduros e sensuais, sorriem maliciosamente. Seus olhos de gata verde-esmeralda provocam.

— Eu deveria ter adivinhado que você estaria aqui no agito — ela diz.

Eu olho para ela como um idiota. Por que ela pensaria isso? Então minha teia de enganação me engole. Eu não sou de Jersey, eu sou daqui. Eu sou radical, de vanguarda. Eu troco as marchas para o modo realidade alternativa.

— Eu... eu moro praticamente ao lado. — Dou de ombros, indiferente.

— Você está sozinho?

Um tremor na multidão nos aperta um contra o outro. Eu sinto o cheiro dela de novo. Seu aroma é sutil, delicado, mas pungente. Ela tem cheiro de dinheiro.

— Ah, estou — eu declaro. — Muito sozinho!

Bem na hora, o barman me entrega dois grandes copos de cerveja, indicando a Shelby que eu sou ou um alcoólatra, ou um mentiroso compulsivo, ou os dois.

— E você? — Eu faço uma careta.

— Sim — ela suspira, pegando uma das cervejas e dando um gole. — Pobre e sozinha *moi*.

Então, olhando por cima do ombro de Shelby, eu vejo Cassie Trask usando um vestido bonitinho de marca e sendo violentamente perseguida para fora do banheiro feminino por um grupo de garotas da cidade tatuadas que a xingam. Shelby claramente não está sozinha. Shelby é uma mentirosa – assim como eu. De alguma forma, isso só aumenta a aura dela.

— BROOKS! EI, BROOKSIE! — É o Murf, olhos vidrados, camiseta rasgada, nariz sangrando. Ele acena alegremente para mim por cima da multidão. Eu finjo não vê-lo.

— Quer vazar? — sugiro.

— AJUDAAAAA — Cassia grasna, sendo empurrada e agarrada pelas meninas da cidade. Ela deve ter dito algo muito ofensivo para irritá-las assim no banheiro. Mesmo conhecendo Cassie o pouco que eu conheço, são muitas as coisas inapropriadas que ela pode ter dito. Na verdade, ela não precisa ter dito nada. É fácil detestar Cassie à primeira vista.

— Com certeza — Shelby responde, deliberadamente abandonando sua melhor amiga a um destino sombrio.

Nós escapamos em um táxi. Eu entro ansiosamente atrás dela.

— Pra onde? — o motorista grunhe. Eu fico perdido. Para onde se leva uma garota que já fez e viu de tudo?

— Setecentos e noventa e nove, Park Avenue — Shelby diz.

Quando nos afastamos, Murf corre para o meio da rua movimentada, gritando e gesticulando atrás da gente. Eu o ignoro, como convém.

É, eu sei. É péssimo, um vacilo monumental da minha parte. Como a maior parte dos caras, há um código não dito entre Murf e eu que estabelece que todas as obrigações fraternais são suspensas se a perspectiva de pegar uma gostosa surgir no radar. Não, ir embora não é meu crime. Ir embora sem avisar é. Mas eu sou culpado de algo muito maior que isso. Não é só que eu tenha medo do Murf arruinar meu disfarce e estragar minhas chances com Shelby, por menores que sejam. Há um pecado ainda mais profundo, que cometi nem que seja só na minha mente. O fato terrível é que, pela primeira vez, eu estou com vergonha do Murf, com vergonha de quem ele é, do que ele representa. Acima de tudo, eu estou com vergonha de mim mesmo. Shelby faz isso comigo.

E Shelby é tudo que importa.

Eu preciso confessar uma coisa. Em todas as minhas visitas à cidade, eu nunca peguei um único táxi. E quando chegamos no nosso destino desconhecido, eu me lembro por quê. Quinze dólares para andar míseras sessenta quadras. Quarenta centavos por quadra. O metrô teria levado o mesmo tempo e custado um décimo. Só comentando. Shelby sai do carro, me deixando para acertar a conta. Não é deliberado. É só que como dinheiro não é algo que ela considera, ela presume que o resto do mundo também não. Com qualquer outra pessoa, seria insuportável. Mas eu estou encantado e pago alegremente, acrescentando uma extravagante gorjeta de três por cento.

Nós estamos no Upper East Side, uma região na qual eu nunca me aventurei porque nunca tive motivo para isso. Uma das coisas que eu mais gosto em Nova York é como cada parte tem sua própria vibe. Wall Street. Soho. Times Square. Só os nomes já são icônicos. Tribeca. O Flatiron District. A Bowery. Tão diversos, mas tão igualmente impagáveis. Toda essa maldita cidade é. Dezenas de milhares para alugar um apartamento do tamanho de um armário de vassouras, múltiplos milhões para comprar a menor metragem que existe. Mesmo assim, algumas áreas são mais estratosféricas que as outras. Bem, o Upper East Side está bem na ponta do totem fiscal. Casas particulares, arranha-céus de luxo, lojas supercaras. Modas podem ir e vir e os outros bairros podem mudar, mas a exclusividade do Upper East Side reina de forma suprema. Quer dizer, o Upper East Side esnoba o Upper West Side, o que quer dizer alguma coisa, já que você basicamente precisa ser dono de um pequeno país ou grande fundo de investimento para conseguir ter um apartamento no Upper West Side. O Upper East Side se orgulha de esnobar todo mundo. Não apenas em Nova York. No planeta inteiro.

— Você mora aqui? — eu gaguejo.

Eu sigo Shelby com reverência até a entrada trancada de um palácio real. Ela aperta um botão dourado ao lado de uma porta dourada.

— Não é nada de mais — ela diz.

— Ah, não, só Park Avenue — eu observo, seco. Mesmo dentro do Upper East Side há uma hierarquia. Park é o topo.

Atrás do vidro, um porteiro idoso, gentil e farto como o avô que você sempre quis ter corre até a porta e a abre.

— Boa noite, srta. Shelby — ele diz, tocando a ponta do quepe.

— Ei, Hugh, como vai? — Shelby diz, passando por ele e entrando no pequeno lobby luxuoso. Há um único elevador no final, que magicamente se abre para ela. Eu entro bem no momento em que ele se fecha atrás de mim.

— Só um pequeno *pied-a-terre* para quando mamãe e papai estão cansados demais para voltar para Green Meadow... — Shelby explica. O elevador abre, revelando não um corredor de portas que separam apartamentos de luxo, mas o meio da sala de alguém.

Sim, a sala de estar. O *pied-a-terre* dos Pace ocupa um andar inteiro do prédio. O.k., não é um prédio imenso. Mas ainda assim.

— Fique à vontade — Shelby diz. — Preciso fazer xixi.

O lugar é incrível, claro. Mais arte inestimável. Mais antiguidades. Mais Bom Gosto, mais Classe. Janelas que vão do chão ao teto por todos os lados. Bem acima da multidão, eu olho para fora impressionado, para a grande escuridão que é o Central Park, emoldurado pelo magnífico e reluzente skyline. Meus olhos brilham. Pois eu vi a luz. Isso, meus amigos, é Como a Vida Deve Ser.

— Um dia — eu prometo a mim mesmo.

— Você disse alguma coisa? — Shelby pergunta, reaparecendo.

— Hum, eu estava só dizendo que uma segunda casa é essencial pra se manter a sanidade...

Usando um controle remoto universal, Shelby diminui as luzes, ativa a lareira e coloca uma música romântica. "Sex Me (Part 1)" do R. Kelly. Uma excelente – e animadora – escolha. Eu só espero que tenha uma Parte 2.

— Ah, você tem uma?

Boa, linguarudo. Eu tenho uma? Por que eu tive que indicar que tinha uma? Agora eu preciso ter uma. Onde eu tenho uma?

— Só uma pequena cabana nos Hamptons — eu gaguejo.
— Nós mal usamos, mas é reconfortante saber que está lá.

Chutando os sapatos para longe, Shelby caminha até um bar bem-abastecido e examina uma fileira de garrafas imponentes.

— Leste, oeste ou sul?

Isso importa? Como podem existir tantos graus dentro de graus de status? Quer dizer, como eu conto tudo isso? Que diferença faz? Todos eles são mais ricos que o inferno. Mas faz. Eu olho para ela sem expressão.

— Leste, oeste ou sul dos Hamptons? — ela repete, servindo para cada um de nós uma grande taça de cristal com gotas de um líquido grosso e dourado. Conhaque. O rótulo está em francês. Eu faço uma nota mental.

— Hum, é em Midhampton. Tipo no centro.

Shelby franze o cenho. Ela nunca ouviu falar – porque não existe. Eu rio, mas sustento. Balançando ao som da música pulsante e insistente, ela me estende uma taça, suavemente girando a sua pela haste. Eu pego a taça do tamanho de um aquário com uma colherinha de bebida absurdamente cara dentro. Eu nunca segurei uma dessas antes e, quando giro a minha também, quase me molho. Nós dois estamos girando como loucos quando erguemos nossas taças.

— A novas amizades — ela brinda.

Batemos as taças. Ela vira a sua em um gole voluptuoso. Eu engulo a minha também. Instantaneamente um rio de lava quente corre pelo meu corpo – já bem alterado – queimando minhas entranhas, atiçando minhas regiões baixas já em curto-circuito. Meus olhos lacrimejam. Minha cabeça fica nublada, minha visão sai de foco. Então isso é conhaque bom. Eu preciso disso. Mais uma nova necessidade na lista que estou começando.

Shelby se aninha no sofá, dando tapinhas no espaço ao lado dela para que eu me sente. Eu obedeço com prazer. Nós somos banhados pelo brilho das chamas artificiais. Eu me viro para ela. Ela se vira para mim. Nossos lábios estão a centímetros de distância e se aproximando. Excitado e inebriado, eu luto para controlar meus instintos animais, para resistir ao impulso de só pular em cima dela.

— Como está Celia Lieberman? — Shelby diz, me pegando completamente desprevenido.

Celia Lieberman é a última pessoa na qual estou pensando. Quer dizer, Celia Lieberman não é sequer um ponto no meu radar. Então eu noto um brilho predatório nos olhos de Shelby e ele não é completamente hipnotizante como tudo o mais nela. Eu me afasto um pouco quando percebo que, apesar de minha aparência incrível e personalidade brilhante, Celia Lieberman é uma parte substancial, se não a razão principal, para o surpreendente interesse de Shelby por mim. Ah, sim, claro, nada ganha do prazer de partir o coração de alguém só porque você pode. E essa percepção súbita me joga num breve dilema filosófico. É errado trair Celia Lieberman mesmo que eu não esteja de fato saindo com ela? Tecnicamente, não é infidelidade, é? Mas o fato de Shelby achar que é torna a coisa não tão legal para mim, de alguma forma.

— Você conhece a Celia — eu respondo descompromissadamente. — As coisas nunca são chatas com ela.

— Então as coisas vão bem entre vocês? — ela me interroga.

— Ah, sim — eu digo, desviando o olhar. — Hoje mesmo estávamos passeando sob os olmos em Columbia e eu estava comentando com ela...

Eu não acredito no que estou dizendo. Não há nenhum olmo em Columbia. Por que estou dizendo isso? Eu nunca vou ver Celia Lieberman de novo. Eu estou bebendo um excelente conhaque francês sozinho com a mulher mais linda e atraente do mundo no apartamento chique dos pais dela em Park Avenue com uma vista de um gazilhão de dólares e estou estragando tudo. Não pode ser.

— Comentando com ela sobre, hum... figuras históricas que um dia estavam atrasadas pra aula bem onde estávamos...

Shelby esfrega sua bochecha cheirosa na minha. Ela está tornando muito, muito difícil me manter teoricamente fiel. Eu paro de falar. Ela dá uma mordidinha na minha orelha. Pelo amor de Deus, eu sou de carne e osso. Meu autocontrole está rachando a ponto de explodir em pedacinhos.

— Lou Kerouac — eu grasno —, Jack Gehrih...

— Bom, quando chegar setembro eu vou começar uma sentença de quatro anos lá — Shelby diz, me beijando. O gloss dela tem um gosto cítrico com notas de chocolate. Eu estou chocado demais para responder. Eu a encaro, boquiaberto.

— Você... você foi aceita em Columbia?
Shelby me olha espantada. Eu não estou apenas cedendo de acordo com o plano dela. Eu sou um enigma e um desafio, embora o que eu na verdade seja é invejoso.
— Admissão antecipada. — Ela se levanta do sofá e serve mais uma dose para nós dois. — Não que eu tivesse escolha. Meu pai foi pra Columbia, assim como o pai dele e o pai dele. Meu irmão, minha irmã. E agora eu.
Ah, pobrezinha. Uma tradição de família, todos os contatos. Eu devia saber. Não é o suficiente que mamãe e papai possam financiar uma cátedra ou reformar uma biblioteca. A taxa de aceitação para alunos com um histórico familiar com Columbia é três vezes maior do que para a massa ordinária, como eu. Como se ela já não tivesse vantagens suficientes.
— Mesmo assim, foi meio incerto — Shelby reflete. — Seja lá quem tenha inventado o tempo extra, eu o adoro.
— Tempo extra?
— Pra quem tem dificuldades de aprendizado. A minha é ansiedade. Um psiquiatra escreve um bilhete e então você tem o tempo que quiser pra fazer seu SAT e ninguém fica sabendo.
— Eles podem fazer isso? — Eu estou impressionado. Eu nem tinha ideia de que uma coisa assim era possível. — E ninguém fica sabendo mesmo?
— Metade das pessoas que conheço em Green Meadow faz isso — ela diz, me entregando uma taça.
Tempo extra. Eu estou no chão, absorvendo a enormidade disso. Eu já tinha ouvido falar de burlar o sistema, mas nada tão nefasto quanto isso.
— Eles não fazem isso na sua escola? — Ela me olha com curiosidade. — Ah, é, você estuda em casa.

Tempo extra. Isso está além dos limites da minha paranoia. Isso que é uma conspiração obscura. As últimas pessoas a precisarem de tempo extra são as que o recebem. E por quê? Ansiedade! Eu tenho toneladas de ansiedade, eu exalo ansiedade, eu sou a definição de ansiedade e ninguém me deu um nanossegundo extra de nada. Quando eu penso em como seriam minhas notas com tempo extra, quando eu penso no que precisei passar para aumentá-las. Trabalhe Duro e Siga as Regras é o que nos ensinam. Só que a Regra Número Um é que as regras não valem para as pessoas que estão no comando porque são elas que criam as malditas regras. Que piada doentia. Que ultraje completo!

Mas eu não digo isso.

— Eu fui adiado — é o que eu digo, virando amargurado meu conhaque.

— Mesmo? Em Columbia? — ela pergunta. — Ei, talvez sejamos colegas.

De alguma forma, eu duvido. Shelby se aninha ao meu lado no sofá. Se inclinando, ela tenta de novo, me beijando com mais ênfase. Eu ainda estou sem reação, ainda digerindo a criminalidade do tempo extra. Quando ela para, eu solto:

— Meu pai foi pra Harvard.

Eu sinto vergonha. Eu pareço um idiota. Por que eu sou tão inseguro? Por que eu sinto que preciso me justificar para ela? Na verdade, tenho motivos para fazer esse psiquiatra dela passar décadas escrevendo num caderninho. Talvez por eu ser um hipócrita e uma fraude, só para começar.

— Ele é escritor — menciono por nenhum motivo em particular.

Shelby não se importaria se ele fosse o próprio Buda. Exasperada, ela engole o resto da sua taça.

— Celia Lieberman não é a única que transa — ela declara com determinação e me empurra para trás no sofá. Quando eu caio mole nas almofadas, ela desliza a mão, solta meu cinto e abre minha calça, um, dois, três, sem perder tempo. E... eu não sei como dizer isso – ela enfia a mão dentro das minhas calças.

É como se eu tivesse sido atingido por um raio. Eu me remexo, estremeço e fico duro na mão segura dela. Por sorte, isso não é uma alucinação. E resistir é inútil. Não que eu esteja resistindo de alguma forma. Nesse ponto eu estou 101% dentro.

Eu a puxo para mim e de repente nós estamos rolando de um lado para o outro, um amasso com um sério trabalho de línguas. A mãozinha de unhas feitas dela me pegou de jeito. Ela me tem onde quer. Onde eu desejei estar. Totalmente à mercê dela. Eu estou pegando fogo, tomado por reações químicas e tesão. Shelby se afasta, melada com nossa baba misturada, sorrindo vitoriosa.

—Assim é melhor.

— Sim — eu ofego como um cachorro pidão. — Melhor.

Shelby lentamente se abaixa entre as minhas pernas para dar uma olhada. Tudo em mim – olhos, língua, membros inferiores e superiores – vibra por antecipação. O coral divino canta aleluia. Os lábios, meu você sabe o quê... Ah, alegria eterna!

Então a luz se acende, ofuscante. Não uma luz metafórica, mas a de verdade, artificial, do apartamento.

— Shelby? — a mãe de Shelby diz, estreitando os olhos na entrada. — O que você está fazendo aqui?

Assustada, Shelby sobe no sofá para ter cobertura. Eu me levanto com um salto. Me vendo – ou melhor, vendo o meu... – a mãe de Shelby derruba as sacolas de compras, estupefata.

— Ah, Deus.

Eu olho para baixo, engulo em seco, me viro imediatamente, guardo a coisa e fecho o zíper, e então me viro de novo. Eu tenho uma tenda *monstruosa* – e quero dizer monstruosa – se armando nas minhas calças. Eu nem sabia que podia ficar monstruoso assim. Em outro momento e situação, eu ficaria bem impressionado comigo mesmo. Nesta aqui, contudo, eu agarro um chique travesseirinho em tom pastel para proteger minha ereção massiva, pego minha jaqueta e corro freneticamente para a porta.

— Bom te ver de novo, sra. Pace! — A mãe de Shelby desliza para fora do meu caminho. Eu aceno para Shelby sem olhá-la. — Bom, te vejo por aí, Shelby!

Shelby responde de trás do sofá:

— Diga oi pra Celia por mim!

Hipertensão Epididimal. Ou o que o sexo masculino chama de dor no saco. Basicamente, garotos e garotas, quando um cara fica muito excitado – o que eu definitivamente estou –, o sangue flui para seu, hum, negócio. Ele fica com uma, hum, você sabe – o que eu enfaticamente tenho – e suas, bem, coisas aumentam até cinquenta por cento em relação ao tamanho normal – o que as minhas, infelizmente, aumentaram. O saco perde oxigênio e ganha uma tonalidade levemente azulada. Eu não tive a oportunidade de olhar, mas presumo que o meu esteja roxo-escuro. Se não há descarga, vamos dizer assim – o que no meu caso não houve –, esses balões superinflados se tornam superssensíveis e superdoloridos. Bom, esse é um ponto de discórdia, por assim dizer. Muitas mulheres, na verdade, dizem que dor no saco é uma mentira sem-vergonha criada para arrancar sexo por piedade. Um mito masculino.

Bem, deixa eu te dizer uma coisa, não é um mito. E a boca cítrica de Shelby você sabe onde não foi uma invenção também, mesmo que tenha sido só por uma fração de segundo. Agora eu não apenas tenho uma ereção pulsante do tamanho e grossura de um poste de luz que estou sem sucesso tentando esconder com o travesseirinho pastel ainda na minha mão, mas espasmos agudos e torturantes atingem meu corpo atordoado com cada passo. Eu estou andando a passo de lesma pela rua movimentada, suando no frio, gemendo, com a respiração pesada. Felizmente, nessa cidade, eu ainda estou bem dentro do que é considerado um comportamento normal.

Sabe aquele pervertido que sempre está no metrô tarde da noite fazendo caretas dementes e sons nojentos enquanto segura suas partes? Bem, esse sou eu. Agarrando uma barra com a mão, esmagando o travesseiro de franjas contra minha virilha dolorida com a outra, eu me equilibro, gemendo a cada vibração do vagão. Os outros passageiros me olham aberta e desconfiadamente. Eu não os culpo.

A viagem de trem de quarenta e três minutos até Pritchard passa numa neblina tediosa, mas de alguma forma eu chego. Me apoiando no corrimão, eu lentamente manco escada abaixo, travesseiro ainda estrategicamente posicionado já que a tora não cedeu nem um pouco. Enquanto corro para casa na Fera, a dor chega em enormes ondas, e eu juro que quase desmaio duas vezes. Eu sou uma panela de pressão sem válvula. Eu amaldiçoo os céus, socando o volante com minha frustração sexual, minha intensa angústia física elevada por um tormento mental ainda maior. É tão injusto. Meu boquete durou um segundo. O quanto um homem pode aguentar?

Eu me jogo porta adentro para o apartamento, jogo o travesseiro de lado, desabotoo minhas calças e pulo para a cozinha. Abro o freezer com tudo, arranco a bandeja de gelo e a esvazio inteira dentro da minha samba-canção.

— Ahhhhhhhhhh! — eu grunho como um neandertal.

Eu giro e rodo minha pélvis, ajustando o gelo dentro da minha cueca. O efeito é de alívio imediato, o frio intenso anestesia minhas gônadas superexcitadas e subestimuladas. Bem, quem diria? Realmente funciona. Com cubos de gelo escorrendo pela minha calça, eu gemo e choramingo.

Então eu vejo uma pequena brasa se acender na escuridão, brilhando na mesa. É Charlie de pijamas, fumando um baseado, me observando clinicamente. Maravilha. Tudo que eu precisava. O que ele está fazendo acordado? Ele nunca está acordado.

— O quê? — eu disparo na defensiva, me recusando a dar a ele a satisfação de me ver envergonhado, não importa o quão gravemente comprometedora seja a situação. — Eu vi o Pacino fazer isso num filme uma vez.

Recolhendo os restos de minha dignidade ferida, deixando um rastro de gelo, eu vou até a pia e coloco meu fardo glacial dentro dela. Charlie me observa em silêncio.

— Você ficou fora até tarde — ele finalmente diz. — E foi De Niro.

— Casamento grego em Parsippany — eu minto na cara dura, sustentando minha história do bufê. — Essas coisas duram a noite inteira. O souvlaki foi um sucesso.

Eu me arrasto envergonhado na direção do meu quarto. Embora congelado, meu equipamento ainda está um estado frágil, e eu tomo cuidado para não agitá-lo mais do que o absolutamente necessário.

— Bom, da próxima vez que você for ficar fora até as três, me ligue — Charlie diz atrás de mim, impondo sua autoridade paterna. Isso enquanto tem um cigarro de maconha pendurado no canto da boca. O cara é patético. Já faz meses que eu não chego em casa antes das três num sábado e essa foi a primeira vez que ele se deu ao trabalho de notar. Eu faço o que sempre faço e o ignoro. Só consigo pensar no conforto da minha cama. — Isso chegou pra você hoje — ele diz.

Ele ergue um envelope fino da mesa. O papel é adornado com um emblema familiar no canto superior. Universidade Columbia. A notificação oficial do Purgatório de Admissões. Como a maior parte das faculdades, Columbia manda o veredito por correio, além de colocá-lo on-line. É a forma que eles acharam de te permitir ter a inesquecível experiência de ter seus sonhos destruídos duas vezes pelo preço de uma. Eu esqueci de interceptá-la.

Nada como um pequeno fracasso para deixar alguém de pau mole. As desventuras da noite somem quando o cenário maior, e mais sombrio, cai sobre mim. E Charlie ter ficado sabendo só aumenta o fardo esmagador.

— Isso é meu — eu digo, alcançando-o com um só passo. Eu agarro o envelope de sua mão melada. Só o toque dele já polui minhas chances.

— Eu entreguei o suficiente dessas ao longo dos anos pra saber o que tem dentro — Charlie diz suavemente.

É por isso que ele ficou acordado. Para se refastelar pessoalmente na minha última derrota. Babaca.

— Desculpa te desapontar, Charlie — eu o fuzilo com o olhar. — Fui posto na espera, não rejeitado. Eu ainda posso entrar na admissão regular em abril.

Charlie faz que sim com a cabeça, coçando a barba malfeita em seu queixo. Ele sabe que deveria ficar quieto, mas não consegue evitar.

— Eu só não quero que você crie expectativas, Brooks — ele aconselha. — Você só vai se machucar.

Ele quer que eu desista. Como ele fez. A antiga e violenta raiva se ergue em mim.

— Vai se ferrar — eu digo.

Então, pisando duro até meu quarto, eu bato a porta na cara dele.

O Inverno da Minha Desesperança

Contagem regressiva.
Três. Dois. Um.
Meia-noite.
Feliz Ano-Novo.

Na Times Square, a bola cai e milhares de pessoas normais da minha idade comemoram e se abraçam. Por todo o globo, transcendendo religião, cultura e inimizades ancestrais, toda a humanidade é unida momentaneamente em celebração. Mas não em Pritchard, Nova Jersey. Aqui é a Tristezalândia. Formatura. Faculdade. O Futuro. Esse é O Ano. Toda a minha vida me trouxe até aqui. De uma forma ou de outra.

Eu deveria estar feliz. O primeiro semestre, o último semestre que importa, acabou. Eu tirei dez em todas as matérias e meu relatório de meio do ano, quando forem mandados para Columbia, serão brilhantes. Embora não tenha tido notícias do tio Max, eu deveria estar louco de felicidade com a perspectiva de vagabundear o resto do último ano, ir a todas as festas, aproveitar os frutos do meu trabalho. E eu estaria fazendo isso se tivesse entrado e não tivesse sido posto na espera como o merda que sou.

Estou sozinho no meu quarto, me embebedando com uma cerveja escura que estoquei há tanto tempo que nem lembro como a consegui. Eu odeio cerveja escura. Isso é quão merda meu Ano-Novo está sendo. Mas bom, as festas sempre foram um saco para mim. Quer dizer, eu e Charlie ao lado de uma árvore de Natal, que por acaso nós nunca tivemos, não é exatamente a imagem aconchegante de cartão de Natal das outras famílias. Não há presentes, muito menos alegria. Mas estas festas estão especialmente podres. Porque veja, desde meu pequeno ataque, as trincheiras foram cavadas. O quarto do Charlie é território inimigo; o banheiro, a cozinha e o resto dos ambientes comuns são terra de ninguém que só visitamos raramente e com rapidez para coisas absolutamente essenciais. E embora a gente mal esteja se vendo, nossa trégua incerta joga água fria em qualquer pensamento de festividades.

Normalmente, minha única alegria e consolo durante as férias é passar o tempo e ser idiota com Murf. Mas desde que cometi o erro de largá-lo sem ao menos uma palavra, fui deletado no Facebook, Twitter, Skype e vários outros aplicativos que nem sei, e ele não responde minhas insistentes mensagens divertidas ou selfies idiotas. Murf está bem puto e não posso culpá-lo. Além do mais, mesmo que ele estivesse falando comigo, o que aparentemente não está, atualmente ele está sempre no Metra e, portanto, indisponível para me fazer uma tão necessária companhia.

Ah, Columbia, por que você não me quer? Eu faço, eu digo, qualquer coisa. A existência terrena poderia ser divina se você me quisesse. Colega de Shelby. Isso é um bônus.

Mas com dois gumes. Pensar nela lá sem mim é tortura extra. Eu preciso entrar. Preciso. Porque se eu não entrar, nunca mais sentirei aqueles lábios em volta de você sabe o quê. Ah, por favor, me poupe da indignação hipócrita. É fácil para você falar. Você não estava lá, você não era eu. Não quase aconteceu com você. Eu quase desejo que não tivesse quase acontecido comigo. *Quase.* Não pode ter sido. É como se eu tivesse ganhado uma sentença de saco roxo psicológico para sempre.

Eu passo os dias seguintes aperfeiçoando a Marca. De acordo com todos os guias, um suplicante pode fazer uma última tentativa de autopromoção para o Comitê de Admissões no período morto antes de abril. Na verdade, todos os guias encorajam isso. Mas não mais do que uma, todos os guias avisam, você não quer parecer desesperado. Normalmente é uma atualização em alguma nota, prêmio ou aventura no exterior, uma suave lembrança de que você ainda está por aí, se esforçando, mas eu fui informado que alguns podem ser bem criativos. Doces já foram enviados, árias inteiras postadas no YouTube, alguns até tentaram nudes. Não é uma boa ideia. A Última Tentativa deve ser uma expressão sutil da sua singularidade singular e uma promessa de comprometimento inabalável com a augusta instituição – a menos, é claro, que você seja aceito em algum lugar mais augusto.

Desprovido de afinação, talento culinário ou qualquer inspiração, eu decido que o meu vai ser um velho clássico – um perfil em vídeo estrelando adivinhem quem. Infelizmente, não tenho muito com o que trabalhar. Tipo, literalmente. Praticamente nenhuma foto de bebê, poucas imagens espontâneas de mim jogando baseball ou qualquer coisa parecida, uma pobreza de lembranças de férias familiares porque quase não houve nenhuma. Embora eu tenha procurado em prateleiras, gavetas e caixas empoeiradas, meu registro é o mais fino possível, o que é meio deprimente e alimenta meu crescente ressentimento em relação a Charlie. Mas eu faço o que posso com o que tenho e, depois de incontáveis horas e muita tentativa e erro no meu computador, chego a dois minutos bem-editados com o Melhor de Brooks Rattigan. Estrelando o profundo Brooks Rattigan, silhuetado contra um pôr do sol em chamas. O jovem e responsável Brooks Rattigan, nove anos, ensinando crianças menores a atravessar a rua. O aventureiro Brooks Rattigan remando um caiaque. Brooks Rattigan, o homem da renascença, refletindo em um museu de arte. Os vários troféus de Brooks Rattigan, a maioria comprada por Brooks Rattigan em diversas vendas de garagem. Eu acrescento gráficos que giram e efeitos especiais legais para contar meus muitos atributos: Brooks Rattigan, ganhador de menção honrosa no ranking de alunos do estado. Média geral A-, Média ponderada A. Setecentos e vinte pontos em verbais, setecentos e sessenta em matemática, seiscentos e oitenta em escrita, mas todo mundo sabe que essa seção não serve para nada. Como música inspiradora eu tento de tudo, do hino nacional à "música do Rocky", do Ween, mas nada funciona. Eu sei que preciso de mais.

Vamos ser sinceros, minha Marca é morna.

Outro sábado à noite. Um importante. Eu estou quarenta e sete minutos atrasado para buscar Gravity Dross para seu baile de inverno e estou uma pilha de nervos. Sem querer estragar minha última chance com Columbia, eu me dei duas horas para a viagem de Pritchard a Westport. Mas, com toda a neve e gelo, houve um grande acidente na Ponte GW, e por isso estou levando quase três horas, e isso comigo dirigindo como um maníaco gritando e buzinando tipo o cara em *Operação França*, mas melhor que ele porque ainda estou consultando o Google Maps no meu celular. Quando eu finalmente saio para a mansão arborizada ladeada por seu próprio riacho, estou tremendo e espumando, precisando passar um tempo prolongado em uma cela acolchoada. Você pode ter achado que tio Max me daria alguma folga, mas não. Ele está pronto para me estrangular porque tia Marion está pronta para estrangulá-lo.

Quanto a Gravity, ela não poderia se importar menos, largada em uma espaçosa sala adjacente concentrada em um velho episódio de Bob Esponja que eu já vi umas seis vezes.

— Gravity, ele chegou — tia Marion cantarola, tentando tornar a situação melhor, mas me olhando feio.

— O.k., — Gravity responde, obedientemente desligando a TV.

Sendo prima de Celia Lieberman, ela não é o que eu esperava. Para começar, ela não se parece nada com Celia Lieberman. Gravity é alta, magricela, superpálida. Você poderia dizer que ela tem algo de calmo e etéreo, o que Celia Lieberman definitivamente não tem. E ela se veste muito melhor. Usando um vestido elegante e estiloso que acentua seus pontos fortes, ela é, na verdade, linda. Diferente de Celia Lieberman, parece ter um temperamento bastante agradável, o que mais uma vez torna difícil de acreditar que elas são parentes.

— Dê oi para o Brooks — a tia pede, radiante, para a filha, ajustando um fio solto nos cabelos perfeitamente arrumados de Gravity.

— Oi — Gravity me cumprimenta com um sorriso agradável.

— Brooks vai ser sua companhia esta noite. Ele vai te entreter.

— O.k. — Gravity responde.

— É melhor ele fazer isso — tio Max acrescenta em tom de ameaça, me dando a impressão imediata de que ainda não teve sua conversinha com o amigo sub-reitor de Admissões.

— Que tal algumas fotos para o álbum da família? — eu sugiro apressadamente, tentando apertar o passo e compensar o tempo perdido.

— Ótima ideia, Brooks! — tia Marion responde, entusiasmada. Eu preciso dizer que ela é surpreendentemente bonita e bem-ajustada para ser casada com um ranzinza tipo o tio Max. Se ela não estivesse tão estressada, poderia até ser legal.

— O.k. — Gravity diz.

O.k. é basicamente a única conversa que temos no carro do tio Max, um fraco Tesla movido a bateria (mais glamour que o Prius, mas ainda não), a caminho do restaurante, naturalmente, supercaro que quase precisou de propina para aceitar nossa reserva. Gravity sorri e está de bom humor, mas eu não tenho certeza se ela sabe o que está acontecendo ou o que ela está fazendo comigo. Ela tem uma expressão vazia nos olhos que eu acho irritante, até que me lembro que muitas das meninas mais bonitas também têm.

Mas quando Gravity pede um queijo quente e batatas fritas no menu todo em francês, fico com a sensação de que alguém não me deu todos os detalhes. Porque Gravity não está aqui, nem lá, nem em nenhum lugar desse plano temporal. Ela está na sua própria cabeça, o que no negócio de cérebros se chama de "no espectro". Eu acho que talvez ela seja autista.

Pais, eu reflito enquanto corto meu *chateaubriand*, algo que está deixando de ser uma novidade. Pobres pais, ricos e burros. Eles acham que se gastarem dinheiro suficiente, podem consertar qualquer coisa para os filhos. Mas algumas coisas não podem ser corrigidas como dentes tortos ou um focinho grande demais, algumas coisas estão fora até do poder aquisitivo deles. E a doce e alegre Gravity é uma delas. E mesmo que ela pudesse ser consertada, talvez não devesse. Mas que merda eu sei?

Pela quantidade de olhares estranhos e curiosos que eu recebo enquanto acompanho Gravity para dentro do luxuoso auditório, minhas suspeitas estão confirmadas, e eu apenas sigo o jogo. Está tudo bem. Curvando-me de forma galante, eu pergunto se ela gostaria de dançar, e claro que ela está disposta. Eu penso que posso ensinar a ela alguns passos simples, mas adivinha? Se alguém tem algo para ensinar é ela. Gravity é uma dançarina excelente. Tipo um prodígio, até. Ela segue graciosamente o que eu guio, antecipa todos os meus movimentos, me leva aonde eu nunca fui. Nós giramos, deslizamos e rodopiamos quase sem parar, com abandono. Ela ri. Eu também. Nós continuamos por horas.

É tarde quando dirigimos de volta em um silêncio contente através de uma paisagem nevada que reluz suavemente na noite. Pela primeira vez em muito tempo eu estou em paz comigo mesmo. Eu sinto que eu é quem deveria pagar.

Tia Marion e tio Max estão esperando, rostos tensos e ansiosos, vestindo roupões, parados na porta da frente enquanto caminhamos da garagem. Tia Marion abraça a filha, emocionada.

— Então, como foi? — ela pergunta benevolente, como se tivesse nos dado um grande presente, o que talvez seja verdade.

— O.k. — Gravity responde alegremente.

Tia Marion solta um grande soluço e começa a chorar, e acho que sei de onde isso vem. Não há mágica ou cura milagrosa. Fingir que Gravity é normal, o que quer que isso queira dizer, não torna verdade.

— Tchau, Brooks. — É a primeira vez que Gravity diz meu nome. Então ela me dá um beijo no rosto, vai para a outra sala e liga a TV, retomando *Bob Esponja* de onde tinha parado.

— Eu disse que era uma ideia ruim — tio Max sussurra para tia Marion, que segue fungando. — Por que você continua se torturando?

— Na verdade, nós nos divertimos. Gravity é uma ótima dançarina — eu digo, pensando que isso pode animá-los.

Mas eles não me escutam. E eu percebo que fui a cobaia desavisada em um experimento repetido há muito tempo com o mesmo resultado decepcionante. A noite foi mais para eles dois do que para ela. Tio Max está de mau-humor quando me paga sem dizer uma palavra. Sem gorjeta, nenhum centavo a mais, não que eu me importe, mas entendo como um péssimo sinal. É como se fosse culpa minha tia Marion ter virado uma poça chorosa.

O caminho de volta para Nova Jersey é longo e esclarecedor. Tio Max deveria ser meu grande benfeitor, o que viraria minha balança. Conforme os quilômetros se acumulam, com eles crescem minhas dúvidas de que a conversa com o sub-reitor de Admissões vá acontecer. Voltou à estaca zero, Brooksie.

Enquanto isso, o boicote do Murf contra mim segue sem ceder. Ele deve ter recebido um bônus considerável ou um aumento substancial no Metra, porque comprou uma pick-up usada – uma Ford F-150 2004 vermelho-cereja com um motor V-8 que arrasa – e agora leva ele mesmo para a escola. Nós não temos nenhuma aula juntos e nas raras ocasiões em que nos cruzamos nos corredores, ele faz questão de atravessar para o outro lado. Na hora do almoço, ele se levanta e muda de mesa se eu sento ao lado dele. Depois de um tempo, todo esse gelo me faz ter raiva dele. Quer dizer, eu admiti que estava errado, fiz várias tentativas de compensar e consertar. O que mais eu posso fazer? O que ele quer? Flores? Hum, não é uma má ideia. Um cara dando flores para outro? Eu estou louco assim? De qualquer forma, eu te pergunto: meu crime foi tão horrendo que vale jogar fora a amizade de uma vida toda por isso? Evidentemente Murf acha que sim, e isso me deixa ainda mais bravo.

Porém, apesar de ele estar sendo um completo idiota, eu ainda sinto falta do meu parceiro.

Então, talvez seja por isso que em uma tarde gelada eu me pego no Reservatório com minha antiga bateria de balde azul. O Reservatório é onde eu e Murf costumávamos fazer jam sessions da Sociedade de Percussão Étnica do Colégio Pritchard. A paisagem em volta do estacionamento é descampada, feia e vazia, o que reflete meu espírito atormentado. Este inverno parece especialmente brutal e infinito. Eu penso que uma boa batucada, ainda que sozinho, pode ser terapêutica. Nada mais está funcionando.

Enquanto eu sigo pelo bosque sombrio até o nosso canto, escuto algo adiante. Uma batida solitária e vazia. Parece... mãos batendo no plástico. Poderia ser? Acelerando meu passo, logo chego na grande formação de pedras com vista para a vasta massa congelada. E com certeza, lá está o Murf, empacotado como um chefe indígena, com uma lata de Guinness, melancolicamente batendo no seu balde azul. Uma figura deprimente, se já houve uma.

Ele me vê, não reage, só dá um grande gole na cerveja.
— Você não está no Metrá? — eu pergunto, surpreso.
— Eu me dei a tarde de folga — ele responde, áspero, continuando a batucar seu instrumento.
— Posso te fazer companhia? — eu arrisco.
— É um país livre — Murf diz de forma seca. — Ou é o que me dizem.
Eu escalo a pedra em frente a ele, posiciono meu balde entre os joelhos e começo a batucar junto. Não é bem um dueto. Nenhum de nós está no clima.
— Murf, já faz mais de dois meses — eu finalmente digo.
— Sete semanas e três dias — Murf me corrige.
— Você vai ter que falar comigo alguma hora.
— Você trocou seu melhor amigo por uma garota supergata, cara — Murf diz, me dispensando. — Nada sobre o que falar.
— Sim, mas você não quer saber por que eu troquei meu melhor amigo por uma garota supergata?
Murf para de batucar e me encara.
— Sou todo ouvidos.
É isso, o momento no qual, se eu tivesse culhões ou um traço de caráter, eu deveria me abrir, confessar minhas muitas paranoias, deficiências e inseguranças. O problema é que a verdade dói. Nele. Mas, mais importante, em mim.
— Ela era supergata — eu declaro sem olhá-lo nos olhos.
Como eu disse, normalmente, de acordo com as Regras Não Escritas, essa seria explicação suficiente. Mas Murf, não importa quais sejam suas notas, não é burro. Ele sente que tem algo a mais porque tem algo a mais.
— Só isso? — ele pergunta, ainda me encarando de frente.
— Juro por Deus. — Eu sou um merda. Ele sabe que estou mentindo e eu sei que ele sabe. Mas sendo a alma

boa e simples que ele é, Murf me dá o benefício da dúvida e aceita minha resposta. Isso também é parte das Regras Não Ditas.

— Você pelo menos se deu bem? — Ele sorri e recomeça a batucar.

— Mais ou menos, se você contar um boquete de dois segundos. A mãe dela apareceu.

Por algum motivo, Murf acha isso hilário. Rindo, ele bate com energia renovada. Eu me junto animado. Nós tocamos em uma unidade sincopada.

— Na verdade, foi mais pra um segundo — eu admito mansamente por cima do ruído crescente. — Quando eu cheguei em casa, tive que colocar gelo nas calças pra me livrar de um caso extremo de pau duro persistente.

— Seu cachorro! — Murf grita, se deliciando com o meu sofrimento. Nós batemos nos baldes cada vez mais rápido, então ele desacelera de novo. — Você podia ter me avisado, Brooks.

Eu desvio o olhar, desconfortável. Ele estende a lata para mim. Eu dou um longo gole.

— É toda a coisa de Columbia — eu insisto. — Me deixou louco.

Nós batucamos alegremente por um tempo. Do nosso ponto elevado, eu noto um monte de crianças na outra ponta do Reservatório, jogando hockey onde não deveriam, onde eu e o Murf um dia jogamos hockey onde não devíamos também. Quando o Futuro não era uma questão. Pode ter sido só uns anos atrás?

— Como vai a corrida para a faculdade? — Murf pergunta, puxando assunto.

— Eu estou basicamente preso na largada — respondo.

Lá embaixo, mais perto de nós, uma placa torta e enferrujada se ergue por cima do gelo fino, a uns dezoito metros da margem, e avisa em letras grandes e vermelhas PERIGO! GELO FINO! A cada dois ou três invernos, algum imbecil se afoga no Reservatório, normalmente fora de si de tão bêbado. É quase uma tradição de Pritchard.

— Ei, só acaba quando termina — Murf diz como encorajamento. — E sempre tem a Rutgers. É uma escola boa pra cacete. Quer dizer, eu não conseguiria entrar lá nem se minha vida dependesse disso.

— Não, acabou, Murf — eu declaro firme, desistindo, me deixando levar pelo momento. Nós continuamos batucando nos baldes virados, nossas palmas doendo por causa do impacto. Nós estamos fritando, nossa batida é firme, complexa, furiosa.

— Por que isso é tão importante pra você, Brooks? — Murf pergunta. — O que está lá fora que você não tem aqui em Pritchard?

Eu faço uma careta. Esse é o ponto em que eu e Murf inevitavelmente tomamos caminhos separados. Eu posso estar indo a toda velocidade para lugar nenhum, mas pelo menos eu tenho os olhos abertos e sei enxergar as coisas. Eu não posso aceitar qualquer coisa como o Murf, mesmo que eu quisesse, o que agora mais do que nunca, desesperadamente, eu não quero.

—Ah, vamos lá, Murf, Pritchard é um buraco — eu digo, exasperado.

— Verdade. — Ele ri, se divertindo. — Pritchard é uma grande merda. O que eu estou falando?

Nós batemos com mais força, os dois ficando introspectivos. Do outro lado do Reservatório, as crianças giram e gritam, patinando de um lado para o outro. A placa torta acena para mim como um neon. PERIGO! GELO FINO! Uma ideia se forma e cresce com cada batida na minha lata. Nem se minha vida dependesse disso, Murf disse. Uma ideia diabólica e vil, uma que eu nem deveria me permitir considerar, mas que talvez funcione.

— Bom, se houver qualquer coisa que eu possa fazer, estou aqui, cara — Murf promete.

— Bom, na verdade tem uma coisa — eu anuncio, subitamente tomado de propósitos malignos.

Murf me olha, um pouco espantado por eu ter aceitado tão rapidamente o que ele pensou que era uma oferta vazia.

— Eu preciso que você me deixe salvar sua vida.

Murf para de batucar, chocado.

— *O quê?*

— Você cai no lago, eu te resgato — eu explico rapidamente antes que princípios e razão possam se colocar no caminho. — Eu garanto que nada vai acontecer com você. Só precisa parecer que está correndo risco de vida. Cinco minutos, dez no máximo!

— Você pirou?

— Eu preciso de algo pra acrescentar na minha inscrição. Algo grande, que me coloque no topo.

Murf olha para a placa e de volta para mim.

— Tipo, agora?

— Pode ser? — O formulário com o update precisa estar no correio até segunda.

— Não adianta se ninguém ver — eu instruo Murf enquanto passamos pelo buraco na cerca de arame farpado pelo qual todo mundo passa e que nunca vi ser consertado na minha vida. — Então grite feito louco.

Nós alcançamos a borda de concreto inclinada do reservatório. Um longo e retangular lago de gelo se abre à nossa frente. Ele parece grosso e seguro, exceto pelo pedaço em volta da placa enferrujada. Só um completo imbecil iria até lá. Ou um melhor amigo.

— Você vai mesmo me fazer passar por isso? — Murf pergunta, inquieto.

Mas eu não estou ouvindo. Em vez disso, estou montando um videoclipe na minha cabeça:

"Eu vi a coisa toda. Foi altruísta, cara", uma adorável criancinha toda encasacada de patins conta para um entrevistador fora de quadro. "O cara saiu correndo e salvou o outro cara", outra se mete. "Foi tipo um supercara!". Então a câmera corta para mim, tremendo sem casaco no frio extremo. "Eu não pensei na minha segurança nem por um instante", eu afirmo. "Minha única preocupação foi com o outro, certo, Murf?" Tomada rápida do Murf, enrolado em um cobertor térmico, lábios azulados, pele pálida, bebendo de um copo quente de café. "C-c-c-c-certo", ele gagueja. De volta para mim porque sou o ponto principal. "Não foi nada", eu dou de ombros modestamente. "De verdade". Então Chuck Spencer, o laranja e dentuço âncora local, aparece do meu lado, bloqueando Murf. "Brooks Rattigan", ele ressoa profundamente no microfone. "O supercara de Pritchard". Supercara é um belo toque, não? Quer dizer, que mal pode haver? Engula isso, Columbia de merda!

— Não podemos só dizer que isso aconteceu? — Murf hesita, me trazendo de volta à situação imediata.

— Ah, não seja covarde.
Eu não deveria, mas é Columbia que está na linha, então eu empurro Murf e ele sai deslizando mar adentro. Ele escorrega pelo gelo e para a uns três metros da placa. A superfície escorregadia range perigosamente sob o peso dele.
— Pisa forte — eu comando, olhando para as criancinhas patinando.
Murf dá um pulinho. O gelo se parte, rachando sob ele como uma teia, mas, incrivelmente, segue intacto. Droga. Ele olha feliz para mim.
— O.k., eu pisei forte! — Ele começa a voltar para a margem. Mas de repente escorrega, voa pelo ar e cai de bunda. O gelo se parte. Murf afunda. Excelente!
— AJUDAAAAAA! — Murf grita, emergindo como uma foca. Eu olho para as crianças. Elas não notam. Como elas podem não notar?
— Mais alto! — eu dirijo Murf. — Finja que você está se afogando!
— QUEM ESTÁ FINGINDO? AJUDAAAAA! — Murf se debate freneticamente na cratera de água congelante. Ele continua tentando agarrar o gelo para sair, mas a superfície continua quebrando. Que cena. Mas as crianças idiotas ainda não notaram. Sem saída, eu grito:
— EI, SEUS MERDINHAS! AJUDEM!
Isso chama a atenção delas. Eles interrompem sua busca coletiva pelo disco.
— HOMEM AO MAR! — anuncio, apontando para Murf, que se sacode no buraco de água gelada. Essa é a minha deixa para entrar em ação.
— AGUENTA FIRME, MURF! — eu grito enquanto tiro meu casaco, que planejo usar como corda enquanto permaneço

confortavelmente seguro e seco. — EU ESTOU CHEGANDO! EU VOU TE SALVAR, AMIGO!

Eu corro pelo gelo até a ponta da cratera de água cinzenta. Mas quando eu chego lá, não tem nenhum Murf. Só pedaços de gelo flutuando.

— Murf? — Não, Deus, não. Não o Murf. O que eu fiz?

— MURF?

Eu mergulho de cabeça na cratera. O líquido tem a consistência de cimento fresco, o frio é instantâneo e torturante. Os próximos segundos são um borrão. Eu não consigo ver nada, mas de alguma forma consigo estender a mão e agarrar algo mais ou menos sólido. Um cotovelo. Com meus pulmões estourando, eu afundo, toco o fundo e me impulsiono de volta para cima. Nessa temperatura, a água nem parece molhada, é só um frio que chega a queimar. Puxando Murf pelo braço, eu abro caminho pela meleca gelatinosa. Finalmente, quando eu não aguento mais, nós saltamos para a superfície, para a luz, para o ar gelado, poluído, mas ainda respirável. Engasgando, engolindo água, eu agarro a forma mole e petrificada do Murf, me tornando a boia dele.

— TE PEGUEI, CARA! TE PEGUEI!

Eu o sacudo freneticamente, sem saber se ele está realmente morto ou só em coma. Então ele abre os dois olhos e suas pupilas dilatam. Glória! Murf vive! Murf agarra minha garganta e começa a me sufocar. O ingrato quer me estrangular.

— AJUDAAAAAA! — eu solto.

As crianças patinaram até a gente. Na maioria meninos, algumas meninas. Miniaturas de pessoas, como Munchkins, com uns seis ou sete anos e todos de fato adoráveis, como se tivessem saído do elenco de um show infantil. Reunidos à nossa volta, eles observam fascinados nossa luta titânica de vida ou morte.

— Irado! — um deles exclama.

— QUE IRADO O QUÊ! — eu grito para os pestinhas enquanto Murf tenta com toda sua fraqueza e moleza me jogar para baixo. — FAÇAM ALGUMA COISA!!!

— Se espalhem! — O destemido líder deles ordena. Instantaneamente as crianças patinam para formar uma linha.

— RÁPIDO! — eu grito.

— Bastões! — As crianças estendem seus bastões de hockey. Eles seguram a lâmina na frente dos corpos, dobrando assim o comprimento da linha de resgate. Uma manobra perspicaz, se posso dizer. Na ponta da fila, o comandante, agarrando o bastão atrás dele com uma luva, estende a parte curva de seu pequeno bastão de hockey com a outra, então ela chega a alguns centímetros do perímetro da cratera aberta.

Agarrando Murf pelo colarinho, eu o empurro na direção do taco. Ele a agarra com uma garra petrificada. Eu agarro no tornozelo dele. Ele tenta me chutar.

— VAI! — eu grito.

— Ei, sou eu que dou as ordens aqui! — o líder briga comigo. — VAI! — ele grita para os outros.

Agarrando os bastões entre eles, a fileira de criancinhas patina para trás em uma sincronia perfeita. Por acaso, eles são todos membros da mesma patrulha de escoteiros e acabaram de ganhar medalhas de honra ao mérito por trabalho em equipe. Se eu não estivesse me agarrando à vida, e ao tornozelo do Murf, eu faria uma saudação.

Nossas bundas congeladas são arrastadas para fora da água e pelo gelo duro. Minha cabeça bate na superfície pontiaguda e eu quase desmaio. Mas fomos salvos. Quando Murf retoma o uso parcial das cordas vocais, ele me diz que se eu falar com ele de novo, ele me mata.

Eu penso que, quando ele descongelar, vai se acalmar, mas não.

Indo a público

A primavera chegou, as flores estão florindo, os brotos estão brotando, mas para mim ainda poderia ser o auge do inverno. Não tenho lar, nenhum lugar seguro onde descansar meu corpo cansado, só uma zona desmilitarizada que eu coabito com Charlie. Meu melhor de todos e mais próximo amigo no mundo expressou um desejo fervente de me matar. Eu nunca mais vou experimentar da perfeição que é Shelby Pace e, maior tragédia de todas, não tenho chance em Columbia. Minha poupança, porém, com juros de 0,93%, continua a aumentar com firmeza, já que, em uma demonstração cega de fé, eu continuo aceitando todos os trabalhos que aparecem. Paramus. Cherry Hill. Piscataway. Nenhum deles, por sorte, é particularmente memorável.

Basicamente, eu estou um trapo. Não consigo dormir, não consigo me concentrar. Eu estou exibindo sinais físicos de fatiga também. Punhados de cabelo caem no meu pé quando tomo banho. Tenho olheiras escuras embaixo dos olhos. Meu intestino dá cambalhotas. Não quero ser gráfico demais, mas, doutor, eu estou inchado, com gases e não tenho uma evacuação satisfatória há meses. É por isso que estou no trono, perdendo em Angry Brids, ofegante, quando recebo a ligação. Reconhecendo o número na tela, eu atendo, animado.

— Dr. Lieberman? — digo, surpreso.

— Espero não estar te pegando numa hora ruim — Harvey diz.

— Nem um pouco — eu afirmo, desistindo e pegando o papel higiênico.

— Parece que temos outro aniversário. Uma tal de Cassidy Trask. Esse sábado. Eu estou ligando porque o convite veio no nome de vocês dois, seu e da Celia.

Cassidy Trask. Por que Cassie Trask convidaria Celia e eu para seu aniversário? Ela me detesta. Só existe uma resposta óbvia. Shelby. Shelby a forçou. Ela ainda deseja o corpinho de Rattigan. Ainda não terminou. Tenho mais um chute. A esperança reluz em pelo menos um dos meus horizontes.

— Estou dentro, dr. Lieberman.

Nós desligamos depois de concordarmos com os termos de sempre. Eu estou sorrindo. Meu humor melhorou e, aparentemente, meu intestino também. Ah, doce alívio!

Os próximos dias e noites são preenchidos com imagens dançantes de mim e Shelby em uma incrível variedade de lugares e posições exóticas. Então uma nova nuvem recai. Pois eu percebo que há uma complicação inconveniente. Celia Lieberman. Eu não posso me conectar com Shelby a menos que Celia Lieberman seja parte do quadro. Eu não posso trair Celia Lieberman. Minha consciência e espírito de negócios, por menores que sejam, me proíbem de a expor a vergonha e escândalo, ainda que ilusórios. Se Shelby e eu vamos um dia chegar à próxima fase – o que precisamos – Celia Lieberman tem que estar fora de cena. Portanto, preciso terminar com Celia Lieberman.

Enquanto pego a Garden State Freeway para buscá-la, ensaio como vou suavemente dar essa notícia devastadora para ela. Eu planejo usar os clássicos. Não é ela, sou eu. Eu não quero ser injusto com ela. Ela merece mais do que um zé--ninguém como eu, o que é verdade. Eu mal considero o fato de que não estamos saindo juntos de verdade.

Celia Lieberman sai pela porta da frente usando sapatos de salto quando a Fera engasga na entrada. Adornada com a última horrenda e bufante ideia que Gayle tem de moda, ela regrediu seriamente desde nosso último encontro. Nós fazemos uma reunião no banco da frente do Prius.

— O que você está vestindo? — eu pergunto, horrorizado.

— Eu pensei...

— Mamãe querida insistiu e eu não estava a fim de discutir com a maluquice dela — ela me corta sem fôlego. Eu dou a partida no carrinho de golfe e dou ré. Nós deslizamos pela rua. — Não é tão ruim.

É sim. É bem ruim. É horrível.

— Jesus, Celia — eu digo. — Quando você vai bater de frente com ela?

— Isso não importa. Precisamos conversar! — Ela me ignora, aparentemente com assuntos mais urgentes para discutir.

— Concordo — digo, reunindo minha monótona lista de desculpas para nossa iminente separação. — Primeiro as damas.

— Nós precisamos terminar! — ela anuncia com os olhos brilhantes.

— Exatamente! — Eu sorrio até que a ofensa me atinge.

— Deixa eu entender isso, *você* quer *me* dar o fora?

— Franklin está com ciúmes! — ela exclama, reluzente. Eu nunca a vi tão reluzente.

Ela me conta toda a triste história. Aparentemente aconteceu no fim da tarde de quarta-feira, no clube de xadrez. Eu sei, Cidade dos Nerds. Celia Lieberman está agradando Franklin, deixando ele pensar que está ganhando, como sempre. Então, depois de alegremente comer uma das torres dela, Franklin por fim fala:

— Você está diferente — ele diz. — O que você fez no cabelo?

Celia Lieberman se acende. É o máximo que Franklin já falou com ela. Eu sei, dá dó.

— Minha nova versão — ela lhe informa. Ela me diz que estava usando um dos seus vestidos vintage novos, um azul-turquesa curto, ao qual ela se apegou porque a faz sentir *très cool*.

— Você gostou? — Celia Lieberman pergunta a Franklin.

— Odiei — ele grunhe.

— Você odiou? — ela diz, chocada.

— Você está tentando se enturmar — ele afirma. — Eu gostava mais de você antes.

— Você gostava mais de mim antes? — Celia Lieberman faz um movimento traiçoeiro e dizima o bispo de Franklin com um cavalo, então soca seu timer. — Você não disse mais de duas palavras pra mim na vida! Xeque!

Franklin encara o tabuleiro, sem palavras. Ele está na merda.

— É aquele cara que estava com você no shopping, não é? — ele diz, protegendo freneticamente seu rei, então toca seu timer. — É ele que está te transformando em um clone sem cérebro!

— Depois de três anos, essa é a sua ideia de uma primeira conversa? — Celia Lieberman troveja, a rainha dela pulverizando o rei dele. — Me diminuir e insultar!

Franklin fica branco como papel quando percebe o problema que arrumou. Ele está encurralado, espremido e cercado por todos os lados pelas forças inimigas de Celia Lieberman. Sem tirar a mão, ele faz uma sequência rápida de movimentos hipotéticos antes de decidir andar um peão por uma única casa.

— Franklin, às vezes você é um babaca! Xeque-mate!

Franklin olha no rosto da derrota total e arrasadora. Ele estava indo tão bem. Como de repente as coisas deram tão errado? Pegando suas coisas, Celia Lieberman sai pisando duro.

— Celia, espera! — Franklin choraminga, correndo atrás dela. Corta.

Nem preciso dizer que estou exultante com esse novo acontecimento. Mas mais do que isso, estou profundamente realizado. Quer dizer, não aconteceu exatamente como eu tinha planejado, mas não se pode reclamar de resultados.

— Sou um gênio, sim ou sim? — Eu me vanglorio.

— Não fique se achando. — Ela ri. — Franklin odeia o que você fez comigo. Ele te considera uma má influência.

— Ei, eu cumpri minha tarefa, não cumpri?

Ela ri. Como eu disse, nunca a vi tão feliz.

— E você? — ela pergunta, agora que resolveu seu problema. — O que você queria me dizer?

Meu tópico da reunião foi sobreposto pelo dela. Tudo bem, ela pode se iludir que é ela quem está terminando. Meu ego, por mais frágil que seja, pode aguentar. Então, eu simplesmente digo:

— Nada de mais. Só que se eu não comer logo a Shelby Pace, vou entrar em combustão espontânea.

Eu sei, em retrospecto, provavelmente não foi uma boa escolha de palavras. Mas desde quando Celia Lieberman é tão sensível? Quer dizer, você já a ouviu. A menina tem a boca de um caminhoneiro.

— Isso é ótimo, Brooks — ela diz, mas seu sorriso sumiu.
— Parece que nós dois conseguimos o que queríamos.

Nós encostamos na entrada do clube de campo e, marchando para fora como um membro pagante, eu jogo as chaves para o cara do estacionamento. Embora eu esteja fervendo de expectativas para essa noite, educadamente indico para Celia Lieberman seguir na minha frente.

— Então está combinado — ela diz, bruscamente pegando meu braço e me puxando junto com ela para a porta giratória. — Eu termino com você hoje à noite. De forma pública e dramática.

— Quanto mais cedo, melhor! — eu acrescento, entusiasmado.

De repente, Shelby, aos prantos e usando um vestido composto majoritariamente de fendas e pedaços faltando, passa correndo pela porta giratória indo na outra direção. Minha visão se fecha nela como um alvo. Eu estou te dizendo que estou estourando, pronto para atacar, um touro finalmente solto no pasto onde as fêmeas esperam, mas, ainda assim, demonstrando uma disciplina notável, como o cavalheiro que sou, eu me viro de volta para Celia Lieberman.

— Com licença — eu digo. Empurrando-a para o lobby, eu continuo girando sem ela. Lá fora, no tapete vermelho, corro atrás de Shelby, que está dando seu tíquete para outro cara do estacionamento.

— Shelby — eu gaguejo. — O que aconteceu?

Ela se vira e me olha, sua beleza impossível manchada por pequenas faixas de maquiagem, o que de alguma forma a torna ainda mais necessária.

— Eu acabei de terminar com o Tommy!

Eu explodo em um enorme sorriso. Outro sinal auspicioso. Nesta noite, os impedimentos à consumação do ato estão caindo rapidamente. Vamos de vento em popa, a plena velocidade. Shelby seca as lágrimas com um guardanapo amassado que tem as iniciais de Cassidy gravadas em letras douradas.

— Eu sei que ele é superficial, mas Tommy foi meu primeiro namorado de verdade — ela funga adoravelmente. — Este é um momento extremamente traumático pra mim.

— Pronto, pronto, Brooks está aqui — eu a consolo, pegando o guardanapo e limpando seu rosto de leve. Ela deixa, ficando obedientemente quieta. — Pobrezinha.

— Eu me sinto meio mal — ela confessa com tristeza. — Ele acabou de tatuar meu nome.

Eu explodo numa risada. Eu sinto muito, mas não consigo evitar. Quer dizer, que tipo de desmiolado faz uma tatuagem para sua namorada do ensino médio? Do mascote do seu ensino médio, talvez. Vamos ser honestos aqui.

— Ah, cara, isso é ótimo! — Eu rio em um prazer deplorável.

— Ah, você gosta de me ver sofrendo? — ela pergunta com malícia, seus lábios brilhantes e voluptuosos a meros centímetros dos meus, sedentos.
— Não, quis dizer que é ótimo que você está solteira.
Eu paro de limpar. Chegamos a milímetros. Eu inspiro o perfume ultracaro dela. Ela diz em uma voz rouca:
— Por que, Brooks? Por que é tão bom que eu esteja solteira?
— Porque você merece muito melhor — eu gaguejo, perdido em seus olhos de gata, me afogando em um vórtex de desejo. — Tommy Fallicko não te merece. Especialmente com um nome como esse.
— E quem me merece, Brooks? — Ela se espreme contra mim, sabendo a resposta, mas insistindo para que eu diga, o que estou perfeitamente pronto para fazer quando, por cima do ombro de Shelby, eu vejo Celia Lieberman me fuzilando por trás dela, braços cruzados, impacientemente batendo um sapato de ponta fina com o qual parece ser possível machucar de verdade.
Me ocorre, com um desânimo tempestuoso, que nem todos os impedimentos se foram. Não oficialmente. Celia Lieberman ainda precisa terminar comigo.
— Eu não posso te dizer agora — eu digo a Shelby, o que eu noto que não cai muito bem.
— Quando você pode me dizer? — ela exige.
— Posso te dizer em uns vinte minutos? — eu pergunto, fazendo um sinal epiléptico com os olhos para indicar a Celia Lieberman para desparecer.
Isso, é claro, faz Shelby se virar e ver a mesma Celia Lieberman que, para jogar sal na ferida, dá um tchauzinho para ela.

— Que tal dez? — imploro.

A BMW de Shelby chega. O cara do estacionamento sai do caminho e ela salta para dentro. Enquanto isso, Celia Lieberman marcha até mim, indignada.

— Se importa? — Ela me olha feio. — Você ainda é meu namorado!

Enquanto sou arrastado com força para dentro, observo devastado Shelby pisar fundo e desaparecer na noite. Com certeza não há nada como a aceleração de um motor de precisão com combustão interna. Com certeza é melhor que um a bateria.

O salão de baile zumbe com os herdeiros do privilégio, a música é perfeita e eu estou fumegando. Eu não sei se e/ou como vou me recuperar depois desse último imprevisto com Shelby, mas droga, eu com certeza vou tentar. Não vou deixar terminar, não quando eu estava ah-tão-perto. Mas antes de tudo, preciso me livrar de uma vez por todas de Celia Lieberman.

— Vá em frente — eu incentivo. — É hora do show, pessoal. Manda ver.

— Mas acabamos de chegar — ela diz, bebendo uma Coca.

— Por que perder tempo?

— Escuta, Rattigan, você não pode ser dispensado por mim num minuto e então ir atrás de Shelby no próximo.

— Eu me recupero rápido.

— Você podia fingir estar um pouco chateado — Celia Lieberman argumenta, sacudindo a cabeça ao som da música, determinada a prolongar minha agonia. — Nem tudo foi ruim, sabe. Nós tivemos nossos momentos como um casal falso.

— Ah, sim, graças a você ela foi embora — eu resmungo com um amargor profundo. — Agora nunca vamos nos pegar.
— EU TE ODEIO! — Celia Lieberman subitamente grita quando a banda por acaso decide fazer uma pausa. Um mar de cabeças bem-arrumadas se vira na nossa direção. No entanto, eu estou afundado demais em autopiedade para me importar.
— *Agora* ela me odeia! — Eu olho para o teto abobadado e para as forças cósmicas que de alguma forma continuam a conspirar contra mim. — Ela não podia me odiar tipo vinte segundos atrás.
— VOCÊ É UM BABACA! — Celia Lieberman ruge, corada, veias saltando, sua expressão deformada. Eu estou petrificado e mais do que um pouco amedrontado pela intensidade da performance.
— Celia, eu gosto de para onde você está indo com isso — eu sussurro, sorrindo enquanto isso, jogando para o público. — Mas você poderia diminuir só um pouquinho...
— VOCÊ SÓ PENSA NO SEU PINTO!
Lívida, Celia Lieberman joga sua bebida no meu rosto e vai embora. Eu fico parado ali, pingando. Coca, ainda por cima. A conta da lavanderia vai ser exorbitante.
O caminho de volta é, como você pode imaginar, interminável. Nós dois estamos de mau humor, mas o que Celia Lieberman tem para estar irritada é algo além da compreensão humana. Eu te pergunto, quem é a parte ofendida aqui?
— A coisa sobre o pinto foi bem eficiente — eu finalmente digo quando saímos para a entrada da casa dela. — Mas jogar a bebida era mesmo necessário?
— Tudo parte da encenação — ela diz, fria, olhando para fora.

— Bom, você foi bem convincente.

— Na verdade, eu não poderia estar mais feliz porque você e a srta. Rainha do Baile finalmente vão poder trepar até o cérebro derreter.

— Sério? Shelby foi rainha do baile? — eu pergunto, bem satisfeito com esse fragmento de informação. Vamos lá, qual cara não tem um fetiche secreto de pegar a rainha da escola?

No segundo em que o Prius para, Celia salta para fora.

— Você é um imbecil!

— O que eu fiz agora? — Genuinamente espantado, eu saio atrás dela.

— Você é tão superficial!

— Ah, é? Shelby acha que eu sou profundo!

Enquanto Celia Lieberman pisa forte escada acima, a porta da frente se abre. Gayle e Harvey, de novo de pijaminhas, estão parados ali, radiantes de expectativa.

— Então? Então? — eles entoam.

— Meu Deus, vocês dois podem ter vida própria? — Celia Lieberman grita, abrindo caminho por entre eles e batendo a porta bem na minha cara.

Finalmente livre. Agora eu posso seguir em frente com uma consciência razoavelmente limpa.

Eu entro instantaneamente em ação. A primeira coisa que faço quando chego em casa é limpar todos os traços do meu nome e imagem na internet, o que nem é tão difícil já que, por conta de rumores escandalosos a respeito do Comitê de Admissões das faculdades checando os inscritos em busca de posts incriminadores ou fotos comprometedoras, eu me tornei escrupuloso quanto a minha exposição em redes sociais. No período que tenho livre, às dez em ponto na manhã seguinte, eu estou dentro da Fera, esperando que a loja de celulares abra.

— Deixa eu ver se entendi — o vendedor arrogante e obeso diz. — Você quer as suas ligações transferidas para um código de área 917?

— Isso mesmo — respondo. Eu estou lá para comprar um novo celular e um novo número de telefone, com um código de área de Manhattan. Eu não posso me comunicar com Shelby sem um desses.

— Mas você mora em uma área 732? — ele questiona, me olhando feio.

— Correto. Sim — eu afirmo, um pouco envergonhado. Ótimo. Por que eu pego o cara sem botão de autocontrole?

— Qual o problema? O 732 não é bom o suficiente pra você? — ele pergunta, acertando na mosca.

De volta à segurança da Fera e equipado apropriadamente, ainda que de forma relutante, eu digito os números do celular de Shelby, que consegui no perfil do Facebook dela, e as letras da mensagem que compus na minha cabeça diversas vezes. Aqui vou eu.

Eu, eu digito trêmulo, *te mereço*.

Na verdade, eu não a mereço de milhões de formas diferentes, principalmente porque eu não sou o que e quem ela pensa que sou. Mas isso não importa. Eu aperto ENVIAR de qualquer forma.

Quem sabe se ela vai responder, mas pelo menos dei o tiro inicial. Mas ela responde. Do nada, duas horas e treze minutos depois, no meio da aula de estatística:

E Celia Lieberman?, diz a mensagem.

Celia Lieberman. Sempre Celia Lieberman.

Passado, eu transmito de volta apressadamente.

É, ouvi falar, a bolha com a mensagem dela surge. Bem curta. Bem enigmática. Pode significar qualquer coisa. Eu fico tenso, todo nervoso, inseguro do que escrever em seguida.

Então outra bolha de mensagem surge na minha tela:

:)

Sim! Brookster está vivo! A jornada para o êxtase final continua!

Shelby escreve mais. Ela está com Cassie na sauna da escola e elas estão se depilando. A imagem faz eu me remexer e cruzar as pernas. Cassie contou para Shelby tudo sobre o grande término com Celia Lieberman, tendo sido testemunha da coisa toda. Shelby ouviu que foi brutal. Cassie, mas não Shelby, note, achava que, se alguém ia dar algum fora, teria sido o contrário.

Eu fico inclinado, pela primeira vez na vida, a concordar com Cassie, mas não posso. Em vez disso, sou filosófico.

Já era hora, digito.

Shelby invoca um outro cenário. A teoria dela é que na verdade foi tudo minha culpa e eu galantemente recolhi minhas armas e dei a Celia Lieberman a chance de ter a honra e salvar um mínimo da sua dignidade. Ela está certa? É verdade?

Para meu eterno descrédito, eu permito que seja verdade.

Como a temporada dos bailes de primavera vai a todo vapor e eu tenho três reservas e ela vai viajar de jatinho particular, é claro, para a villa da família em st. Bart's na semana de folga, é preciso um pouco de ajuste antes de conseguirmos coordenar nossas agendas.

Nós marcamos de jantar na sexta-feira, daqui a duas semanas. Mal posso esperar. Eu estou bem na linha, finalmente é hora do gol.

A palavra

"Abril é o mais cruel dos meses", o poeta que infelizmente me deram celebremente poetizou. Bem, ele estava errado. É março. O fim de março, para ser semi-exato. É quando eu finalmente fico sabendo. Depois de terem levado um ano escolar quase inteiro. *Eles* não podem te dar uma data específica ou mesmo aproximada. Não, isso seria sensível, isso seria humano até. Em vez disso, *eles* querem que você espere em agonia. E eu o faço, segundo após interminável segundo. *Fim* de março. O que *fim* de março quer dizer? As últimas duas semanas? A última semana? Os últimos dias? Ah, os miseráveis filhos da...

Então, a partir do dia dezesseis, eu entro na internet a cada dez minutos ou coisa assim para checar se o resultado já foi postado e claro que não. No vinte e três eu estou um caco, murmurando coisas sem sentido para mim mesmo constantemente, minhas unhas roídas até o toco. No vinte e nove, eu estou subindo pelas paredes, checando três vezes a cada dez segundos. Fazendo login e saindo, saindo e entrando, várias vezes, em um transe ilógico. Horas se passam. E assim passa a noite toda, três, quatro da manhã, porque não consigo mais dormir, porque basicamente me transformei em um zumbi ambulante.

Então lá estou eu, dormindo e acordando na aula de inglês quando a notícia viaja pelo éter que, exatamente nesse momento, Phil Chen entrou em Columbia, o que não me surpreende, e que ele imediatamente mostrou o dedo do meio para o diretor, o que sim. Eu acordo imediatamente. A última vez que eu chequei foi há doze minutos. Eu me xingo. Como posso ter deixado tanto tempo passar? Freneticamente, eu abro o teclado no iPhone e tento entrar no site oficial de Columbia, mas o site oficial de Columbia não abre porque o maldito site oficial de Columbia caiu. E o motivo para o maldito site oficial de Columbia ter caído é porque por todo o continente, por todo o mundo, todos os trinta e quatro mil novecentos e vinte e nove inscritos estão, como eu, clicando freneticamente no mesmo link ao mesmo tempo.

E assim me sobra a carta, ou o que é conhecido no jargão universitário como o "convite", caso você tenha entrado, ou o "caia morto", caso não. Columbia coordena as cartas para chegarem no mesmo dia que as respostas são disponibilizadas on-line. Meu destino foi assinado, selado e entregue na caixa de correio. Embora ainda faltem dez minutos para o fim da aula, eu saio correndo pela porta com uma simpática permissão do professor.

O caminho de volta é um borrão frenético. Esse, meus amigos, é finalmente o momento. A Palavra. O motivo do meu trabalho e sacrifícios. Os anos rodopiam ao meu redor. As horas infinitas estudando assuntos com os quais eu não podia me importar menos, os livros tediosos que aguentei, os meses torturantes de preparo para o exame final. As poucas vitórias, as muitas, muitas derrotas. A ansiedade constante. Tudo por um único objetivo. Columbia. Eu não quero saber, mas preciso saber ao mesmo tempo.

Estacionando em fila dupla, eu explodo para fora da Fera e corro para o lobby mal-ajambrado do nosso prédio. Caixas postais ocupam uma parede inteira. Eu voo para a nossa. Com as mãos tremendo, eu digito a combinação e abro com tudo a pequena portinha de vidro. Meus dedos apalpam o lado de dentro e não encontram nada. Ajoelhado, eu espio ansiosamente o compartimento de metal. Vazio. Eu posso ver que todas as outras caixas têm coisas dentro. O correio de hoje já chegou. O que só pode significar uma coisa.

Charlie. Uma onda de horror me engole quando eu percebo que é sexta. Charlie tem as tardes de sexta de folga porque ele trabalha sábado de manhã. Deus, não. Charlie está com ela!

Eu escalo as escadas, três degraus de cada vez, até o quarto andar. Eu voo pelo corredor maltrapilho cheio de portas para cubículos idênticos. Procuro minhas chaves e então noto que a porta está um pouco aberta. Eu me jogo para dentro, sem fôlego.

— Chegou?

Charlie está largado na mesa em seu uniforme azul de carteiro, o que não é fora do comum. O que é fora do comum é a garrafa aberta de uísque. Charlie é um maconheiro, não um bêbado. Bebendo o líquido marrom no copo, ele faz uma careta quando o álcool desce, obviamente estressado.

— Não importa onde você entra, Brooks — ele diz suavemente. — Pode parecer que importa, mas realmente não importa.

Então eu vejo a folha de papel timbrado na frente dele. Ele já leu. Ele sabe antes de mim. Eu estou mais do que puto.

— Você não tinha o direito de abrir!

Eu agarro a carta da mesa. O mundo está girando. Acabou. Eu não consigo olhar. Minhas pernas ficam frouxas. Eu preciso sentar.

— O mínimo que você podia fazer é me deixar ser rejeitado pessoalmente — eu sussurro derrotado.

— Você não foi rejeitado, Brooks — ele diz, se servindo de outra dose.

— Eu não fui rejeitado? — Eu olho para ele em choque. — Não, por favor não me diga que eu fui para a *lista de espera*!

Lista de espera. Primeiro o adiamento, agora a lista de espera. Meu sofrimento não tem fim? Eu desisto, eu não aguento mais. Ah, os filhos da...

— Você entrou, Brooks — Charlie diz.

— O quê? — eu pergunto, sem ouvir.

— Você entrou na porra da Columbia — ele declara.

— Eu entrei na porra da Columbia? — eu repito, incrédulo. Será possível? Eu leio o primeiro parágrafo da carta. Começa com "É com grande prazer". Nada daquela baboseira de terem recebido mais inscrições do que em qualquer outro momento da história, blá, blá, blá, antes de te chutarem. Em vez disso, *eles* estão me convidando – eu, Brooks Rattigan – a fazer parte da comunidade de Columbia. Não é o envelope fino. Eu recebi o envelope grosso. Eu entrei. É verdade!

No mesmo instante, *We Are The Champions*, do Queen, começa a tocar na minha cabeça. Eu estou de pé, dançando, socando e acabando todos os meus oponentes. Eu sou um arraso. Eu sou o cara!

— EU ENTREI NA PORRA DA COLUMBIA! — exclamo. — EU ENTREI NA PORRA DA COLUMBIA!

Eu não acredito que entrei na porra da Columbia. Agradeço ao Farkus, às estrelas, mas especialmente ao tio Max, que, ao que parece, é um homem de palavra e deve ter virado a balança para o meu lado.

— Você ganhou vinte mil por ano para as mensalidades — Charlie diz, virando outra dose de uísque.

— Vinte mil! É isso aí! Eu vou pra porra da Columbia!!

— O que nos, ou melhor me, deixa devendo apenas quarenta e um mil cento e quarenta e quatro dólares. E isso só para o primeiro ano.

Mas eu não consigo processar os números. Não consigo processar nada. Eu só continuo saltando e socando o ar. Eu estou no clube, um dos pouco escolhidos! Eu passei! Eu! Eu consegui!

— Custo anual, quarenta e seis mil oitocentos e quarenta e seis dólares — Charlie lê em um tom monótono. — Dormitório e comida, onze mil novecentos e setenta e oito dólares. Eu gosto como eles não arredondam nenhum dólar. Taxas: dois mil duzentos e noventa e dois dólares. — Ele ri amargamente. — O que são taxas? Como se o custo anual não fosse uma taxa. Livros e despesas pessoais: três mil e vinte e oito dólares. Somando o total de sessenta e quatro mil cento e quarenta e quatro dólares.

Tão rápida quanto chegou, a alegria escorre para fora de mim, mas eu continuo teimosamente a comemorar.

— Tire o dormitório e a comida — eu declaro grandiosamente. — Eu vou daqui.

— O.k. — Charlie suspira, ferido por não se fazer entender. — Isso ainda deixa trinta e dois mil cento e quarenta e quatro dólares.

Meu balão murcha. Trinta e dois mil? Trinta e dois mil é bastante.

— Não podemos pegar um empréstimo?

— Os vinte mil são um empréstimo, Brooks.

— Então vamos pegar outro empréstimo — eu insisto, petulante. Eu sempre soube que dinheiro seria um problema. Quer dizer, eu trabalho e guardo desde que tinha dezesseis anos. Mas... eu não sei... eu sempre pensei que de alguma forma isso se daria um jeito. Que a coisa mais importante era entrar. O que eu fiz, merda. Eu fiz minha parte.

— Com o quê? Pelo amor de Deus, só a mensalidade é o que eu ganho em um ano. — Charlie de repente se levanta agitado.

— Quer dizer, em que universo você estava vivendo? Acorda! Eu não sou dono deste apartamento, nem tenho dinheiro guardado. Eu ainda pago prestações do carro. Eu não tenho nada.

Silêncio. Ele olha para baixo, incapaz de me olhar, seu filho, nos olhos. Ele não tem nada. Ele não é nada.

— Eu tentei te dizer, Brooks — ele diz. — Mas você não queria ouvir...

— Eu não preciso da sua ajuda — digo com raiva. — Eu tenho meu próprio dinheiro! Quase dez paus!

— Você tem quase dez mil dólares? — ele diz, surpreso.

— E posso ganhar mais! — Mas estou recuando, inundado de desesperança.

— Ainda não é nem metade, Brooks — ele diz. — E isso só para esse ano. E o próximo ano e os outros dois? Estamos falando de centenas de milhares. Nós não podemos bancar. Eu não sei o que mais te dizer. Eu sinto muito.

Eu me sento na mesa, trêmulo, meus sonhos arrasados no minuto que viraram realidade. Charlie pega outro envelope fechado.

— A boa notícia é que você foi aceito no Programa de Honra de Rutgers, com bolsa quase integral, o que deixa só dormitório e comida, o que é possível...

Eu olho para ele, lívido, engolindo a emoção; piscando para segurar lágrimas amargas. Eu me sinto tão cansado, tão velho.

— Você deveria sentir, Charlie — eu digo. — Sentir pelo pai que você é.

É como se eu tivesse batido na cara dele. Ele recua para longe de mim, se vira para bloquear a inundação, mas eu sou implacável.

— Eu sou seu único filho. Você podia ter guardado alguma coisa. Você podia ter se planejado. Você podia pelo menos ter tentado. A maior parte dos pais quer que seus filhos tenham uma vida melhor. Mas não você, Charlie, você quer que eu tenha uma vida ainda mais merda.

Eu digo isso. Eu digo isso e muito mais. Eu digo a ele que assim que puder vou embora e não vou voltar, igual minha mãe. Eu digo a ele para tomar um banho, que ele fede. Eu digo que o odeio. Tudo que eu nunca disse antes. Eu acerto ele bem entre os olhos. E então eu saio.

Eu dirijo e dirijo e então dirijo um pouco mais. Eu não sei para onde estou indo, só vou o mais rápido que posso. Para longe de Pritchard, de Charlie, da dura realidade, na direção da luz. Por fim, eu me pego subindo e descendo as imponentes e impecáveis ruas de Green Meadow. Passando pelos palácios brilhantes, seguros e confortáveis atrás de seus portões imponentes. Como pode alguns terem tanto e outros tão pouco? Tudo gira em torno de dinheiro. Meu lugar em Columbia vai ficar com algum riquinho esnobe cuja família pode pagar. E falam em um campo nivelado, oportunidades iguais, conceito de justiça. Aos vitoriosos, todos os espólios. Eu chego na entrada da propriedade de Shelby, onde eu tenho o impulso de olhar seu esplendor só mais uma vez, mas isso seria dolorido demais.

Eu preciso falar com alguém, desabafar meu coração destruído para alguém que ouça com simpatia, mas não há ninguém. Ninguém que entenderia, que daria a mínima. Nem mesmo Murf. Porque não tem mais Murf para mim. Eu cuidei disso. Por um segundo, chego de verdade a considerar ligar para Celia Lieberman. Sim, eu estou nesse estado. Está ficando tarde. Eu continuo dirigindo, para longe desse lugar em que não deveria estar, acelerando na direção do imponente e cintilante skyline de Manhattan, para o caos e o refúgio da cidade.

O pátio Van Am está escuro, quieto e parado quando eu chego lá. Fumando meu décimo cigarro seguido, eu caio pesadamente em um banco abaixo da Rotunda suavemente iluminada. Abrindo uma garrafa de vodca barata embrulhada em um saco de papel amassado que comprei em um buraco que eu sei que não pede identidade, eu dou um gole longo que queima minhas entranhas. Eu olho para o majestoso retângulo de grama ladeado pelos enormes edifícios de pedra e tijolo que formam só uma pequena parte do que é a Universidade Columbia. Tocar a grandeza. Foi tudo uma piada cruel.

Meu iPhone toca com uma mensagem. Forçando outro gole, eu checo a tela com desinteresse.

Ei, uma bolha verde anuncia, seguida de um sorrisinho.

É de Shelby.

Eu respondo? Eu ouso contar a ela o que aconteceu, quem realmente sou? De onde e do que eu realmente venho? E se eu contasse, haveria a mais remota chance de ela entender?

Eu não respondo.

— Ei! — Uma voz áspera corta a escuridão.

Um cutucão agudo e forte do meu lado. Eu me sento assustado. Está mais tarde, mas ainda de noite, e eu desmaiei em um banco. Minha visão está nublada, mas clara o suficiente para que eu consiga distinguir um forte segurança do campus me cutucando com. um cassetete.

— O que você pensa que está fazendo? — ele rosna.

— Bebendo até esquecer — eu respondo com honestidade.

— Bom, vá fazer isso em outro lugar — ele diz.

Shelby manda outra mensagem no dia seguinte e duas fotos no snapchat no outro dia. Mas, por mais que eu queira, eu não respondo. Quer dizer, vamos lá, o que vou dizer para ela? Que eu sou um hipócrita e um falso? Que o jogo estava roubado desde o início e nunca houve nenhuma chance de sermos colegas? Que, diferentemente dela e de todos os seus amigos em suas bolhas douradas e protegidas, eu não vou para lugar nenhum? Não, obrigado. Melhor sair como um covarde. Só derreter como a miragem que sou. Eu me digo que é melhor assim. Para ela. Para mim.

Um e-mail tagarela chega na minha caixa de entrada na quarta, divertido e sedutor, cheio das mais saborosas fofocas vindas dos grandiosos corredores da Escola Preparatória Green Meadow. Tommy está agindo como um bebê, ameaçando de morte todos os membros do sexo masculino que chegam a menos de cinco passos dela. Trent e Cassie voltaram de novo-de novo depois de terem terminado de novo-de novo. O pai de Gwen Visser está se divorciando pela quarta vez em, tipo, cinco anos. A madrasta malvada de Brittany sei-lá-o-que fez *outra* plástica. Não são exatamente as fofocas de Pritchard. Não respondo. Eu me sinto mal porque estou sendo um completo idiota, mas sei que é melhor assim, que é o que preciso fazer.

No final da semana, todas as tentativas de comunicação de Shelby cessaram. Embora já fosse o esperado, meu ego fica ferido mesmo assim. No fundo, eu esperava que ela me desse pelo menos até sexta à tarde ou sábado de manhã. Tarde da noite, e em diversos outros momentos, eu tento não imaginar aqueles lábios cheios, pernas infinitas, aquele corpo firme fazendo todo tipo de safadeza comigo em diversas configurações. Eu luto para esquecer o que poderia ter sido, se eu ao mesmo fosse a outra pessoa que ela acredita que eu sou. Seria diferente se eu fosse para Columbia, eu penso. Então eu poderia de alguma forma ter contado a verdade aos poucos. Mas Rutgers. Vamos ser honestos aqui, garotas como Shelby não saem com caras que vão para Rutgers, programa de honra ou não.

A temporada de bailes de primavera chega a seu instável fim, o que quer dizer que o próximo evento do calendário social é a formatura. Formatura. A mãe de todos os eventos, o golpe final, o símbolo do fim da linha, o ponto em que não há mais volta. Se quer minha opinião, a Formatura só fica atrás do casamento na existência fashion de uma garota. Quer dizer, elas ficam loucas. Cabelos, unhas dos pés e todos os centímetros entre os dois são esculpidos, cuidados, arrumados. E as roupas. Os decotes profundos, costas sedutoras, sapatos altíssimos, os acessórios brilhantes. Você quase pensa que é o tapete vermelho do Oscar, não um baile de ensino médio.

Perder a formatura causa o maior FOMO de todos, então as ligações não param de chegar. Eu sou como um malabarista de datas. Meu calendário fica lotado rapidamente, uma sexta e sábado por vez. Hackensack. South Amboy. Keansburg. Por todo o mapa. E eu aceito tudo. Porque mesmo sem esperança, eu ainda não deixei de ter esperanças. Além do mais, como um dia foi dito, eu preciso de dinheiro.

Em preparação para a campanha que se aproxima, eu levo o smoking Armani que comprei parcelado em um brechó de Metuchen para ser ajustado na lavanderia, e já que estou lá, levo meu terno velho para uma última lavada antes de aposentá-lo por enquanto. Eu me apeguei a esse terno. Ele se mostrou um amigo fiel e companheiro resistente. Meu terno me serviu bem. Checando os bolsos como sempre faço, eu cumprimento Sanjay com a cabeça que, fedendo a produto de limpeza, acena vagamente de volta. Eu pego um pequeno guardanapo amassado. O nome "Shelby" está gravado em elegantes letras douradas no canto inferior. É do baile de aniversário dela no clube. A visão daquela noite retorna. Ela. Deslizando em câmera lenta pelos corpos rodopiantes no salão de baile iluminado. O vestido curto, justo e transparente. Os mamilos marcados. Beleza, inteligência, classe, mas mais do que isso, radiando a suprema confiança que só pode ser herdada. Shelby é o pacote completo. Minha, toda minha. Isso é, claro, se eu tivesse tido a sorte de nascer do tipo certo de pessoa. A injustiça disso me corrói.

HEY HO, LET'S GO! HEY HO, LET'S GO!

É meu iPhone. Eu decido comprar um novo toque. Ele começa de novo. Sem dúvida mais algum pai frenético. Eu atendo.

— Rattigan e Associados — eu anuncio por cima de ruído das roupas em suas araras giratórias.

— Oi — uma elegante voz feminina sussurra.

Ah, Deus, é ela. É Shelby. Ela deve ter colocado meu número na sua lista de contatos quando eu liguei. Eu fico gelado. Meu coração para. Eu hesito.

— Ei, você — eu finalmente consigo dizer. — Eu estava pensando em ligar.

— Não tenho notícias suas há um tempo — a voz dela vacila. Ela está tentando ser indiferente, mas falhando. Ela está confusa e chateada comigo. Eu também estaria se fosse ela. Na verdade, eu estaria furiosa. O que é surpreendente é que ela não está. — Tudo bem?

— Ótimo — eu minto.

Só pelo fato de ela estar se degradando com essa ligação, percebo que Shelby é uma perfeita máquina de alta manutenção que não está acostumada a um nível tão baixo de atenção, muito menos à rejeição completa, o que, perversamente, só aumenta minha atração por ela e a dela por mim. Ela tem tudo que vale a pena ter na vida, mas ainda é só uma garota. E algumas garotas sempre gostam dos babacas egocêntricos. Eu nunca vou entender isso.

— Sabe, normalmente nunca sou eu que preciso ligar — ela brinca de leve.

Normalmente, ela não precisaria. Normalmente, eu estaria ofegando atrás dela como um cachorro raivoso, como qualquer outro homem adolescente com sangue nas veias no Condado de Westchester. O que então me faz perceber que normalmente eu não teria nenhuma chance com ela mesmo que estivesse sendo eu mesmo. Ironicamente, o fato de que eu não sou quem ela pensa que sou e não posso agir como normalmente agiria é meu maior apelo. É insano.

— Desculpa, muita coisa acontecendo — eu insisto indiferente.

— Ainda estamos de pé na sexta? — ela arrisca.

Sexta? Eu tinha esquecido de sexta. O que eu faço com sexta? O alvo está na mira, mas de alguma forma não consigo puxar o gatilho. Não de forma falsa. O.k., eu sou um babaca, mas não tão babaca quanto eu, com frequência, queria ser. Mas e se eu estiver errado a respeito dela? E se o verdadeiro Brooks Rattigan, o sensível e dedicado Brooks Rattigan é, lá no fundo, o que Shelby instintivamente deseja? Eu não sou um cara feio, me dei bem nesse quesito. Um pouco áspero comparado aos meninos de cabelos claros com os quais ela está acostumada, mas não sem charme. As lavadoras industriais se remexem à minha volta. Eu estou na lavanderia. Eu interpreto como uma metáfora, um indício de como prosseguir. E se eu jogar limpo com ela? Pôr tudo na mesa. Não sobre ser um acompanhante pago de Celia Lieberman. Nunca. Mas todo o resto. O que eu sou de verdade, o que eu espero me tornar. E se por algum milagre não importar que meu pai é um carteiro e que eu estudo no Colégio Pritchard em Nova Jersey ou que eu estou me matriculando em Rutgers? Se existe uma possibilidade, mesmo minúscula, eu deveria ir atrás do meu prêmio? Eu devo estar maluco para cacete.

— E aí? — ela insiste.

Eu encaro o guardanapinho na minha mão, perturbado. Um segundo, e então...

— Com certeza.

Jogando limpo

As abluções começam mais cedo que de costume na sexta à tarde. Eu tomo um banho infinito, com xampu, condicionador, me esfrego em lugares que eu raramente, se é que alguma vez já o fiz, esfrego. Me barbeio duas vezes para que o rosto e o queixo estejam macios como pele de bebê. Toalha e talco. Esbanjo na água de colônia cara, em cima e embaixo. Prendendo a barriga, flexiono meu abdômen e peitoral e encaro minha imagem embaçada no espelho. Eu estou com aparência e cheiro excelentes. Com tanta coisa em jogo, eu preciso estar no meu melhor esta noite.

Eu reviso a lista de nativos importantes de Nova Jersey que pretendo passar para Shelby quando eu fizer minha Grande Confissão. O Chefe. Sinatra. Bon Jovi. Jon Stewart. Whitney Houston. Quer dizer, quando se trata de celebridades, Nova Jersey não fica atrás de nenhum estado, exceto talvez Nova York, Califórnia, Texas e possivelmente o Tennessee. Edwin "Buzz" Aldrin, segundo homem a andar na Lua, nascido e criado bem aqui em Glen Ridge. Thomas Edison inventou a lâmpada em Menlo Park e não é possível ser mais histórico que isso. Sherwood Schwartz, gênio criativo por trás de *Ilha dos birutas* e *The Brady Bunch*? Um orgulhoso nativo de Passaic. Não é bom o suficiente para você? Que tal o Juiz da Suprema Corte, Antonin Scalia – na verdade, esquece ele. O.k., o General Norman Schwarzkopf então, quem quer que ele seja.

— É, eu sou de Nova Jersey — declaro confiante. — E daí?

Pilhado, abro com tudo a porta do banheiro e dou de cara com a dura e seminua realidade. Parecendo o próprio Ceifador, Charlie, mais flácido, mole e chapado do que nunca, espreitando por mim ali. Eu mal tenho visto o imbecil desde a briga. Só o relance inevitável e fugidio aqui e ali que vem com co-existir em um ambiente tão pequeno mesmo quando nos esforçamos para evitar um ao outro completamente. A súbita e horrível visão dele me desmoraliza totalmente.

— Pelo menos eu estava aqui — ele balbucia. — Pelo menos eu te dei teto e comida na porra da mesa.

Aparentemente, para ele, fazer o absoluto mínimo o torna algum tipo de herói, pelo menos em comparação ao espectro que é minha mãe. Mas não para mim.

— Não se preocupe — eu digo passando por ele. — Você não vai precisar fazer isso por muito mais tempo.

— Brooks, nós precisamos conversar — ele diz, todo sério agora.

— Eu e você não temos nada pra conversar — eu desdenho. Falar com ele? Eu não consigo suportar nem olhar para ele. Bom, não vou deixar ele e a merda dele pegarem em mim. O Bundão não vai estragar minhas chances. Não mais. Não desta vez.

— Você se importa de explicar os quase dez mil que você guardou? — ele diz, me emboscando.

— Eu não tenho que explicar nada pra você.

— Se você estiver vendendo maconha, Brooks, eu juro que...

A ironia da coisa me faz parar de repente. Eu me viro para ele.

— O quê? Você quer comprar um pouco? Desculpa, Charlie, eu não dou desconto pra parentes.

Então eu bato a porta na cara dele.

Quinze minutos depois, quando saio do meu quarto, vestido e arrumado para a batalha, Charlie ainda está plantado onde o deixei. Ele desvia os olhos, envergonhado, quando passo por ele.

— Não me espere acordado — eu digo, seco —, vou chegar tarde.

Shelby e a Verdade me esperam, ambas igualmente aterrorizantes. O trânsito está tão ruim quanto meu humor, então eu levo quase duas horas para chegar em Blue Meadow e mais vinte minutos para achar a estação de trem. São seis e meia. Felizmente, sem querer arriscar, eu me dei tempo o suficiente. Eu estaciono a Fera. Pensei em tudo. Blue Meadow fica a duas paradas de Green Meadow, mas eu não posso arriscar ser pego ali com uma novíssima banheira, especialmente com placa de Jersey, então eu estaciono bem no fundo. Diferente do terminal de Pritchard, o de Blue Meadow é limpo e bem-cuidado, com um alegre tema medieval. Sozinho na plataforma, eu me sinto como um espião disfarçado mergulhando em território inimigo. Quando o 537 direção norte aparece, eu salto para dentro.

As portas se fecham atrás de mim. O trem avança. O carro está deserto. Um velho está tricotando um suéter para um cachorro. Uma mãe cansada com um filho basicamente em coma e o outro elétrico. E, no fundo, sobre uma cadeira, uma pequena montanha de sacolinhas de compras e, sentada de pernas cruzadas ao lado delas, ninguém menos que Celia Lieberman, concentrada em ler um livro no seu colo. Ela está diferente. São os óculos. Ela está usando as armações com ar estudioso, mas levemente retrô que escolhemos juntos. O.k., que eu escolhi. E eu defendo minha escolha. E eu noto com aprovação a saia curta e plissada que eu empurrei para ela, mas que ela jurou que nunca usaria. Eu me pego sorrindo. Estou feliz de encontrá-la. Estou feliz de verdade por encontrar Celia Lieberman. Então, com grande decepção, eu me lembro da bebida atirada e da porta batida na minha cara. Nós não nos despedimos exatamente nos termos mais amigáveis.

Antes que eu possa decidir qual a coisa apropriada a fazer, reconheço o livro azul no qual ela está tão interessada. Sentindo que está sendo observada, Celia Lieberman ergue os olhos de *Céu de pedra* e me vê. Pega de surpresa, ela rapidamente fecha a obra-prima de Charlie e, olha isso, senta em cima dela. Eu finjo não notar. Recompondo-se, ela volta sua atenção gelada para mim.

— Brooks.

Explorando o fato de que ela está nervosa demais para lembrar que está puta comigo, eu desço pelo corredor.

— Perdão, Madame. — Eu faço uma mesura exagerada. — Mas este lugar está livre?

Se ela tivesse realmente me perdoado, ela teria tirado os pacotes para que eu pudesse me sentar ao lado dela. Ela não o faz. Mas ela não me manda comer merda e morrer também, o que encaro como promissor. Eu me planto no banco bem atrás do dela. Agora que o gelo foi acidentalmente quebrado, ela não pode fingir que não estou aqui.

— Brooks — ela repete fria, ainda de costas para mim. — O que você está fazendo aqui?

— Encontrando Shelby — eu respondo.

— Você não veio de carro? — ela pergunta, suas costas parecendo uma muralha.

— Eu moro na cidade, lembra? As pessoas da cidade pegam trens.

Eu não preciso ver a expressão de Celia Lieberman para saber que ela se lembra muito bem da minha rede de mentiras e ainda não aprova. Ela muda de assunto.

— Então, você teve resposta da Columbia?

— Eu entrei.

Ela imediatamente se vira para mim, um sorriso largo, genuinamente animada pela minha boa notícia. É possível que Celia Lieberman seja a única pessoa que reconhece o que eu conquistei, o quanto isso significa para mim?

— Isso é ótimo, Brooks!

— É, parabéns pra mim. — Dou um sorriso vago.

— Não é tão ótimo? — ela pergunta, notando minha resposta morna.

— Não posso ir. Não tenho a grana, baby — digo, fazendo uma péssima imitação de Bogart. Dou de ombros como se não fosse nada, mas ela é mais esperta que isso.

— Mas você tem que ir! — ela protesta, adequadamente indignada por mim. — Não tem nada que você possa fazer? E o dinheiro que você juntou?

— Não estou nem perto. — Eu rio com dureza. — Porra, eu não estou nem na área.

— E o seu pai?
Eu me sinto ficar gelado, tão gelado que me assusto.
— Foda-se o meu pai.
Desvio os olhos dela. Ela assente com a cabeça e não insiste.
— Ei, odiar os pais. Eu entendo disso — ela observa.
— É, bom, acho que você está passando pra mim — eu digo, ranzinza. — E você? Tudo bem com o Franklin?
— Não podia estar melhor — ela diz, apontando para sua pilha de aquisições. — Estou voltando da cidade, onde, como você pode ver, fui pegar alguns itens essenciais para a formatura.
— Franklin te convidou para a formatura? — eu pergunto, espantado.
— Ele leu um soneto que escreveu pra mim, então me deu uma rosa e tudo mais. — Ela está radiante. — Foi bobo, mas bem fofo. — Eu estou sem palavras, no chão. Franklin, o romântico? O universo se alterou tanto assim? Não pode ser. — Nós vamos nos encontrar hoje à noite pra ver um filme de zumbis. — Ela dá uma risadinha, perturbadoramente feliz. — Qual é a dos caras com filmes de zumbi?
— Mesma coisa que as garotas com filmes de vampiro.
— Eu aperto os olhos desconfiado enquanto reavalio a pilha de sacolinhas dela. Agora que tenho uma imagem melhor, só posso imaginar o que está dentro de algumas dessas.
O trem para. A porta abre e fecha. Nós seguimos em frente mais uma vez. Próxima parada, Green Meadow. Celia se levanta e recolhe suas coisas.
— Brooks, algo vai aparecer pra Columbia — ela diz. — Precisa aparecer.
— Obrigado — eu digo com sinceridade, mesmo sabendo que não vai. — Não esqueça o seu livro.

Ela cora, se vira, o agarra e enfia em uma das sacolas. Eu vou atrás dela até a porta. Nós ficamos parados juntos, esperando. Então ela olha para mim.

— Brooks, não há nada de errado em vir de Pritchard.

— Você nunca esteve lá — eu digo, frio. E ela nunca irá. Lugares como Pritchard não existem para pessoas de lugares como Green Meadow.

— Não pode ser pior que esse tanque de tubarões — ela diz suavemente.

Pela janela, a impecável Green Meadow aparece, lotada de lojas e produtos muito além do alcance de mãos grudentas como as minhas. Um mundo filtrado, habitado exclusivamente pelos bem-arrumados e bem-preservados. É como se nenhum defeito humano pudesse entrar nos limites da cidade. Eu sinto o velho nó no fundo do estômago de novo. Ela tem um ponto.

— Se Shelby realmente gosta de você, não deveria importar se você veio de Katmandu — Celia Lieberman continua. — Não que eu tenha qualquer coisa contra Katmandu, quer dizer, pelo que eu ouvi o Nepal é um lugar superlegal. Lindo. Os Himalaias todos, na verdade, embora você precise tomar cuidado com a água...

Ela para de falar, desconfortável. De perto, eu posso ver que ela está usando maquiagem. Não muito, só um pouco para acentuar os tons de âmbar dos seus olhos. E é um toque de gloss fazendo os lábios dela brilharem de um jeito tão apetitoso?

— Então você acha que eu deveria contar pra ela? — eu murmuro.

— Deveria — ela diz, me encarando de volta. — Quer dizer, se você realmente gosta dela.

O trem para. Green Meadow. As portas abrem para desembarcarmos na plataforma. Eu ergo a mão, precaução vindo antes de cavalheirismo.

— É melhor eu ir primeiro — explico em tom de desculpas. — Shelby tem essa coisa com nós dois.

— Eu sei — Celia Lieberman diz, estupefata. — Eu não entendo.

— É, nem eu — eu digo, mas na verdade, meio que entendo.

Shelby buzina para mim quando eu apareço. Estacionada ilegalmente na curva, sentada atrás do volante do Bentley conversível cor de creme do papai, com a capota abaixada. Eu não sei o que me excita mais — ela ou o carro —, isso é o quão gata ela está. Sem brincadeira. Mas de alguma forma, consigo me controlar o suficiente para andar até ela sem tropeçar ou me babar inteiro.

— Ei, você veio — Shelby sorri com dentes ofuscantemente brancos e retos, sacudindo seus longos cabelos sedosos que acariciam ombros suaves e bronzeados. Ela está vestindo uma coisinha curta e frente única que seria fácil demais de desamarrar e remover. Eu estou completamente cativado.

— Você tinha dúvida? — eu pergunto.

Ela se inclina para a porta do passageiro, ergue duas mãos adornadas com pulseiras de ouro e me puxa para ela. Ela me beija de língua, com intensidade e dicas de que muito mais está por vir, antes de me soltar, me deixando sem fôlego e com os joelhos moles.

— É uma sensação nova — ela admite. — Não tenho certeza se gosto.

Shelby não me pergunta de Columbia. Acho que ela só presume que eu vou, que alguém arranjou isso para mim como as pessoas sempre arranjam as coisas para ela. Ou isso, ou ela só não se importa. Eu prefiro acreditar na primeira opção.

— Carpaccio e então ravioli de lagosta — ela decreta, devolvendo o menu. — Obrigada, Alfredo.

Ela insistiu para irmos ao *Le Petit* alguma coisa, o restaurante preferido dela em Green Meadow, e os preços são de dar taquicardia. Ela realmente precisava pedir lagosta? Não tem nem um valor ao lado, só as iniciais PM, tipo preço de mercado, tipo eu nem quero pensar nisso. Nós não estabelecemos quem ia pagar, mas eu tenho uma forte suspeita de que sou eu. E por que não? Ela acha que eu sou como ela, ricaço. Na galáxia dela todo mundo é. Nem preciso dizer que eu peço frango.

Preciso contar a ela. Preciso contar a verdade. Preciso.

Mas como? E quando? A oportunidade certa nunca parece chegar com Shelby tagarelando sobre seus planos de verão durante a maior parte do jantar e a sobremesa.

— ... Veneza, Mykonos, uma paradinha para reabastecer em Paris de novo — ela diz, mal tocando no *tiramisù* de vinte e dois dólares.

Itália, Ilhas Gregas, França. Para mim, ilustrações de livros, mas não para ela. Quer dizer, eu vou ter sorte se conseguir ir a Atlantic City um fim de semana. Bom, essa é uma deixa.

— Duas semanas em Barcelona, eu acho que é minha cidade preferida no continente. Então de volta à realidade...

Realidade, essa é boa. Ela vive uma fantasia. A minha. Preciso contar a ela. Preciso. Preciso.

— E você? — ela pergunta.

Eu não respondo. Não posso. Shelby interpreta mal meu silêncio.

— Eu estou te entediando?

— Nem um pouco — eu protesto, embora na verdade ela esteja sim, um pouco. Quer dizer, eu realmente preciso ouvir um monólogo de uma hora a respeito de todos os lugares incríveis que eu nunca vi e provavelmente nunca verei? Mas não é culpa dela. Dentre os sofisticados, um verão no exterior é um rito de passagem pós-formatura, você não sabia?

— Acho que a minha conversa não pode competir com a de uma gigante mental como Celia Lieberman.

— Você pode deixar a Celia pra lá? — eu pergunto, irritado por ter sido tirado da minha linha de pensamento. Por que ela sempre tem que colocar Celia Lieberman no assunto?

Irritada, Shelby se levanta e vai para o banheiro feminino, dando a deixa a Alfredo para discretamente me apresentar a conta. Meus olhos quase saltam para fora quando vejo a soma final. Eu sabia que ia ser ruim. Mas cento e setenta e um dólares? Pelo quê? Uma colherada de massa e um minúsculo pedaço de frango, por mais delicioso que estivesse. Nós nem bebemos vinho! Alfredo espera. Eu furiosamente arranco notas de vinte da minha poupança da faculdade.

— Eu espero o troco — eu sibilo.

O valet é mais quinze dólares. Eu poderia ter estacionado na rua de graça, mas isso seria *déclassé* demais. Quinze dólares jogados pela janela. Quinze dólares são duas horas esfregando o chão e limpando banheiros no Metra. Quinze dólares é um quarto de um tanque de gasolina. Mesmo assim, eu pago. Que merda, só mais dinheiro conseguido de forma questionável que eu não vou gastar para ir para Columbia.

Enquanto caminhamos com nossos sapatos de marca para nosso meio de transporte uber luxuoso, cujo imposto é mais do que a hipoteca de muita gente, Shelby retoca os lábios. Como se esses lábios precisassem de realce. Eu sei que ela está indignada comigo por não me derreter por ela. Um vento sopra o cabelo e vestidinho transparente dela, marcando as curvas incríveis do seu corpo. Ela parece uma modelo em uma passarela. O que eu estou fazendo com ela? É areia demais para mim de muitas formas diferentes. Preciso falar para ela. Preciso. *Preciso.* É agora ou nunca, garoto...

— Shelby — eu digo. — Desculpa se estou distraído. É só que tem uma coisa importante que preciso te contar...

Antes que eu possa pronunciar uma única palavra incriminadora, duas grandes mãos veiosas agarram meu pescoço por trás e me erguem a um palmo do chão onde fico me contorcendo.

— Niguém dá o fora em Tommy Fallicko!

Eu me viro. Os olhos de Tommy estão raivosos e injetados e ele fede a bebida e cigarros. O que nunca é um bom sinal.

— Tommy Fallicko é sempre quem dá o fora, Tommy Fallicko nunca leva foras!

Embora ele seja uns dez centímetros mais alto que eu e provavelmente possa erguer centenas de quilos a mais que eu, tenho uma boa certeza de que posso vencê-lo. Quer dizer, eu já estive em algumas brigas no meu tempo. O.k., duas, e eu estava no jardim de infância. O.k., acho que temos chances iguais.

Quase.

— Ah, Tommy, pare de ser tão Jersey! — Shelby diz.

— Eu não estou sendo Jersey! — Tommy grita, aplicando uma pressão tremenda no meu aparelho respiratório com seus dedões gigantescos, o que corta toda minha passagem de oxigênio.

— Você está — Shelby grita, batendo nele com sua bolsa Versace de novecentos dólares. — Você está sendo super Jersey! Sim, amigos, é isso que eles dizem. Eu adoraria estar inventando.

Me virando com força, eu me livro das garras úmidas de Fallicko. Então fico cara a cara com ele, pronto para brigar. Eu estou morrendo de raiva. O estúpido, rico, sem mérito e sortudo do Fallicko, a encarnação física de tudo que está errado no mundo. O nome dele é uma afronta para mim. E daí se ele pode me pulverizar? Só um bom soco, é tudo que eu estou pedindo.

— E pare de nos seguir! — Shelby diz, empurrando-o. — Eu vou chamar a polícia. É sério!

Os olhos sem expressão de Tommy se enchem de autopiedade. Ele dá um passo para trás, fica mole, então mansamente foge de volta para a caverna de onde saiu. Shelby se vira friamente para mim.

— O que você ia dizer?

Jersey. *Tão Jersey*. O veredito final. Dizer que o vento deixou de soprar nas minhas velas não seria justo já que não havia muito vento para começar. Eu não vou falar a verdade tão cedo.

— Barcelona é a minha também — eu digo, querendo dizer minha cidade preferida no continente.

Eu sou honrado com aquele sorriso radiante de novo, de volta às graças dela. A noite é jovem e nós também.

A capota abaixada, constelações brilhando acima, vista para uma grande praia vazia em Long Island South. Uma praia privada intocada e sem construções, eu preciso acrescentar, herdada há gerações. The Dream ressoa suave através de um rádio por satélite transmitido por um sistema de som de última geração. A erva bateu, a erva dela, da boa, bem melhor do que a que estou acostumado. Estou bem chapado. E o conhaque, pungente e penetrante, não está me ajudando a controlar os impulsos.

O que preciso desesperadamente fazer porque, meus amigos, eu estou sarrando a menina mais bonita do mundo no banco de trás do Bentley do pai dela. A carne dela contra a minha, macia, flexível. Nossos membros entrelaçados, os meus avançando, os dela defendendo. Nossos lábios e línguas participando de um torturantemente lento banquete de sensações deliciosas, racionado pela mestre de todas as sedutoras. Ela sabe o que fazer. E como. Por um único instante, eu chego a simpatizar com Fallicko. Receber dádivas tão divinas para então ser privado delas para sempre. Não me impressiona o cara estar acabado. Minhas mais exuberantes expectativas foram superadas, meus sonhos mais molhados ultrapassados, o que, considerando o tarado que eu sou, é bem impressionante. Eu não consigo acreditar que está realmente acontecendo, que finalmente ela – isso – é meu.

— Você é perfeita — eu sussurro, maravilhado.

— Todo mundo diz isso — Shelby responde, se soltando de mim de repente. — É bem irritante.

Aparentemente, coloquei um dedo na ferida sem querer. Ela se senta, cabelo bagunçado, vestido amassado, desalinhada, ainda mais excitante.

— E não é verdade — ela continua. Então sorri maliciosa. — Eu tenho uma pinta.

Um passarinho me diz que isso vai ser bom. Então, apesar dos meus hormônios em fúria e pau duro latejante, eu vou na dela.

— Você *tem?* — eu pergunto inocentemente. — Você *tem* mesmo?
— Quer ver?
— Ah, eu *poderia?* — eu digo, pressionando as mãos como em uma oração fervorosa.

Me empurrando de volta para o banco macio do carro, ela se senta sobre os meus quadris. As mãos dela se movem para o laço atrás do seu pescoço, o alvo na minha mira pela última meia hora. Ela puxa um lado, o laço se desfaz e, glória a Deus, os portões do paraíso estão se abrindo. As alças finas que seguram de forma tão tênue o pouco que há de vestido caem. Ela se vira, me dando a visão completa.

— Viu?

Eu não apenas vejo, eu babo, eu absorvo. Mas, mais do que tudo, eu observo com humildade. O decoro me proíbe de narrar as duas glórias gêmeas que se erguem diante de mim. Vamos só dizer notavelmente firmes, desafiando a gravidade, formato e tamanho de pequenos melões. E quanto à pinta... Bom, para uma pinta, é perfeita. É uma pinta perfeita.

Ela é uma droga e cada centímetro do meu ser deseja uma dose dela. Eu ataco. Nossas bocas se encaixam de novo. Ela se enrola em volta de mim. Seus montes nus deliciosos estão pressionados com força contra o meu peito encamisado. Nós rolamos do banco para o chão com carpete grosso.

— Não, Brooks, não aqui — ela ofega. — Não assim.

— Qual o problema com assim? Assim é bom. Assim é excelente!

Ela está seminua no banco de trás de um maldito Bentley em uma maldita praia particular. Eu te pergunto, eu perdi alguma coisa?

— Noite da formatura — ela sussurra entre beijos quentes. — Nós podemos pegar um quarto no Ritz. Fazer em grande estilo. Banho de espuma. Champanhe. Velas perfumadas. Uma cama de verdade, king size. Como os semi-adultos que deveríamos ser.

Formatura. O auge de tudo. Mergulhado no pântano do meu cérebro drogado, eu sei que não deveria. Convidá-la para ir é convidar problema.

Então ela pega embaixo. Eu gemo, derretido sob a pressão lenta e firme dela.

— Que tal o Comfort Inn?

— Desculpa, você vai ter que fazer melhor que isso.

— Ela ri, achando que é uma piada. Não é. Ela aumenta a velocidade.

— O Marriot? — eu guincho, olhos revirando.

— Quer dizer, se você não estiver ocupado nessa noite. Você ainda não me convidou. — A mão dela para, me deixando no seco. Ela me olha, negociando.

O Ritz. O Taj Mahal. Neste momento crucial, eu concordaria com qualquer coisa.

— Você quer ir à formatura comigo? — eu digo rouco, desesperado por alívio.

— Vou pensar no seu caso.

Mas então ela mergulha entre meus joelhos. Eu fico sem palavras.

A grande noite

Depois de muito refletir, eu fico com o Hilton. Não é bem o Ritz, mas é o melhor lugar em um raio de quinze quilômetros de Green Meadow em que consigo um desconto. Mesmo assim, é um gigantesco pé nas partes já que, se você não tem um cartão de crédito, o que eu não tenho, eles me fazem deixar setecentos dólares – sim, está certo, setecentos dólares – em dinheiro ou cheque como depósito antes de reservarem. O que quer dizer que bem cedo numa manhã de sábado eu preciso dirigir uma hora e meia para entregar o maldito dinheiro.

Na volta, eu faço uma paradinha na Bed, Bath & Beyond para a qual eu tenho uma pletora de cupons de cinco dólares ou vinte por cento de desconto. Lá, eu compro a espuma de banho mais cara que eles têm e um estoque de velas perfumadas. Há uma seção só delas. Três corredores inteiros. "Alegria da Manhã", "Surpresa da Tarde", "Pôr do sol em chamas". Eu nunca tinha parado para pensar que existem tantos climas olfativos para se escolher. Eu seleciono "Maratona de transa depois da festa". Brincadeira. Que tal um pacote de seis de "Penetração Profunda"? Esperando na fila para pagar, eu vejo que eles estão com uma promoção para pétalas de rosas secas, então que seja, pego um saco dessas também. Nenhuma despesa será poupada para A Grande Consumação. A Grande Consumação. Eu estou com sentimentos conflitantes sobre A Grande Consumação. Culpa, porque A Grande Consumação, se de fato houver uma, só vai acontecer porque eu sou um mentiroso de merda e um completo idiota. Eu percebo perfeitamente que não consigo manter todas as bolas no ar indefinidamente e que qualquer coisa além da formatura é impossível para Shelby e eu, mas penso que que mal pode haver em uma mísera noite? Uma fervente, mais do que incrível noite. O.k., tecnicamente eu a estou usando, mas de alguma forma ela também está me usando, então isso significa que estamos quites, certo? Quer dizer, eu ainda não entendo a fixação de Shelby com Celia Lieberman, mas cavalo dado não se olha os dentes. De qualquer forma, logo Shelby vai se teletransportar para Barcelona e Mykonos e eu só serei uma linda memória. Eu espero. Eu rezo.

Porque o sentimento ainda mais forte que estou tendo é Luxúria, com L maiúsculo. Nosso encontro no banco de trás do Bentley me assombra em todas horas do dia e, à noite, povoa meus sonhos mais febris. Nós fizemos de tudo. E eu quero dizer tudo. Bom, Tudo Exceto. E deixa eu te dizer, sem ser muito específico, Tudo Exceto já mudou minha vida. Eu mal posso esperar pelo que o Exceto vai ser. Eu sou um homem possuído.

Eu não consigo dormir na noite antes da Grande Noite. Além da repetição infinita de fantasias eróticas, eu estou mais nervoso do que uma menina antes do seu primeiro encontro. Apesar de todos os bailes de inverno, verão e formatura que fui no último ano, de alguma forma essa é uma primeira vez para mim. A primeira vez que é meu. A primeira vez que vou como eu. Mais ou menos. Primeira vez que vou pagar do meu bolso, isso com toda certeza.

Eu chego no hotel duas horas antes da hora marcada. Estaciono a Fera no último andar de uma garagem com tipo dez andares, onde ela fica mais fora do caminho. Quando chego no quarto, são duas camas de solteiro. Eu praticamente tenho que ter um ataque na recepção para conseguir a prometida king size, mas acabo com uma queen com vista para o ar-condicionado. Eu tiro a espuma de banho da mala, estrategicamente arranjo as velas, espalho as pétalas de rosa. Então mais um banho rápido e me barbear de novo. Eu estico o confiável smoking na cama e então desabo de cueca ao lado dele. Todo mundo vai se encontrar na casa da Cassie às sete em ponto para bebidas e fotos antes de embarcarmos coletivamente na enorme limusine. Mas ainda faltam quarenta e cinco minutos para isso, e a casa dela é a uns três minutos de táxi daqui. Tempo suficiente para relaxar. Eu ligo no jogo dos Yankees. Estamos ganhando por dois, fim do quinto tempo. Eu preciso me fortificar. Para dizer a verdade, com todo o preparo e antecipação, sem falar no constante ruído e angústia por causa de Columbia, eu estou exausto.

    Quando noto, estou deitado em uma poça da minha própria baba, é o fim do nono tempo, Yanks perdendo de três, duas foras. Eu me levanto em um salto, olhando para a escuridão. Que merda é essa? O jogo estava ganho. Eu percebo que peguei no sono. A questão é, por quanto tempo? Puta merda. Sete e dezesseis. Estou atrasado! Muito atrasado! Talvez atrasado demais!

Eu ainda estou arrumando as calças e abotoando errado a camisa quando saio do Hilton. Há só um táxi na fila e cinco pessoas esperando. Eu preciso me humilhar e diminuir freneticamente ao implorar e insistir e comprar cada uma delas com uma nota de vinte para passar na frente. Eu grito para o motorista pisar fundo. Ele não gosta da atitude e eu preciso pedir desculpas antes que ele se mova um centímetro que seja. Então, só para jogar sal na minha ferida, ele deliberadamente dirige cinco quilômetros a menos do que o limite de velocidade.

A entrada circular que leva à mansão Trask é uma constelação de carros importados de luxo. Eu salto para fora sem dar gorjeta e corro, circulando o pátio de trás, onde há uma grande tenda de circo sob a qual todo mundo está reunido. De cara, pais obscenamente ricos e normalmente elegantes estão cotovelando e empurrando uns aos outros para tirarem fotos como *paparazzi* enfurecidos de uma longa linha formada por suas filhas adornadas de belos vestidos e joias.

De braços dados, suas princesinhas mimadas posam, dão risadinha, abrem sorrisos enquanto caras câmeras digitais batem e flashes disparam. Elas sabem que são gatas. Cada uma mais arrumada, mais maravilhosa que a anterior. E no meio delas, a mais deslumbrante, mais régia de todas, Shelby. Meu par para essa noite. Como eu sou sortudo.

Mas sou mesmo? Embora ela esteja sorrindo de orelha a orelha tipo o Heath Ledger em *O cavaleiro das trevas*, eu consigo notar que Shelby não está exatamente feliz. Eu não ajudei minha causa deixando-a sozinha durante os últimos vinte e seis minutos de elogios falsos e especulação crescente sobre meu paradeiro e então chegando como o rei do galinheiro. É basicamente imperdoável. Mas de novo, ser um babaca é parte do que ela considera meu encanto inexplicável, então talvez eu ainda tenha alguma chance de redenção.

— O.k., agora meninas e meninos! — comanda o fotógrafo profissional contratado, o mesmo irritantemente alegre e gay de gravata-borboleta rosa que já tirou outras fotos minhas em eventos variados do circuito social adolescente. Eu estou aliviado demais para ficar alarmado.

Porque nem tudo está perdido. Eu não perdi as fotos de casal. Isso teria sido irreparável. Eu cheguei bem na hora, sem um nanossegundo de folga.

Os caras de smoking tomam seus lugares na fila ao lado de seus pares estonteantes. Eu aproveito o frenesi para sorrateiramente deslizar para o lado de Shelby.

— Desculpa — eu murmuro. — Morte na família.

— Onde você estava? — Ela dá um sorriso congelado para mim enquanto as câmeras continuam a disparar. — Eu pensei que você tinha me dado o cano!

— Olha o passarinho, todo mundo! — grita Gravata-Borboleta Rosa. Então ele para, levanta os olhos do visor da câmera e me olha confuso.

— Ei, você não estava na formatura de Bronxville semana passada? — ele pergunta.

Na verdade, foi semana retrasada e em Larchmont. Mas claro que eu dou de ombros como se não soubesse do que ele está falando.

— Não era eu — respondo, olhando de relance para Shelby. Por sorte, ela está aliviada demais por eu ter chegado para notar.

Coçando a cabeça, Gravata-Borboleta Rosa volta ao seu trabalho.

— Certo, meninos e meninas. Tudo só piora daqui pra frente! No três! — ele diz alegremente. — Um, dois...

Eu exponho meus dentes incisivos e sorrio para a posteridade. Um deles.

Instantaneamente sou carregado pela migração em massa na direção da nossa carruagem. Pais chorosos se movem como uma horda atrás de nós. Seus bebês, tão crescidos, saindo do ninho e tudo mais. Hunter e Gretchen Pace surgem do nada em cima de mim, radiantes, querendo conversar, ainda que rapidamente, com o par de sua filha em uma ocasião tão importante.

— Oi, Brooks, eu sou... — Hunter gagueja, estendendo a mão.

— MAMÃE, PAPAI, O QUE EU DISSE PRA VOCÊS? — Shelby troveja.

O que quer que ela tenha dito, deve ter sido peculiar, porque os dois titãs de suas respectivas áreas imediatamente evaporam de volta no ar.

Com um clamor crescente dos adultos e um canhão ensurdecedor de confetes, nós nos empilhamos do lado de dentro, onze elegantes casais, vinte e duas estrelas de cinema no total. Embora nosso carro tenha o comprimento de uma piscina olímpica, ainda está apertado, e Shelby precisa subir no meu colo. O que eu não me importo nem um pouco. Arrumada, empoada e perfumada, moldada em um vestido de marca transparente, sem costas e tomara que caia, com os brincos de diamante da mamãe, ela nunca esteve mais glamorosa — e provavelmente nunca estará. Ela está em seu auge. Ela *é* o auge. E ela é minha. Toda minha. Ou poderia ser, eu só preciso suprimir meus escrúpulos e não estragar tudo, o que até agora eu estou determinado a fazer.

Buzinando de forma insuportável, nós partimos. Em segundos, o lugar se torna a Central da Festa. Kanye urra nos alto-falantes em volta, luzes coloridas se entrelaçam. Sim, tem um show de lasers dentro da limusine. Cantis surgem, baseados do tamanho de charutos produzidos. Grato e guloso, eu aceito tudo que vem até mim. Assim como Shelby. Ela se esfrega em mim quando viramos uma esquina. Eu detecto uma enorme tora surgindo. Shelby também. Ela o – hum, me – aperta. Tudo está perdoado. É a porra da formatura.

Só tem uma mosca extra-grande na minha sopa. Fallicko. Estourando em um Valentino, ele me fuzila com o olhar, bem na minha frente no compartimento retangular. Bebida escorre pelo queixo dele enquanto ele entorna, me ver junto com Shelby o está matando por dentro. Quer dizer, se fosse possível matar com um olhar, eu já seria um cadáver há muito tempo.

Vicuna Munson, o prêmio de consolação de Fallicko, acaricia seu peito ofegante. E ela é um bom consolo, deixa eu te dizer. Firme, dourada, farta onde conta. Mas ainda assim, um distante segundo lugar em relação a Shelby – como todas as outras garotas. A coisa estranha é, porém, que essa Vicuna também está me encarando como se a gente se conhecesse, como se ela estivesse tentando só se lembrar de onde. O que é estranho nisso é que eu nunca vi essa Vicuna antes desta noite, porque se eu tivesse visto, definitivamente teria guardado essa tal de Vicuna na minha memória, a fartura dela sendo farta assim. De qualquer forma, eu não tenho ideia de por que ela está encarando, mas é meio incômodo.

De repente, ainda me olhando com ódio, Fallicko solta o terrível gemido gutural de um animal ferido.

— AHHHHHHHHH!
Quer dizer, ele só uiva. Os outros interpretam simplesmente como animação excessiva e se juntam. Eu sei que é fúria homicida e portanto não participo. Caras, meninas, todo mundo está ganindo, gritando, berrando. Uma matilha rica, mas sedenta demais, Totalmente sem controle.
— AHHHHHHHHHHHHH!
Até Shelby está uivando. No caso dela, adoravelmente, seu narizinho franzido. O ar está cheio de expectativa. Porque é isso. O golpe final. O fim de uma era.
E então eu uivo junto. Virando parte disso, embora eu não seja. E por que não?
É a porra da formatura.

Completamente chapados e mortos de fome por conta dos estimulantes, sem falar na sessão de gritos primordiais, nós chegamos no Chez-Sinal-De-Cinco-Dinheiros-Em-Todo-Site-De-Resenhas, onde somos conduzidos por um maître particularmente esnobe até nossa própria sala de banquetes particular no fundo. Mesmo no meu estupor, continua sendo absurdo o quanto uma refeição para dois vai me custar. Na dança das cadeiras que acontece, eu momentânea e desconfortavelmente me pego ao lado da tal da Vicuna, que continua me encarando.
— Eu sei que já te vi antes — ela diz.
— Eu acho que não — respondo rapidamente, guiando Shelby até a outra ponta de uma mesa convenientemente longa.
— Westport! — ela declara com decisão.
Westport! Westport foi a noite com Gravity Dross, a noite em que nossas mentes se uniram e eu fui com ela para

algum lugar remoto do espectro. Não é de se espantar que essa Vicuna não registre na Escala Rattigan. Naquela noite eu estava tão perdido, dançando no meu espaço interior, que eu não notaria uma invasão alienígena.

— Nunca estive — resmungo com esnobismo, como se Westport fosse um esgoto tipo o Buraco Negro de Calcutá. A melhor defesa é o ataque, certo? Mas de repente meu coração está batucando como um dos solos doidos do Murf.

Ela me olha desconfiada, mas não totalmente certa, então deixa passar por enquanto, permitindo que Fallicko a arraste como um neandertal de volta para seus amigos bêbados. Shelby me olha tipo *o que foi isso?* Eu estou tremendo quando puxo uma cadeira para ela. O que está acontecendo? Primeiro o Cara da Gravata-Borboleta Rosa, agora essa Vicuna. Estou te dizendo que meu tempo está acabando.

Shelby pede caviar beluga para começar. Não tem frango. Jogando meu futuro financeiro pela janela, eu digo foda-se para o faisão e peço bife. Eu preciso da entrada e da salada para que meus nervos se acalmem o suficiente e eu possa digerir o que Shelby está dizendo.

— Então papai falou "querida, você tem certeza que não quer ir?" — ela diz. — "Eu odiaria que você perdesse".

— Ir? — pergunto distraído, cortando meu bife orgânico.

— Para a formatura, bobinho. — Shelby sorri, mal tocando suas trufas. Primeiro o *tiramisù* de vinte e dois dólares, agora as trufas de trinta e um. Por que ela pede essa merda se não vai comer? — Quando eu não sabia se você ia ter colhões pra me convidar.

— Ah, sim — eu observo, puerilmente excitado só por ela ter dito colhões. Lembre-se que estou fortemente chapado a essa altura.

— Enfim, por um momento pareceu que eu não iria. Quer dizer, ninguém na escola teria coragem de me convidar, já que Tommy anda por aí ameaçando todo mundo de morte certa... Eu faço que sim, mastigando vigorosamente. Mais de sessenta dólares e eles nem conseguem cozinhar o negócio direito. Minha carne está passada demais, dura como sola de sapato.

— Então meu pai, olha isso, ele me diz que no escritório dele outro dia — ela ri, achando a coisa tão hilária que ela só consegue falar de forma desconjuntada — ... no escritório dele, ele ouviu falar desse garoto que poderia me levar.

Eu paro no meio da mastigação. De alguma forma eu sei para onde isso está indo.

— Muito discreto, ele diz. Ótimo dançarino. Bastante recomendado. — Ela gargalha. — Um substituto!

— Um o quê? — Eu engasgo.

— Um substituto — ela diz, rindo ainda mais. — Um acompanhante profissional. Você pode imaginar?

Sim, eu posso imaginar. Isso e muitas outras coisas. Tipo ser assado vivo no espeto em uma fogueira na praça principal de Green Meadow enquanto os aldeões super em forma carregam tochas, atiram para o alto e comemoram.

— Então eu digo a ele, *por favor, eu não estou tão desesperada*. — Ela ri, se sacudindo de alegria. — Me permita ter algo parecido com orgulho.

Ela gargalha. A ideia é absurda para ela. Eu rio junto do absurdo da minha própria existência. Ela também está completamente chapada, então nós estamos rindo como um casal de idiotas quando de repente alarmes e sirenes disparam porque um grosso pedaço pouco mastigado de bife queimado se alojou na minha garganta.

O efeito é imediato, um raio no sistema. É como estar preso em um dos mata-leões de Burdette, só que não há Burdette para eu pedir para parar. Esse bloqueio parece permanente. Eu me levanto, agarrando meu pescoço, me debatendo e chicoteando. Pratos se quebram no chão, cadeiras viram, formandos se espalham enquanto eu, azul e engasgando, me contorço e tenho espasmos. É como a melhor cena de morte que você já viu no cinema, exceto que, infelizmente, eu não estou atuando.

— Ah, meu Deus, Brooks! — Shelby exclama. — Você está bem?

— Água... — eu sussurro.

Engasgando, eu agarro uma garrafa de água com gás e engulo com tudo. Não ajuda em nada. Eu só cuspo de volta uma torrente de líquido borbulhante. Em seguida, eu me inclino para trás e tento enfiar dois dedos na minha garganta. Também não ajuda. Eu desmonto e convulsiono como um peixe no anzol. Eu estou encarando o Grande Abismo. Uma vida toda de poucas oportunidades e arrependimentos passa correndo pela minha visão escurecida. As viagens e experiências que nunca terei. Férias com os netos. Merda, férias com os filhos. Férias, ponto. Mas, mais deprimente, o fato de que nunca vou comer Shelby.

Adeus, sala de jantar particular. Adeus, mesa longa. Adeus, cadeiras acolchoadas. Adeus, pessoas observando. Adeus, Fallicko desdenhando feliz enquanto eu asfixio até a morte. Pelo menos não vou precisar pagar a conta. Ah, partir é uma dor tão, tão doce. Adeus, lustre brilhante. Adeus, carpete macio. Adeus, Celia Lieberman. Celia Lieberman!

Enquanto eu me contorço, ela me agarra por trás. Enlaçando os braços em volta da minha cintura, ela realiza uma rápida sequência de pressões abdominais que esmagam minhas costelas. A dor é horrorosa, mas de certa forma, reconfortante. A boa e velha manobra de Heimlich. Filha de um médico, é claro que ela conhece. A manobra nunca falha. Mas falha em mim.

Embora essa demonstração brutal de violência faça o que tem que fazer, ou seja, comprimir meus pulmões de forma a criar uma pressão tremenda no pedaço de carne fechando minha traqueia, ele não é expelido. Não que eu não tente. Eu tusso. Tento vomitar. Eu babo.

Então Celia Lieberman me dobra ao meio como uma marionete e me bate com o dorso da mão no ponto macio entre as minhas escápulas. Com força. Várias vezes. Meus olhos se esbugalham e lacrimejam com o impacto repetido, mas eu continuo tampado.

— Licença — Fallicko grita, arregaçando as mangas.

Uma das marteladas teria servido, mas Fallicko usa três, me socando com toda sua força com os punhos entrelaçados. O objeto ofensivo é ejetado da minha garganta, sai pela minha boca e aterrissa em uma parede de veludo vermelho onde ele fica grudado, uma bola reluzente de meleca.

Sim, irmãos e irmãs, minha existência, miserável como é, foi prolongada por Fallicko. Ah, a afronta.

Engolindo ar, fazendo caretas por conta das fraturas múltiplas que eu provavelmente agora tenho, arrumo meticulosamente minha gravata e lapelas, reunindo os farrapos que restaram do meu orgulho. Todo mundo está de boca aberta. Fallicko, Shelby, Celia Lieberman, Cassie, Trent e olha, ali está Franklin, ridículo de tênis preto e uma camiseta preta estúpida com a estampa de um smoking. Eu dei um show.

E então a sorte felizmente intercede.

O maître esnobe enfia a cabeça cheia de gel para dentro, atraído pelo furor.
— Tudo bem por aqui? — ele pergunta cauteloso.
Eu me levanto, inchado de indignação.
— Nada bem — eu anuncio, apontando a meleca na parede. — Você chama isso de *chateaubriand*?
Desdém coletivo. Sorrisos de superioridade. Nada como colocar os serviçais no lugar deles para restaurar o equilíbrio.

Como é aquela frase daquele livro? *Aquele foi o melhor dos tempos, foi o pior dos tempos.* Ou algo assim. Bom, é exatamente como estou me sentindo.

O Melhor dos Tempos porque é a formatura das formaturas, a Grand Soirée das Grands Soirées. Estamos falando do salão de baile principal do Four Seasons. Uma banda desimportante importante, aquelas com dois ou três mega hits, mas que agora estão praticamente esquecidas. Mesas lotadas de iguarias para todos os gostos. Campos de sushi, um leitão, montanhas de frutas tropicais. Absoluto, descontrolado, irracional, reluzente Excesso.

E eu estou acompanhando a Rainha dele. Eu deveria ser Rei do Mundo.

E eu sou. Só que não sou.

O Pior dos Tempos porque estou preparado para a bigorna cair e me esmagar a qualquer momento. Todos os meus instintos de sobrevivência estão sussurrando para que eu me mova para a porta e escape de vista enquanto as coisas ainda estão indo bem. No entanto, todos os meus instintos mais animais estão gritando para eu só seguir em frente com isso.

Shelby sacode seu corpo ultrafirme ao som dos ritmos selvagens e tribais, se esfregando em mim, se afastando, se esfregando de novo, provocante. Eu a prendo pela cintura estreita, a puxo pela mão e giro. Ela é dócil, respondendo ao meu toque. Nós nos movemos como um. Graciosos. Sinuosos. Sensuais. Um par perfeito.

— Você reservou o quarto? — ela pergunta, arfante.

— O Hilton. — Eu sorrio confiante, vendo eu e Shelby na banheira de espuma, nossos corpos nus e molhados banhados na luz de seis velas perfumadas cuidadosamente arranjadas e uma tempestade de pétalas de rosas.

— O Hilton? — A expressão fumegante dela esfria de leve.

— O Four Seasons estava lotado — eu minto. — Ei, dá pra ir andando.

— Claro, se você quiser andar um quilômetro e meio na beira da estrada — ela nota com precisão.

Eu sorrio com menos confiança. Então meu olhar cai em Celia Lieberman e Franklin dançando desajeitados. E eu preciso dizer, agora que eu retomei o fornecimento de oxigênio e a maior parte das minhas funções corporais, eu não posso deixar de notar que Celia Lieberman passou para a faixa de Bonitinha. Ela preenche muito, muito bem um vestido vintage estilo anos vinte que deve ter comprado no Village e mandado arrumar. Ela até está mostrando um pouco de decote, sem mencionar uma porção significativa de pele. O cabelo dela, mais curto – recomendação minha, eu preciso acrescentar de novo – está finalmente sob algum controle. Quer dizer, eu não quero exagerar aqui, um vestido anos vinte ainda é um tipo de escolha interessante, o.k., esquisita. Mas ainda é um mega mega passo à frente.

— Ai! — Eu a ouço ganir. — Franklin, para de pisar no meu pé!

— Para de pisar no meu! — ele responde.

Eu sorrio sem querer, me sentindo mal pelo pobre Franklin. O cara claramente não faz ideia de onde se meteu. Shelby fica rígida nos meus braços.

— Pensando melhor? — ela pergunta, sombria.

— Celia nunca soube dançar merda nenhuma — eu explico, sem graça.

Shelby se afasta de mim com raiva. Ela realmente tem um complexo com Celia Lieberman. Vai entender.

— Ei, a garota acabou de me salvar.

— Eu preciso fazer xixi — Shelby anuncia e sai pisando duro. *Hum*, eu penso. Abrupta e afrontosamente abandonado, eu abro caminho pela multidão até a tigela de ponche, que foi consideravelmente batizado, e me sirvo uma pela taça de cristal de um muito necessitado fortificante quando eu ouço:

— Você ainda não contou a ela? — Celia Lieberman acusa, pegando minha bebida como se eu a tivesse servido para ela e entornando a mistura nociva.

Ótimo, tudo que eu precisava agora, mais uma consciência. Como se a minha não me perturbasse o suficiente. Habilmente, eu mudo de assunto.

— Olha, valeu por me salvar aquela hora — eu digo. — Por um segundo eu achei que você já tinha ido.

— Disponha. — Ela dá de ombros, indiferente, me devolvendo minha própria bebida. De perto, eu consigo notar que ela está usando rímel, blush, batom, a coisa toda, aplicados de forma imperfeita, mas eficientes ainda assim.

— Arrasou nesse vestido — eu solto, para minha própria surpresa.

— Obrigada, eu escolhi sozinha — ela diz orgulhosa, girando como uma modelo e me olhando radiante. — Eu fiz, Brooks, eu fiz!

— Com Franklin? — eu grasno, preocupantemente preocupado.

— Não, com meus pais — ela anuncia. — Eu fiz. Eu finalmente bati de frente.

E então Celia Lieberman conta toda a história do seu grande triunfo pessoal para mim. Aconteceu ontem, quando Celia Lieberman estava voltando da manicure pré-formatura...

— Celia, bolinho, é você? — Gayle chia, fazendo Celia Lieberman parar na frente da porta, fazendo Celia Lieberman se envergonhar até a medula dos ossos.

— Não, é Beatrice, sua amante lésbica imaginária — responde Celia Lieberman, pensando *o que essa mulher tem? Ouvidos de sonar?*

Então, é claro, Gayle surge da alcova, segurando a mais recente monstruosidade horrorosa e bufante junto ao seu peito amplo.

— Não é lindo?

— O que é isso? — Celia Lieberman pergunta, embora ela saiba muito bem o que é.

— Seu vestido para a formatura amanhã à noite!

Gayle alegremente rodopia por aí. É como se fosse ela indo para a formatura, não Celia Lieberman, de acordo com Celia Lieberman.

— Aconteceu de eu estar no shopping ontem e eu não consegui resistir!

— Aconteceu de você estar no shopping? — Celia Lieberman responde. — Você tem um doutorado em psicologia clínica pela Universidade de Chicago. Você odeia o shopping. E para sua informação, eu tenho meu próprio vestido para a formatura.

Bom, daí é ladeira abaixo. Quando Harvey encosta com o Prius, chegando em casa depois de mais um dia na vanguarda da medicina moderna, a insanidade de costume está ecoando pelo lar dos Lieberman, interrompendo a noite pacífica em um raio de quilômetros.

— VOCÊ NÃO VAI SAIR DE CASA NESSE FARRAPO! EU PROÍBO COMPLETAMENTE!

— EU TENHO QUASE DEZOITO ANOS! EU POSSO TOMAR MINHAS PRÓPRIAS DECISÕES!

— CELIA, EU NÃO ME IMPORTO SE VOCÊ JÁ TEM IDADE, VOCÊ NÃO PODE FALAR COMIGO DESSE JEITO! EU AINDA SOU A SUA MÃE!

— ENTÃO TENTE AGIR COMO UMA! SÓ ME OUÇA UMA VEZ NA VIDA!

Harvey começa a recuar na ponta dos pés tentando uma fuga limpa, quieta e elétrica quando a porta da frente se abre, jogando uma sombra macabra sobre ele. Celia Lieberman, mãos na cintura, falando sério.

— Mais devagar, dr. Lieberman, isso é da sua conta também! — ela comanda.

Harvey obedientemente se junta a Gayle na sala de estar. Eu tenho um arrepio ao pensar na vívida imagem dos três no meio de todas aquelas estátuas da fertilidade profundamente perturbadoras. Então Celia Lieberman, de novo segundo Celia Lieberman, fala com os dois de forma razoavelmente calma.

— Mãe, pai, eu percebi que vocês chegaram perigosamente perto de destruir a minha vida com a melhor das intenções — Celia me diz que disse a eles. — Que vocês

empurraram, puxaram e se meteram porque não queriam que eu perdesse coisas como vocês.
E advinha? Eles não interromperam. Eles só ouviram pela primeira vez na vida.

— Bom, graças a vocês, eu não perdi nada — Celia Lieberman relata. — Durante os últimos seis meses, eu fui a todos os eventos sociais do ano escolar. Eu fui a clubes de campo exclusivos, restaurantes caros demais e superestimados demais, e uma grande quantidade de festas idiotas. Eu dancei. Eu fiquei bêbada. Eu vomitei.

— Mas, querida, não era isso que você... — corta Gayle.

— Pelo amor de Deus, Gayle, cale a boca só dessa vez e a deixe terminar.

Isso é uma novidade para Harvey. E para Gayle também, aliás. Ela cala a boca pela primeira vez na vida. Harvey faz um gesto para Celia Lieberman prosseguir.

— E agora que experimentei a cena, eu sei que definitivamente não é pra mim — Celia Lieberman retoma. — O que deveria estar o.k. pra vocês porque, francamente, e eu estou dizendo isso da melhor forma possível, vocês são as pessoas menos descoladas que já conheci. Quer dizer, oi, eu tenho a quem puxar.

Gayle assente com a cabeça, olhos marejados. Celia Lieberman a abraça. Ela abraça os dois.

— Por favor, eu imploro a vocês — Celia diz do fundo da alma. — Me deixem cometer meus próprios erros.

Celia Lieberman está radiante. Eu estou orgulhoso. Estou orgulhoso de Celia Lieberman. E vingado. Eu não disse a ela o que ela precisava fazer? Conhecendo Harvey e Gayle o pouco que felizmente conheço, eu sei o que custou para Celia Lieberman finalmente confrontá-los.

— Uau — eu digo com sinceridade.

Chegando ao fim do primeiro set, a banda começa um clássico romântico, pensado para deixar a audiência perfeitamente no clima aconchegante. Eu reconheço a música, Love For All Time ou Eternal Love ou alguma baboseira assim, eu não sou muito entendido dos grandes hits. Mas é tipo um dos dois grandes sucessos deles, quer dizer, houve um tempo em que não parava de tocar no rádio. Celia Lieberman e eu só ficamos ali parados, desconfortáveis.

— Melhor voltar para o Franklin — eu finalmente digo.

— Não se preocupe — ela diz, erguendo os olhos para mim por trás de seus novos óculos. Eles realmente caem bem nela. — Franklin decidiu descansar o resto da noite.

Do outro lado da pista de dança reluzente, casais de contos de fada se enlaçam, tornando-se um. Os caras, altos e elegantes em smokings pretos, as meninas, graciosas e brilhantes em vestidos de seda. No palco, flutuando em uma piscina de luz acima da escuridão, a sexy vocalista canta como seu coração foi quebrado por algum cara insensível, sem consideração, incapaz de se comprometer e mentiroso de merda. A mesma velha história. Eu olho para Celia Lieberman. Ela se balança ao som da música, por mais açucarada que seja. Antes de poder pensar melhor nisso, eu faço uma mesura formal diante dela, adequada à majestade da ocasião.

— Madame, você me daria a honra?

Sim, eu estou chamando Celia Lieberman para dançar por livre e espontânea vontade. Sim, eu quero. Eu noto que ela fica surpresa. E feliz. Mas está tímida e hesitante.

— Ah, vamos lá — eu insisto. — Nós nunca chegamos a dançar. De verdade, quero dizer.

Eu estendo a mão. Ela pega. Eu nos guio para o centro da ação. Eu a envolvo meio de longe. Ela passa os braços meio hesitante pelos meus ombros.

A vocalista evoca um tsunami de emoção na parte em que, apesar de toda a merda terrível que ela sofreu, ainda não consegue deixar de amar o cara insensível, sem consideração, incapaz de se comprometer e mentiroso de merda. Mulheres, vou te dizer. Mas, quando Celia Lieberman e eu nos apertamos um contra o outro e nos movemos de leve para a frente e para trás, até eu preciso admitir a potência barata dessa melodia formulaica.

— É tarde demais pra contar a Shelby — eu digo do nada. — Eu já estraguei tudo.

— Se ela realmente gosta de você, nunca é tarde demais — Celia Lieberman diz suavemente.

— Você é bem esperta, sabia disso? — Eu sorrio.

— É o que dizem — ela diz, encostando a cabeça no meu peito. Eu a puxo ainda mais para perto.

— É estranho, mas desde que essa coisa toda começou, você é a única pessoa com a qual posso ser eu mesmo — eu noto, quase tanto para mim mesmo quanto para ela. — Quer dizer, você é a única pessoa que sabe como a máquina de Brooks Rattigan funciona, como as engrenagens realmente se encaixam.

— Que bom pra mim — eu ouço a voz abafada dela. Ela se aperta contra mim. Eu a aperto quase imperceptivelmente de volta.

— Franklin Riggs é um cara de sorte — eu digo, sincero, querendo só o melhor para ela.

No palco, o baixista emaciado desliza para o microfone e começa a cantar também. Eu tinha esquecido dessa parte. E para um raquítico envelhecido, o cara sabe cantar. Ele sente muito, ele diz para a vocalista sexy que está colocando tudo para fora, trêmula, fora de si por ter sido tão ferida por ele. Só me dê mais uma chance, baby, o idiota pede, eu vou melhorar. É, vai. Então ela, claro, o perdoa e eles gritam até o topo de seus respectivos alcances vocais, declarando uma devoção imortal. Eu preciso admitir que meio que me pega.

Celia Lieberman e eu nos movemos silenciosamente, tocados pela breguice.

— Eu terminei o livro do seu pai — ela diz.

É a última coisa que eu pensei que ela diria. Mas você acharia que a essa altura já aprendi que com Celia Lieberman nunca se pode prever nada.

— É muito bom, Brooks. Muito, muito bom. — Ela me olha, seus olhos redondos e solenes atrás das lentes. — Ele sofreu um bocado. Quer dizer, se até mesmo uma fração daquilo for verdade, é incrível ele ainda estar inteiro.

— Não muito — eu digo amargo, a menção a Charlie manchando o que poderia ser e deveria ser um momento bonito.

— Talvez você não devesse ser tão duro com ele — Celia Lieberman tem a coragem de sugerir, como se fosse da conta dela.

— Talvez você não devesse se meter — eu contra-argumento, não querendo discutir com ela, especialmente não aqui, não agora.

Por sorte, a música desbota para o silêncio, terminando nossa primeira e única dança e minha curta, mas movimentada até demais, amizade com Celia Lieberman. Eu me solto de nosso agora indesejado abraço. O que eu estava pensando? Como pude baixar minha guarda? As coisas nunca são tranquilas com Celia Lieberman. Não, você sempre pode esperar que ela aponte alguma coisa exatamente onde você não quer que ela seja apontada. É como se ela não conseguisse se segurar. Essa é a Celia Lieberman de quem estamos falando.

— Eu só estou dizendo... — ela começa.

— Não.

— Ah, você é o único que pode oferecer conselhos gratuitos? — ela insiste. — Você é assim?

De repente, Shelby surge no meu campo de visão como o monstro da lagoa negra, cambaleando e tropeçando perigosamente em seus vertiginosos sapatos, as bochechas molhadas de lágrimas.

— Eu desisto — ela diz, enrolando as palavras.

— Ela está bêbada — observa clinicamente Celia Lieberman, como quem sabe bem do que está falando.

— Não diga, Einstein! — Shelby ri, virando-se para Celia Lieberman, subitamente toda feliz e alegre. — Eu estou bebaça, Celia! Mamada! Mas não é preciso ser um gênio pra saber disso!

— Shelby, para — Cassie diz, correndo para segurá-la. — Você está acabando com a sua maquiagem.

Passando de volta da comédia para tragédia, Shelby cambaleia na minha direção, enfiando uma unha pintada e afiada bem na minha barriga.

— O que Celia Lieberman tem que eu não tenho? Hein? *Hein?*

— Espinhas — Celia a acalma, equilibrando Shelby enquanto limpa seu rosto sujo, mas ainda espetacular, com pedaços amassados de papel higiênico —, dias de cabelo ruim.

Espectadores rapidamente se reúnem à nossa volta. Geralmente, como regra, a média é de pelo menos um grande colapso emocional público motivado por álcool e/ou drogas em todo evento social importante do ensino médio. Bem, aparentemente eu fui eleito o entretenimento da noite.

— O que há de errado comigo, Cassie? — Shelby choraminga. Ela está um caco. É chocante para mim, para todo mundo, porque é ela. Ah, quando os poderosos caem.

Eu sei que eu deveria dizer alguma coisa, mas não sei o que dizer. Essa noite, por nenhuma razão que eu consiga apontar, está rapidamente virando um pesadelo. Pior, estou com o pressentimento de que Shelby e este que vos fala não vão consumar nada, grande ou não, em nenhum futuro próximo.

Então Fallicko e a tal Vicuna abrem caminho até a frente.

— Espera, eu me lembro agora! — ela grita para todo mundo ouvir. — Lembrei quando eu vi vocês dois dançando.

Eu disse pesadelo? Que tal catástrofe, que tal cataclisma? Eu sou o Titanic, e estou afundando com todo mundo vendo.

— Você levou Gravity Dross para o baile de primavera da minha escola em Westport! — a tal Vicuna declara, apontando um dedo acusatório para mim.

Eu olho para Celia Lieberman. Ela está branca como papel. Mas além dela, ninguém reage à revelação triunfante dessa Vicuna. Por que reagiriam? Então eu estive num baile em Westport. E daí? Provavelmente só coincidência.

— Ele levou? — Os olhos vazios e chapados de Fallicko lutam para focar, para pensar.

— É, todo mundo ficou impressionado por Gravity Dross ter um par — a tal Vicuna explica. — Especialmente um cara gato que nem ele.

— E por quê? — Fallicko persiste, maldito seja.

Eu me contorço por dentro, temendo o que está por vir. Celia Lieberman também, só que ela ficou dura, voltando ao seu estado petrificado pré-eu. Shelby inclina a cabeça para o lado, subitamente capaz de pensar de novo, seu interesse aguçado por essa nova informação.

— Gravity Dross é tipo retardada — essa tal de Vicuna diz.

— Retire isso! — eu disparo, indignado demais para voltar ao modo de negação total. Quer dizer, se essa Vicuna não fosse uma garota, eu daria na cara dela.

— O.k., o.k. — a tal Vicuna concorda. — Com dificuldades mentais. Que seja.

Todo mundo está olhando para mim. Meu ataque foi incriminador. Mas qual exatamente é o meu crime? Ninguém sabe. Exceto por Celia Lieberman e eu, e nós dois estamos tremendo. O Acerto de Contas está finalmente chegando.

— Eu não estou entendendo — Fallicko diz, as engrenagens se esforçando para girar. — Por que um cara, de livre e espontânea vontade, sairia com duas perdedoras diferentes de duas escolas diferentes em dois estados diferentes? Não faz sentido.

Celia Lieberman está tremendo. Eu fervo com o insulto a ela, embora essa seja claramente minha deixa para sair correndo.

— Você é o único perdedor por aqui, Fallicko — digo com pouca convicção. Eu posso pensar facilmente em outro.

— Qual é a sua, Rattigan? — Fallicko pergunta, me cercando, me olhando bem de frente. — Alguém está te pagando?

Bingo!

Shelby me olha horrorizada. Apertem os cintos, caras, vai ficar bem feio e bem rápido.

— Você é o substituto? — ela pergunta confusa, chocada demais para ficar brava, por enquanto.

— Shelby, não é o que você está pensando — eu protesto, embora seja sim, totalmente.

— Eu sou uma idiota — Shelby guincha, a raiva finalmente chegando. — Eu pensei que você tinha tanta profundidade e caráter! Mas esse tempo todo você só estava sendo pago pra ser diferente!

Por todo o vasto salão de baile, a atividade cessa, congelada.

— Você foi contratado pra sair com Celia Lieberman!

— Shelby revela para todo o planeta. — Você fez isso pelo dinheiro! De que outra forma vocês dois estariam juntos?

Uma multidão de olhares acusadores caem sobre mim e Celia Lieberman e todo mundo começa a entender. E, um por um, a elite da elite de Green Meadow começa a gargalhar.

— Eu sabia que tinha algo aí! — Cassie grasna.

— É claro que ela precisa pagar — Trent desdenha. Ele treme exageradamente e grita: — NÃO EU, NEM POR UM MILHÃO DE DÓLARES!

A grande câmara ressoa de incredulidade, ridículo e desdenho em um crescendo cruel.

— Vocês dois são patéticos — Shelby diz venenosamente para mim e Celia Lieberman.

Então Celia Lieberman dispara como um míssil. Abrindo caminho pela multidão furiosa, ela foge da cena do massacre, me deixando para meu destino sangrento. Ela foi exposta ao desprezo eterno, arruinada para sempre. E foi tudo culpa minha. Porque tudo estava bem, mas eu tive que forçar.

— Celia! — eu grito, embora não tenha nenhum efeito.

Shelby ferve de moralismo falso. O rosto dela se torce em algo assustador e irreconhecível.

— Esta deveria ser uma das melhores noites da minha vida e você a transformou na pior!

Os olhos de esmeralda brilham com lágrimas quentes de injúria. Não há defesa para o que eu fiz. Eu realmente a machuquei. Como Celia Lieberman um dia disse, eu sou um bosta.

— Shelby...

— Ela disse pra deixá-la em paz, Rattigan! — Fallicko surge, me agarrando pelos ombros, me girando para o outro lado.

— Cala a boca, Pênis, quer dizer, Fallicko!

Então o maldito me dá um soco no queixo. Tipo, ele realmente me acerta. No mesmo minuto, vejo estrelas explodindo e padrões loucos. Eu caio direto no chão onde eu fico, chocado. Sinto gosto de metal. Meu lábio inferior se abriu. Tudo é uma cortina vermelha.

Rostos adolescentes me olham de cima com desdém. Cassidy está cacarejando. Trent, rindo deliciado. Fallicko, xingando. Shelby, chorando. Mas eu não consigo ouvir o que estão dizendo porque meus dois ouvidos estão zumbindo. Eu me levanto incerto, então caio de bunda de novo. Eu estou sangrando. Há uma chance considerável de eu precisar de um médico.

Mas ninguém estende a mão para me ajudar. Ninguém.

Eu estou tonto, mas não tão tonto para não me lembrar de ser tomado por vergonha e humilhação. Eu cambaleio para fora ao som de uma maré crescente de risadas.

Andando pelo lobby chique e iluminado, passo por mais rostos contorcidos e borrados, só que estes da variedade adulta e responsável. E embora eu seja uma visão horrorosa – sangrando, inchado, mancando –, ninguém vem me auxiliar ou oferece a menor ajuda. Nenhum capitão da indústria, nenhuma matrona da alta sociedade, nenhum funcionário de hotel cinco estrelas.

Nenhuma alma.

Eu corro para o abrigo e relativa anonimidade da noite. O ar gelado e escuro me acorda e agride. Meu lábio é uma represa aberta, minha cabeça é uma neblina profunda, eu não consigo ver nem pensar direito. Tudo que sei é que preciso sair desse lugar, esse lugar que não me quer, que desdenha de mim e dos meus. Eu saio correndo pelo meio da grandiosa entrada, que está acesa com uma constelação de luz artificial. Empregados de luxo grasnam e desviam em volta de mim.

— Brooks! — Eu ouço. — Você está bem?

É Celia Lieberman, enroscada na sarjeta ao lado do que deve ser o tonto Fusca de Franklin, estacionado no ponto mais distante possível. Noite da formatura e o sr. Poemas e Rosas não pode esbanjar com valet. Esse Franklin é cheio de classe. Abraçando seus joelhos, Celia Lieberman se sacode para a frente e para trás, traumatizada, destruída pela vergonha.

— Ah, meu Deus, o que aconteceu? — Ela engasga, engolindo a própria dor por conta da minha condição física deplorável.

— Finalmente ganhei o que merecia — eu digo, soturno.

Ela funga, engolindo uma torrente de lágrimas. Foi realmente só alguns momentos atrás que Celia Lieberman estava erguendo os olhos para mim, seu rosto tão suave e adorável? Agora ele é um campo de batalha, marcado com seus primeiros e esperançosos esforços de beleza. Eu fiz isso com Celia Lieberman. Eu.

— Celia, me desculpa — eu murmuro.

— Não, não foi você — ela diz em uma voz fraca e pequena. — São eles. Eles sempre foram assim comigo. Desde a pré-escola.

Eu não consigo imaginar como deve ser. Ser uma piada só por existir, por ser você. Sem dinheiro e contatos como sou, isso ainda está além da minha compreensão, além de qualquer coisa que eu vi em Pritchard. Ou talvez eu só não estivesse olhando.

— Eles têm tudo — ela diz, baixando os olhos. — Por que eles têm que ser tão cruéis?

— Aí você me pegou. — E é verdade. Mesmo. Por que os fortes sempre têm que explorar os fracos? Eu nunca consegui entender isso. — Talvez só porque eles podem.

Então uma nova voz invade essa conversa completamente deprimente.

— Celia, eu acabei de receber sua mensagem! — Franklin diz, surgindo do nada, mais calmo impossível. — O que aconteceu?

— Nada — Celia Lieberman diz, se levantando. — Só todas as coisas!

— Jesus! — Franklin exclama ao ver meu ser sangrento e ferido.

— Onde você estava? — ela pergunta.

— No salão de jogos. Imaginei que eles deveriam ter o novo *Walking Dead*. O negócio é completamente doido — Franklin relata, então reage quando dá uma olhada melhor em mim. — Jesus, é melhor você ir dar uma olhada nisso.

Franklin, sendo Franklin, perdeu toda a extravagância, e como sempre não tem ideia do que está acontecendo no resto do planeta Terra. O que Celia Lieberman vê nesse pateta é um desafio para mim.

— Quer que eu te leve pra casa? — Franklin pergunta, finalmente notando que ela está chorando.

Para minha surpresa, Celia Lieberman sacode a cabeça.

— Eles esperam que eu coma merda e saia chorando, como sempre — ela diz, engolindo as lágrimas. — Bom, não dessa vez, não hoje. Hoje é minha formatura e eu vou aproveitar, nem que eu morra!

Então Celia Lieberman puxa Franklin pela camiseta e começa a se agarrar loucamente com ele.

Eu não sei por quê, mas é como um outro golpe. Eu recuo para a escuridão. Eu me viro. Eu corro. Passo por quarteirões de esplendor aristocrático. Um quilômetro, dois – eu não sei, mas bastante. Eu corro como se estivesse fugindo, como se estivesse sendo caçado. Eu corro de smoking e com meus sapatos bons pelas calçadas bem-cuidadas, as lojas chiques, por uma multidão de expressões controladas que me leem direitinho. Eu escalo os dez andares de escada da garagem do Hilton. Para o refúgio da Fera escondida no canto, bem no alto.

Minhas mãos estão tremendo tanto que preciso de quatro tentativas para enfiar a chave na fechadura e três para a ignição. Disparando o motor V6, eu piso fundo, de ré, enfiando meu para-choque traseiro numa parede, arrancando metade dela fora. O metal enferrujado arranha o concreto e eu acelero em uma chuva de faíscas rampa abaixo.

Voando para o sul na pista rápida da estrada, eu pisco freneticamente para que as pessoas me deixem passar. Estou hiperventilando como um homem agonizante, só engolindo ar. Quando vejo meu reflexo no retrovisor, tenho mais tons diferentes do que meus medos mais vívidos. Todo suado, inchado e roxo, eu sou o cara que foi espancado pelo herói no clímax de um filme de boxe de terceira categoria. Sabe, o vilão.

O que, não vamos nos enganar, é exatamente o que eu sou. Eu sou o vilão da minha própria história. Seria outra coisa se eu tivesse algo como resultado das minhas ações egocêntricas e covardes, mas não tenho. Nem Columbia. Nem Shelby. E agora, nem orgulho. Nenhum grão, nenhuma partícula. Eu ganhei o que merecia.

Eu estou além do meu próprio desprezo.

Com a distância de Green Meadow rapidamente aumentando, crescem também minhas autorrecriminações. Rostos mudos e acusadores voam na minha direção, se dissolvendo em uma bruma quando batem no para-brisa. Murf, meu mais antigo e melhor amigo, que nunca deu nenhuma mancada comigo. E como eu pago isso? Apunhalando-o pelas costas, abandonando-o, quase o matando. Shelby. A gostosa e sexy Shelby. Sofisticada, perfeita, sexy Shelby. Tudo que ela queria era me roubar de Celia Lieberman e trepar comigo até a loucura, ainda que por razões erradas e motivos suspeitos. E como eu devolvi? Eu arruinei o que deveria ter sido a melhor noite de sua vida superprivilegiada e superprotegida. Pobrezinha. Que dureza.

Então, bem no momento em que a autopiedade dá lugar a justificação e ultraje, outro rosto me confronta. Celia Lieberman, sua maquiagem amadora manchada e escorrida, seus olhos vermelhos e inchados. Celia Lieberman, quem eu mais feri. Celia Lieberman, que abandonei aos leões, Franklin Riggs e sua própria falta de noção.

O trevo surge à frente. A gigante placa que diz NOVA JERSEY.

Eu corro de volta para a segurança, para expectativas baixas, ao predestinado, ao meu próprio povo. Eu corro de volta, pronto para me tornar uma anedota divertida, um ruído em horizontes gloriosos e herdeiros. Eu corro de volta para o único lugar que posso chamar de lar, com o rabo entre as pernas.

Então, de repente, no fundo de mim, algo se parte. No último instante possível, eu soco os freios e viro o volante com força. A Fera voa para fora da estrada por um buraco na barreira. Buzinas gritam quando eu dou a volta, quase sendo esmagado por um caminhão e um ônibus, e mergulho irresponsavelmente de volta na maré de trânsito que segue para o norte, de volta para Green Meadow. De volta para onde eu não pertenço.

Águas desconhecidas

Eu consigo sentir as vibrações pesadas da música trance ressoando de onde eu sei que está acontecendo o pós-festa a mais de um quilômetro. Arrastando seu para-choque traseiro agora preso por um fio, meu Electra amassado e enferrujado engasga para subir a longa entrada ladeada por limusines e as pessoas que recebem uma miséria para dirigi-las. Eu mergulho em uma nuvem de fumaça bem na frente da luxuosa entrada para a casa principal, toda acesa, do tamanho e estilo de uma fortaleza imperial. Um valet com a cara cheia de espinhas, da mesma idade que eu, corre para pegar a chave.

— Deixe o motor ligado — eu digo, passando por ele. — Isso não vai demorar.

Meu rosto amassado e suado diz a ele que é melhor não mexer comigo. Quando começo a subir a escada da frente, eu ouço:

— Ah, meu Deus, Brooks?

É Celia Lieberman, arrastando Franklin atrás dela. O que ela está fazendo aqui? Algum gesto fútil como o meu, sem dúvida. De qualquer forma, ela é exatamente o que eu não preciso enquanto me esforço para manter a energia e reunir a coragem para entrar de volta na arena.

— Celia, essa é a casa do Fallicko — choraminga Franklin, resistindo a cada passo. — Não podemos entrar aí!

Então uma garota praticamente nua, de sutiã e fio-dental, emerge dos arbustos e sai correndo, dando uma risadinha safada.

— Por outro lado — Franklin reconsidera —, talvez uma passadinha seja adequada... — Ele avança, mas Celia Lieberman o puxa para trás.

— Não desta vez — ela declara rangendo os dentes.— Você fica junto comigo.

Mas eu não tenho tempo para essas infantilidades. Me preparando, avanço para os domínios do Grande Desconhecido. Instantaneamente, eu me afogo em luzes piscantes, música ensurdecedora e depravação adolescente em uma escala monumental. Gente em vários estados de nudez, bêbados, chapados, totalmente fodidos. Gente se pegando, se apalpando. Gente fazendo guerras de comida chique. Gente pendurada nos lustres. Quero dizer, literalmente.

Celia Lieberman surge ao meu lado.

— Você está doido? — ela grita por cima do barulho. — O que você está fazendo aqui?

Ignorando-a, eu mergulho na balbúrdia até sair de novo no quintal de trás, onde há uma gigantesca lagoa tropical barra piscina, completa com uma selva artificial, fontes murmurantes e cachoeiras. Meninos e meninas, várias sem as partes de cima, se agarram, nadam ou brincam, às vezes tudo ao mesmo tempo. E o dono da mansão em pessoa, Fallicko, tomando o banho da vitória sobre mim na gruta borbulhante da jacuzzi, refestelando-se com a farta adoração de Vicuna. Ele olha duas vezes quando eu passo marchando, então salta como um sapo para fora da gruta com uma sunga apertada com as cores da bandeira americana. Qual é a desses caras do polo aquático e a necessidade de exibir o equipamento?

— EI! — ele grita, chocado demais pelo meu retorno para ficar adequadamente furioso com ele.

Alegre, eu paro e me viro para ele.

— Não vá se achando, pentelho — eu aviso. — Você me pegou de surpresa.

A festa se posiciona à nossa volta como abutres prontos para se banquetearem com o espetáculo sangrento de MASSACRE II — A REVANCHE. Alguém desliga o som. A música trovejante se torna um silêncio ensurdecedor. Fallicko, peito nu, bombado e pintando, punhos armados, avança para cima de mim. E no outro canto o desafiante: eu, menor, roxo e ferido. Não é justo. Mas a vida não é justa.

— Essa festa é só pra convidados, Rattigan — ele desdenha. — E você não está na lista.

— Eu vou sair assim que falar com a Shelby — eu respondo, sombrio.

Eu me viro para retomar minha missão. Fallicko me ataca com tudo, mas dessa vez eu sei o que me espera e estou mais do que pronto. Quer dizer, normalmente eu não teria a menor chance contra esse troglodita. Mas ele está completamente bêbado e eu estou muito pilhado. Eu desvio e acerto um devastador *uppercut* no nariz dele. Mais de dezessete anos de ressentimento da classe média baixa, mais de dezessete anos de lutar para nada, de uma angústia infinita e confusão desesperançada combinadas em um momento sortudo, de balançar o cérebro e amassar cartilagem. Fallicko cai para trás, sobre uma mesa de bufê, desmontando em uma pilha melecada, coberta de sashimi, do outro lado. Eu limpo as mãos. Provavelmente vou ser processado.

— É assim que a gente faz em Jersey — eu anuncio para todos.

Eu sigo em frente. A matilha assustada se abre para mim como se fosse o Mar Vermelho, limando uma trilha que vai direto a Cassie e Shelby, ambas de biquíni de lacinho, virando doses em uma mesa redonda. Fumando um cigarro, Shelby me olha indiferente, de volta à sua imagem de festeira.

— Eu só quero dizer uma coisa — gaguejo, perdido como sempre na maravilhosidade dela. — Celia Lieberman nunca pediu nada disso. Foram os pais dela.

Shelby bate uma cinza, vagamente interessada.

— Os pais dela. E por quê?

Ela simplesmente não entende. Como poderia? Por mais que eu não queira, fico exasperado.

— Pela mesma razão que todos eles — eu respondo acaloradamente. — Porque eles amam suas preciosas queridinhas. Porque todos querem que suas princesinhas sejam legais e populares como eles um dia foram ou não foram. Que elas possam fazer todas as idiotices de ensino médio que eles fizeram ou não fizeram. Mas você nunca vai entender o que é estar lá, longe, em órbita. Porque você é sempre o centro de tudo.

— Que fofo, Brooks Rattigan, defensor dos oprimidos. Ah, por favor — Shelby diz, virando uma dose e chupando um limão.

— E mais uma coisa — eu insisto. — Eu não sou de Manhattan. Eu sou de Pritchard!

Murmúrios confusos e dar de ombros se espalham em volta da lagoa. Ninguém da Escola Preparatória de Green Meadow sequer ouviu falar de lá.

— É no centro de Jersey — acrescento, mergulhando de cabeça.

Espanto. Jersey. *Isso* é chocante. Shelby me olha incrédula. Jersey. Não pode ser verdade.

— Mais mentiras — ela diz, displicente.

— Ninguém mente sobre ser do centro de Jersey. E, na verdade, a parte sobre meu pai ter estudado em Harvard era real. Por um breve momento ele foi um escritor, mas agora ele é um carteiro em Hoboken...

Outra onda de espanto. Um carteiro. Em Hoboken. O horror. Poderia ficar pior?

— Conte a eles por que você é um substituto! — Celia Lieberman se mete, emergindo com Franklin ao meu lado.

Poderia. E acabou de ficar.

— Celia, você pode me deixar cuidar disso? — eu sibilo, determinado a manter a aparência corajosa.

Soltando anéis de fumaça na nossa direção, Shelby encara Celia Lieberman e Franklin, divertidamente desinteressada.

— Celia, estou vendo que você tem um namorado — ela diz, seca. — Seus pais pagaram esse também?

Zing! Bam! Cara, essa deve ter doído. Mas Celia Lieberman não se abala.

— Ninguém me pagou um centavo! — protesta Franklin, que tem uma reputação, por pior que seja, a zelar.

— Eu consigo acreditar nisso — Cassie diz, rindo.

— Como eu estava dizendo... — eu continuo, irritado com as interrupções constantes.

Risadas de desdém. Celia Lieberman, ignorando a eles e a mim, se fixa em Shelby.

— Eu só quero te dizer por que Brooks trabalha como substituto.

— Eu já ouvi o suficiente sobre Brooks Rattigan por uma noite, obrigada.

— Eu também! — Franklin se intromete.

— Ele entrou em Columbia, mas não tem dinheiro pra ir — Celia Lieberman declara em voz alta.

Jesus! Essa era uma carta que eu não estava planejando pôr na mesa. Quer dizer, a última coisa que eu quero é a piedade deles, não que eles estejam me dando isso, ou qualquer outra coisa, aliás.

— Você deveria apreciar Brooks pelo que ele é! — Celia Lieberman continua em algum tipo de ataque descontrolado.

— Ah, e o que ele é? — Shelby pergunta, arrogante.

— Um cara decente, que dá duro e sempre precisou lutar por tudo que você, eu e todos os outros mimados nesta festa estúpida ganham de mão beijada.

Depois de tudo que eu fiz, Celia Lieberman está me defendendo. Eu estaria emocionado se não estivesse tão chocado. De quem é essa cena, afinal?

— Se Brooks é tão incrível — Shelby pergunta, sarcástica —, por que você não está com ele?

— Porque ela está comigo! — Franklin se mete, indignado.

— Você se *importa*? — eu disparo para ele e então me viro de volta para Shelby. — Hum, onde eu estava?

Eu não consigo me lembrar. Fui jogado para fora dos trilhos. Meu ataque, que já não era muito, foi completamente desmontado.

— Já é ruim o suficiente você ser um substituto — Shelby diz, com uma fúria silenciosa. — Mas por que você mentiria sobre quem é, de onde vem?

— Eu fiquei com medo de que você pulasse fora caso conhecesse meu eu de verdade.

E aqui estou eu – a pessoa que faço de tudo para nunca ser. Vulnerável. Colocando tudo na linha. Me expondo ao ridículo do universo e à rejeição certa.

— Isso não é verdade! — ela diz com veemência.

— Não é? — eu pergunto suavemente. Poderia ser? Eu poderia tê-la julgado mais? Se eu não tivesse estragado tudo tão completamente, eu poderia ter tido alguma chance? De alguma forma isso torna tudo mais trágico.

Então ela desvia o rosto, evitando meu olhar persistente. E tanto minha resposta quanto visão de mundo são tristemente confirmadas.

— Eu nunca quis te magoar — eu digo, idiota, como se intenções importassem. — Desculpa por ter estragado sua grande noite.

Com um movimento certeiro, ela se levanta e me dá um tapa. Com força. Bem no meu rosto já dolorido e inchado. A dor é aguda e ofuscante. Mais estrelas explodindo, mais doidos padrões elétricos.

— Vai para o inferno, Rattigan.

Ela se levanta e abre caminho pela multidão. Eu toco minha ferida novamente sangrenta, estalo meu maxilar ainda mais latejante e endireito minha gravata-borboleta. Todo mundo está quieto, uma única entidade superatraente, me encarando. Eu não tenho ideia do que estão pensando, mas eu nunca tenho. Não de verdade. O que é que aquele tal de F. Scott falou na aula de inglês? *Os ricos são uma gente diferente de eu e você.*

— Acabou o show, galera — eu anuncio para minha audiência cativada. — Tenham uma boa vida. Não se importem com nós, os peões.

Os que têm se afastam dos que não têm. E enquanto eu saio, dessa vez pela última vez, eu ouço Franklin sussurrando para Celia Lieberman.

— Odeio dizer isso, mas aquilo foi muito legal.

Minha carruagem me espera onde eu a deixei, ligada na porta. Eu dou uma nota de vinte de gorjeta para o menino.

É só dinheiro.

Já é bem mais de duas horas da manhã quando eu finalmente entro em Pritchard. As ruas escuras e desertas já não são familiares. As vitrines lacradas, lojas há muito fechadas, as casas decadentes se tornaram fantasmas de um eu perdido para sempre. Eu sou um estranho em minha própria terra.

Eu me arrasto pelos três infinitos lances de escada e pelo corredor maltrapilho até o lugar em que resido, o lugar em que posso afinal descansar meus ossos cansados. Mas quando eu abro a porta, não é a escuridão costumeira, mas o brilho da TV, um replay do jogo dos Yanks.

— Noite difícil? — a voz de Charlie chama do sofá, casual, quebrando o que deveria ser meu refúgio de silêncio.

Ele está sentado e vestido, completamente acordado. Eu quero chorar. Depois de semanas de afastamento de acordo mútuo, é hoje que Charlie decide me emboscar? Eu não consigo lidar com isso, especialmente agora que sou uma ruína física e mental.

— Onde mesmo você disse que estava trabalhando? — A silhueta dele diz quando eu não respondo.

— Que te importa? — eu protejo meu rosto quando passo correndo por ele na direção do meu quarto. Mas antes que eu possa trancá-lo, ele está na porta, o que me surpreende. Eu não sabia que o velho podia se mover tão rápido. Eu me viro, esquecendo tarde demais que não deveria, e Charlie faz um som de espanto quando me vê.

— Jesus Cristo, Books. O que você fez, deu de cara numa porta?

— Não, só numa Fria Dose de Realidade.

Estou tão cansado que não consigo manter a fachada. Só quero me enfiar embaixo do cobertor, me enrolar como um feto e dormir para sempre. Mas eu sei que Charlie não vai deixar. Eu desmonto de lado na cama. Abrir meu coração com Charlie, a conversa que conseguimos evitar até agora. Essa tortura nunca vai acabar?

Charlie acende as luzes. Eu faço uma careta por causa do brilho forte. Ele recua de novo quando vê minha glória roxa por completo.

— Brooks, você se importa de me iluminar quanto ao que está acontecendo? E por favor não insulte o que sobrou dos meus neurônios me dizendo que você guardou dez paus limpando mesas em bar mitzvahs.

— Eu levo meninas pra eventos sociais — resmungo para o travesseiro, cada fibra do meu ser gritando por sono.

— Que tipo de eventos? — Eu o ouço dizer.

— Bailes. Algumas festas de debutantes. Formaturas. Eu sou bem versátil.

Charlie lentamente se senta na cama, ao lado da minha forma cadavérica.

— Elas te pagam? — ele pergunta hesitante. É muita coisa para absorver.

— Os pais delas. Olha, eu estou exausto, então você poderia me poupar da lição paterna? Você não é muito qualificado.

Normalmente isso seria suficiente para fazê-lo desistir, mas não esta noite. Depois do que eu acabei de confessar, meus mísseis desviam sem nenhum dado para fora do campo de força dele.

— Você não dormiu com elas, né? Quer dizer, se você se protegeu... — ele para, chocado.

Até no meu profundo torpor, isso me ofende. Ele realmente me conhece tão pouco? Diferente dele, eu tenho alguns princípios, por menores que sejam. Movido pelo ultraje, eu passo por ele e vou até a porta, indicando para ele sair.

— Se você não se importa, eu gostaria de um pouco de privacidade — digo, nervoso.

Ele não se move, só fica sentado ali.

— Brooks, pode parecer que não, mas eu estou fazendo meu melhor pra entender...

— Bom, é assim, Charlie. Além de roubar um banco ou ganhar na loteria, parecia minha melhor chance pra juntar dinheiro pra Columbia.

Charlie ergue os olhos como se estivesse me vendo pela primeira vez.

— Meu Deus, Brooks, você quer tanto assim?

Eu não sei. Eu não sei de mais nada. Tudo que sei é que eu quero que ele saia da merda do meu quarto, que ele largue mão, mas ele não larga.

— Realmente não importa onde você estuda, Brooks. Ninguém está controlando. Quer dizer, eu fui pra Harvard. Olha o que aconteceu comigo.

Lá vai ele de novo. Durante toda minha vida ele usa a si mesmo como um ótimo exemplo do que não fazer e não ser e eu estou cansado disso. Eu já cansei dele e seu sucesso promissor fracassado, que flutua como uma bruma venenosa por toda parte.

— O que aconteceu, Charlie? — eu solto. — Você tinha tudo. Como você fodeu as coisas tão completamente?

É a pergunta que eu venho querendo fazer durante minha vida inteira. A mesma pergunta que ele passou minha vida toda evitando responder. Nós dois estamos chocados por eu ter realmente perguntado.

Charlie se levanta e sai. Eu bato a porta atrás dele e tranco, exausto demais para me sentir mal pelo que eu disse, embora eu saiba que deveria.

Que noite.

Fazendo inventário

Então agora você sabe por que apenas uma semana depois do Grande Banho de Sangue, eu estou em Hackensack em uma noite de sábado, em maio, com Gabby Dombrowski. Me recuperando no fundo de uma limusine ao final do que se mostrou ser uma longa e árdua noite, mais uma vez reflito sobre minha lista de erros. E o resumo é o seguinte. Eu sou um imbecil, basicamente. O que chamam de babaca, cafajeste, escória total. Eu deveria ser coberto de piche e penas, expulso à força da cidade. E ainda assim, ainda deve haver alguma porção de bem em mim. Porque mesmo em minhas peníveis circunstâncias, não consigo me fazer dar o bolo em alguém que levou o bolo na formatura, o que a sra. Dombrowski me contou que aconteceu com Gabby Dombrowski. Duas vezes, na verdade. Eu espero que o coletivo Dombrowski guarde uma boa memória disso, porque eu tenho mais uma que quero esquecer. Cada terminação nervosa, junta e músculo em minha carcaça já sensível dói depois de horas de exercício extremo com Gabby. Quer dizer, essa garota é o coelhinho da Duracell. Ela nunca para.

— FESTA! — Gabby grita para ninguém, sua cabeça para fora da janela. — AGITO!

Ela me dá um tapa entusiasmado, com tanta força que meus dentes rangem. Como as coisas chegaram até aqui? O que eu fiz de errado? Ou melhor, o que eu não fiz? Eu não consigo parar de pensar em todas as decisões ruins que tomei. São tantas. As pessoas que machuquei. Muitas também. Mas na maior parte do tempo, não consigo parar de pensar em mim, sozinho e sem amigos em um universo frio e cruel.

— Brooksie, eu tenho uma colega de time, Tina, de Teaneck — Gabby tagarela. — Uma super ala-pivô. A formatura dela é semana que vem...

Eu consigo manter o foco através do ruído de sofrimento auto-inflingido.

— Obrigado, Gabby, mas depois de hoje à noite, vou aposentar de vez o smoking. Você é meu último trabalho.

O rosto de Gabby desmonta, me fazendo perceber como isso deve ter soado.

— Eu fui tão ruim assim? — ela pergunta timidamente, os complexos de sempre voltando.

— Não, você foi incrível — eu garanto a ela. — Muito, hum, energizante...

Ela sorri, aliviada.

— Sou eu — eu digo. — Eu só não consigo mais.

Quatro dias até a formatura e toda a turma do último ano de Pritchard já saiu de férias. Na sexta, sou praticamente a única pessoa que aparece na escola. Parece que enquanto eu estava por aí, na cena Metropolitana, minha própria cena seguiu sem mim. Como resultado da minha longa ausência, eu me tornei uma presença marginal, um estranho que não é mais envolvido, convidado ou mesmo registrado no radar social. Então, enquanto eu forço professores frustrados a ainda planejarem aulas, todo mundo menos eu está festejando na praia, ficando bêbado no Six Flags ou, se do gênero feminino, se preparando para a formatura.

Formatura. Se eu nunca mais ouvir essa palavra de novo, ainda vai ser pouco. Só pensar em mais uma noite de smokings apertados, mulheres adornadas, pais gratos, maîtres esnobes, comida gordurosa, dedos amassados e excessos irracionais me faz querer entrar num mosteiro e fazer um voto de silêncio eterno. Eu estou mais do que formado. Por sorte não vai mais haver festas de formatura depois do ensino médio. É isso. Minha última. E como um sábio um dia disse: "Me deixe fora dessa."

Deslizando na agora Fera sem para-choque pela rua principal, eu não consigo deixar de notar a fila de clientes serpenteando para fora das portas do Metra. Sob a supervisão inspirada do Murf aos fins de semana, o que antes era um negócio malplanejado e moribundo se tornou um lugar da moda, com eventos como karaokê, show de talentos e noites de rodízio de espaguete, até mesmo bingo. Logo mais, eles estarão fazendo reservas. Mas, para mim, por meses, o Metra é território proibido, exilado como estou das graças do melhor amigo que um cara poderia querer. Mas não mais, eu decido impulsivamente, enfiando o carro em uma vaga do outro lado da rua.

Eu levo uns dez minutos para chegar no início da fila. Como eu disse, o lugar ficou irreconhecível desde que fui um escravo aqui. Bem-iluminado, toalhas de mesa xadrez, menus laminados. Murf, todo vestido de executivo em um elegante terno risca-de-giz e fedora vintage, está no caixa. Ele me ignora quando chega minha vez.

— Posso anotar seu pedido? — ele pergunta educadamente para a mulher logo atrás de mim na fila.

— Ei, e eu? — chio em protesto.

Murf aponta para uma placa na parede.

— Desculpe, mas a gerência se reserva o direito de recusar atendimento a qualquer um.

— Por que motivo? — desafio, indignado.

— Pelo motivo de você ser um bosta! — Ele nota meu queixo ainda um pouco inchado. — E quem rearranjou seu rosto?

— É, bom, você devia ter visto o outro cara.

— É, bom, eu ainda quero cumprimentá-lo — Murf declara. Estalando os dedos para um de seus minions assumir o caixa, ele empurra um esfregão num balde de rodinhas na minha direção tão rápido que eu tenho que saltar para ficar fora do caminho.

— Lembra daquela garota supergata do show do Pixies? — eu pergunto.

— Vagamente — ele diz, amargo. — Nós nunca fomos apresentados.

Eu o sigo para o banheiro masculino. Preciso confessar que estou bem impressionado. Eles dizem que o teste final de um bom estabelecimento culinário não é o frango, mas o banheiro masculino. E, ouça isso de *moi*, eu já estive em banheiros nojentos em restaurantes super nariz em pé. Você ficaria surpreso de saber como até os lugares mais glamorosos economizam no papel, uma das minhas maiores birras quando se trata de jantares cinco estrelas. Eu te pergunto, tem algo pior que mãos molhadas e ensaboadas sem ter onde secá-las? Mas aqui o papel é abundante. E o chão, eu poderia fazer um poema sobre o chão.

Eles estão brilhando, aparentemente impecáveis, bem longe do pântano podre que costumávamos entrar por nossa conta e risco.

— Respingos — Murf comenta, levando o balde até uma cabine. — Eu odeio respingos.

Abrindo caminho enquanto ele limpa em volta do vaso sanitário, eu reúno a coragem para continuar. Porque o que eu tenho a dizer vai ser dolorido para todo mundo.

— O motivo real pra eu ter te largado no show foi porque eu não queria que aquela garota supergata soubesse que éramos amigos...

— Ah, isso faz eu me sentir muito melhor! — Eu o ouço dizer com sarcasmo.

— Eu fiquei com medo que, se ela te conhecesse, ela fosse descobrir que sou de Jersey. — Eu olho para os meus próprios pés. Minhas mãos estão suadas. Esta é a parte mais difícil. — Eu estava com vergonha.

Uma longa pausa. Então a cabeça de Murf surge da cabine, me encarando.

— Com vergonha de Jersey? — ele pergunta, o conceito inimaginável para ele.

Eu não consigo olhá-lo nos olhos. Eu me sinto como o verme frouxo que sou. Porque nós dois sabemos que não é só do meu estado que eu tinha vergonha, mas dele.

— Eu não sei mais quem eu sou, Murf. — Palavras mais verdadeiras nunca foram proferidas. Não apenas quem eu sou, mas o que eu sou, o que eu quero. Eu não sei mais, se é que um dia eu soube. — É como se eu fosse um substituto na minha própria vida.

— Isso é lindo pra porra, Brooks. — Para minha surpresa, Murf ri, mas com aspereza, de uma forma que eu nunca o ouvi rir antes.

— Você acha? — eu digo, esperançoso.

— Mas você ainda é um bosta!

Nos velhos tempos, Murf me chamando de bosta seria engraçado, uma resposta espertinha de alguma forma e eu responderia no mesmo estilo. Mas esse tempo se foi, porque Murf está falando total e completamente sério. Seu rosto normalmente aberto está fechado e rígido, seu maxilar duro, sua expressão em branco. Como se não nos conhecêssemos mais. Como se toda nossa história nunca tivesse acontecido. Como se fôssemos estranhos, inclusive.

— Você não sabe a metade — eu murmuro fracamente.

Murf marcha até a porta e a abre com força para que eu saia. No que diz respeito a ele, até o lugar da bosta é bom demais para mim.

— Eu posso só ser o gerente de fim de semana de uma loja de sanduíches vagabunda, Rattigan — ele diz com bastante dignidade. — Mas eu não faria seu trabalho nem por todo o dinheiro do mundo.

Eu não sei o que eu estava esperando, mas não era isso. Eu fujo, andando cada vez mais rápido até estar correndo para longe do Metra, do Murf, de mais uma humilhação, mas especialmente da realidade horrível do que sou. Eu estou assistindo a um filme em que eu corro para a sarjeta em busca de proteção. Eu sou como uma barata.

— DÊ UM JEITO NA SUA VIDA! — Murf grita da entrada para mim.

Dar um jeito na minha vida. Se ao menos eu pudesse. Minha vida está tão sem jeito que eu nem sei mais o que é minha vida. Os dias passam lentamente, o final da existência colegial. Jogado na cama, eu lanço preguiçosamente mais um dardo na folha de papel presa no mural na parede, minha mente trabalhando para justificar o injustificável. De novo, eu te pergunto, qual foi minha verdadeira transgressão? No final, eu queria Mais. Isso é realmente tão terrível? Não aceitar quieto a mão que recebi, não me contentar com Menos? É um pecado desejar Shelby Pace, aspirar a Columbia? O.k., então eu peguei alguns atalhos pelo caminho. O.k., uma enorme pilha deles. Mas todo mundo pega. Empurrando, abrindo caminho, fazendo o que for preciso. Não é isso que eu deveria fazer? Esse é o Jeito Americano, não?

— Ei, sua formatura não é esta noite?

Charlie está na porta. Ele parece diferente, mais definido. Então eu percebo que ele se barbeou, seu cabelo está limpo e cortado, seus jeans e camisa são novos, ainda marcados da embalagem. O mais incrível são os olhos dele. Eles não estão injetados e caídos. Ainda assim, estou afogado demais nas profundezas do desespero para comentar essa notável transformação.

— Eu não vou — resmungo, lançando outro dardo. O alvo é minha carta de aceite de Columbia, agora cheia de furos.

— Como não?

— Não consegui ninguém para ir comigo. Justiça poética, você não acha?

Eu estou falando a verdade. Mais cedo, eu meio que me esqueci de propósito de mencionar isso, em um breve momento de fraqueza, chamei Gina Agostini, mas ela já ia com – pega essa – Burdette. Pensar neles se pegando, bem, faz meu estômago se revirar. Na verdade, pensar em Burdette copulando com qualquer criatura viva faz meu estômago se revirar. Me levantando, eu retiro os dardos do mural de cortiça para começar o ritual masoquista de novo.

— Charlie, eu estou bem em ir pra Rutgers — eu anuncio, notavelmente calmo, quase magicamente livre de amargor e raiva. Agora que finalmente acabou, eu estou estranhamente resignado ao destino da minha vida. — É uma ótima escola. Eu tenho sorte de ter entrado.

— Tudo isso é verdade, Brooks, mas você não vai pra Rutgers.

Eu paro com um dardo na mão. Espera um minuto, isso não estava no roteiro.

— Do que você está falando? — eu pergunto.

Charlie sorri um sorriso torto, que eu reconheço de uma outra era.

— Foi mal, filho, mas tarde demais — ele diz, casualmente. — Eu já fiz um depósito pra Columbia, e se você acha que vou abrir mão desse dinheiro, você está doido.

Eu não entendo. Porque não faz sentido. Os números não fazem sentido.

— Mas o custo anual — eu gaguejo. — Nós não podemos pagar...

— Eu vendi a coleção de quadrinhos.

— Você vendeu a sua coleção? — Eu mal consigo dizer essas palavras.

A coleção dele? Toda a vida dele, toda a razão de ser dele é essa coleção. Para Charlie, é o sacrifício final, algo que eu nunca pediria para ele. Quando se trata de gestos incríveis e altruístas, não poderia ser algo maior do que isso. E eu fico tocado em profundezas que eu nem sabia que tinha.

— Não fique muito animado — ele avisa, entrando no meu quarto. — Só dá pra três semestres. Mas eu pensei que a gente pode ir se virando...

Meu universo saiu do eixo e eu preciso me sentar de novo.

— Pai... — eu tento.

É a primeira vez desde que consigo me lembrar que o chamo assim. E é bom de dizer. Na verdade, é fantástico. É certo.

Ele estende a mão e aperta meu ombro. Os olhos dele estão brilhando.

— Eu sei que não sou muita coisa, Brooks, mas foda-se, isso eu posso fazer!

Eu o encaro de volta, tonto com a possibilidade, cheio de expectativas.

Eu vou para Columbia. Quer dizer, vamos pular a mentirada, o.k.? Todos nós sabemos que vale o dinheiro extra e que faz diferença, uma enorme diferença. Mas como quer que seja, tudo vai dar certo. E se não der, tudo bem também. Porque pela primeira vez somos dois lutando contra as Forças das Trevas. Finalmente eu pertenço a algo maior do que eu, eu sou parte de algo sólido em que me apoio e que pode se apoiar em mim. Eu sou metade de uma família. Sem palavras, eu finalmente abraço meu pai, que devolve meu abraço com força.

— Eu só não era bom o bastante, Brooks — ele diz em uma voz embargada. — Eu só tinha aquele livro em mim. Essa é a mais pura verdade. Mas você deveria ter sua chance, como eu tive. Só tenha certeza de que você está indo para a faculdade pelos motivos certos. Pra ter a melhor educação possível e se tornar um ser humano decente. Porque, no final, isso é tudo que realmente importa.

Eu faço que sim, a garganta apertada. Eu vou levar o conselho dele a sério. Eu vou ler o livro dele. Eu vou tentar entender.

E enquanto nós dois seguramos as lágrimas, quem diria, a campainha toca.

— Hmmm, me pergunto quem será? — meu pai pergunta de forma um tanto retórica, me dando a distinta impressão de que ele já sabe. — Melhor atender.

A campainha toca de novo. Eu olho para ele, espantado. São quase sete e meia, já passou bem da hora das entregas, não que a gente tenha entregas. Provavelmente algum doido idealista implorando por doações Bem, sinto muito, chapa, não nesse apartamento.

— Você abre? — meu pai pede, me empurrando de leve.

Tropeçando, atordoado por conta de minhas perspectivas subitamente ilimitadas, eu abro as diversas fechaduras. A campainha toca mais uma vez.

— Calma aí, estou indo! — eu grito, abrindo a porta.

E ali, mão na cintura, elegantemente posta no capacho, está ninguém menos que Celia Lieberman. Cabelo arrumado em um coque, saltos altos e um chique vestido de festa que é justo nos lugares certos. Uma gata total.

— Dizem por aí que você precisa de uma substituta para a formatura.

Ela sorri com timidez, incerta.

— Oi, sr. Rattigan. — Ela acena com educação para trás de mim.

— Oi, Celia. — Meu pai está radiante, sabendo quem ela é sem precisar ser apresentado, um óbvio cúmplice no plano secreto dela, esse cachorro.

Eu estou para lá de chocado. Pela aparência de Celia Lieberman, mas principalmente pelo fato de ela estar aqui em Pritchard. Eu não acredito. Eu não acredito que Celia Lieberman se aventurou para fora de sua terra de fantasia bem protegida para ir aonde os outros noventa e nove por cento de nós trabalham para mal pagar as contas.

E ela está aqui por mim. É inacreditável.

— Franklin... — eu gaguejo como um imbecil.

— Pra alguém que é teoricamente um gênio, Franklin é meio idiota. — Celia Lieberman dá de ombros. — Quer dizer, eu acho que minha aparência é bem melhor do que antes. E os Backstreet Boys, qual é.

— Com certeza — eu concordo. — Não que aparências importem...

Mas importam. E eu não consigo enfatizar o suficiente o quão gata Celia Lieberman está.

— Bom, vai se trocar. Você não pode ir para a formatura assim.

Droga. Eu vou para a formatura! O.k., me pegou, eu admito, eu sempre quis ir. Quer dizer, é o último golpe, o fim da estrada, o começo de outra. E essa é a minha. A ocasião precisa ser comemorada. Sorrindo, eu vou para o quarto quando vejo uma imagem por cima dos ombros nus de Celia Lieberman que não se vê todo dia, pelo menos não em Pritchard.

Em uma rua cheia de banheiras enferrujadas e compactos sujos, um elegante Lincoln preto estaciona atrás do Prius de Celia Lieberman. Ela se vira e também vê. Nós dois ficamos estupefatos. Um chauffeur de quepe e luvas de pelica sai e abre com grande cerimônia a porta reluzente.

Uma perna bem-feita e bronzeada em um sexy sapato de salto aparece. Conectada a um corpo impossivelmente perfeito e um rosto ainda mais impossivelmente perfeito. Shelby em um vestido transparente e sensual de marca. A visão da beleza adolescente. Tirando meu fôlego mais do que nunca.

— Shelby? — eu sussurro. O que ela está fazendo aqui? Eu olho para o meu pai, que dá de ombros, dessa vez tão espantado quanto eu. Me vendo, Shelby acena, extremamente confortável sendo seu eu sem defeitos. Eu a observo, hipnotizado, paralisado. Eu olho para Celia Lieberman, então de volta para Shelby, então de volta para Celia Lieberman. Eu não sei o que fazer. Eu estou te dizendo, eu não aguento mais essas reviravoltas súbitas da sorte.

Eu não me movo. Não consigo. Nós três só ficamos parados ali.

— Brooks! — Shelby grita, sua figura deliciosa parada na calçada. Ela foi até onde está disposta. Ela não vai subir e não vai embora até que eu faça algo.

— Vá em frente — Celia Liberman diz suavemente. — É a sua noite.

— Eu já volto — eu prometo. Então eu saio como uma flecha. Os tambores estão rufando, guitarras de heavy metal destruindo. Eu desvio de portas, salto escadas inteiras em um único passo.

De repente, ali está ela, bem na minha frente. Seu cabelo longo e sedoso e vestidinho brilhante flutuam na brisa suave da noite. A feiura cinza de Pritchard derrete em volta delaa, sua aura dourada de privilégio prevalecendo onde quer que ela vá. Antes que eu possa pronunciar uma sílaba, ela ataca como uma tigresa e me beija. Eu luto para resistir. Os quadris dela se encostam nos meus. Eu consigo sentir que não tem muito, se é que há alguma coisa, ali embaixo, o que não ajuda as coisas. Finalmente, nós dois paramos para respirar.

— Shelby, o que você está fazendo aqui? — Eu arfo, quase me dobrando. — Como você sabia...?

— Cassie ouviu Celia dizer àquele tonto do Franklin que eles tinham acabado porque ela ia à sua formatura com você — Shelby explica, retocando o gloss. — Então nós demos um

Google na sua escola, vimos quando a formatura era, buscamos seu endereço. Foi fácil.

Shelby está aqui porque ela sabe que Celia Lieberman está aqui. Shelby estaria aqui se Celia Lieberman não estivesse aqui? Eu deveria me importar? Porque Shelby está impossivelmente aqui, minha se eu quiser. E desta vez sem mentiras.

— Você realmente mora aqui? — Shelby observa meu prédio pichado com uma repugnância tangível. — É seu ou vocês alugam?

Eu olho para ela. Possuir ou não possuir? Eis a questão. Se é mais nobre ser um digno proprietário ou sofrer os altos e baixos do inquilinato. Eu te pergunto com toda seriedade, quem liga a mínima? Não importa, especialmente em Pritchard porque, vamos ser sinceros, a cidade toda é um buraco. Mas de alguma forma sempre vai importar para Shelby. Sempre existirão divisões, graus sutis de status, a necessidade insaciável de se sentir superior. E isso, eu abruptamente percebo, é a imperfeição dela. E, no que diz respeito a imperfeições, é uma das grandes. Quer dizer, deve ser exaustivo ter que estar sempre pensando em formas novas e melhores de esnobar os outros.

Shelby se inclina na minha direção, abre seus lábios brilhantes e fecha seus olhos de esmeralda para outra rodada. Os meus estão completamente abertos, pela primeira vez.

Beleza. Graça. Sofisticação. Shelby tem todas essas qualidades e muito mais. Mas ela não é Celia Lieberman. Nunca passaria pela cabeça de Celia Lieberman fazer essa pergunta. Celia Lieberman tem classe demais — classe de verdade, do tipo que não pode ser comprada ou vendida. Celia Lieberman é um Artigo Genuíno. E não é pouca coisa em aparência, sofisticação e inteligência também, embora eu não fosse colocar as palavras "graça" e Celia Lieberman na mesma frase. Celia

Lieberman é uma desengonçada total, mas ei, é parte do charme dela. E é aí que eu percebo algo realmente revelador.
Eu me apaixonei por Celia Lieberman.

Eu me apaixonei por Celia Lieberman? Como pode? Eu me apaixonei por Celia Lieberman. Com força. Completamente. Celia Lieberman! Como eu posso ter me apaixonado por Celia Lieberman?
Mas sim.

Puta merda, eu penso, enquanto corro de volta o que acabei de correr, eu estou maluco por Celia Lieberman! Eu estou caído, gamado, de quatro por Celia Lieberman! Puta merda, minha mente corre e meu corpo se esforça para acompanhar, e se for tarde demais? Meu coração está tentando martelar para fora das minhas costelas enquanto eu catapulto cinco degraus de uma vez. Puta merda, e se Celia Lieberman tiver ido embora?
Voando pelo segundo lance, eu quase passo por ela. Ela está sentada no degrau de baixo, seu rosto aninhado entre os joelhos. Graças a Deus! Dobrado para a frente, ofegante, eu tento ser casual.
— Pronta pra ir? — eu pergunto, indiferente.
Celia Lieberman ergue os olhos para mim. A maquiagem dela está toda escorrida, seu cabelo todo bagunçado. Ela está chorando, eu lamberia suas lágrimas, gota por adorável gota.
— Eu disse que voltava — eu a lembro gentilmente.
— Mas e a Shelby? — ela pergunta sem compreender.
— Eu disse que não poderia ir na formatura com ela porque eu estava louca e desesperadamente apaixonado por Ce-

lia Lieberman — eu relato. E isso, palavra por palavra, foi o que eu disse para Shelby. Acho que ela estava certa sobre eu e Celia desde o início.

Ela se levanta, furiosamente limpando o rosto. Eu sou um babaca idiota. Eu a magoei. Muito. Muito mesmo. Provavelmente demais. Mas tudo que importa agora é que ela está aqui.

— Você me ignora, não me valoriza, me trata como uma segunda opção... — ela soluça, as lágrimas, agora quentes de raiva, voltam.

— Sim.

E então eu também estou chorando e soluçando. Com medo de ter estragado tudo. Aterrorizado por perdê-la. Eu não sei o que vou fazer se a tiver perdido. Nós ficamos parados na escada suja, tão perto e ainda assim tão longe. Nós ficamos ali, lágrimas escorrendo, idênticos, um par de totais e completas ruínas emocionais.

— E agora você espera que eu simplesmente esqueça isso? — ela diz com a voz embargada. — Que eu só te perdoe?

— Se você pudesse, eu apreciaria bastante — eu sussurro. — Sim, por favor.

E, cara, em algum momento eu devo ter feito algo certo sem querer, porque milagrosamente ela está nos meus braços. Nós damos nosso primeiro – eu espero ardentemente – de muitos beijos. Porque, meus amigos, estamos falando de fogos de artifício, doce música sinfônica. Tenda muito, muito armada.

O salão de baile do Radisson está lotado de suor adolescente. Nós nos movemos hipnoticamente, uma grande massa rebolativa, ao som das batidas do Nas no sistema de som meia-

-boca. Está escuro, até um pouco rançoso. Nada de show de luzes, nenhum brilho ou glamour aqui. E sem passos de dança ensaiados. Aqui, é só improviso. Meus caras. Nós pagamos nossas penas, honramos nossas dívidas. Amanhã seguiremos nossos caminhos separados, para onde quer que o Destino nos leve. Bem, foda-se o amanhã. É a nossa formatura. Nesta noite, tudo que importa é hoje. *DE QUEM É O MUNDO?*, Nas rima. *DE QUEM É O MUNDO? É MEU! É MEU! É MEU!*, todos nós trovejamos no refrão. O nome é Rattigan. Brooks Rattigan. Média geral 3,83. Média ponderada 4,14. 720 pontos em verbais. 760 em matemática. 680 em escrita. Mas todo mundo sabe que essa seção não conta. Ganhador da Medalha Estadual de Mérito Escolar. Mentiroso em três estados. Babaca generalizado. Eu fui todas essas coisas. Daqui para a frente, eu vou me contentar com ser só eu. Já é um trabalho difícil o suficiente.

Sinto a mão de alguém me dar uma cutucada amigável nas costelas. Murf, resplandecente em um smoking roxo fluorescente, sorriso largo, joinha nas duas mãos, enfaticamente aprovando minha acompanhante. Então dou uma olhada – e que olhada – na dele. Julie Hickey. Transbordando, se pendurando nele. Murf dá uma piscadela para mim. Missão cumprida.

Eu rio. Murf, meu homem. O filho da mãe conseguiu. Celia me olha de forma questionável, como sempre fez e sempre fará. Sorrindo, eu a puxo para perto.

Sucesso – substantivo: *estar satisfeito com quem você é.*

FIM

Agradecimentos

Antes de tudo, eu gostaria de agradecer a meu incrível e fiel empresário John Tomko, que ficou comigo no pior e no ainda pior, mesmo quando ele provavelmente não deveria. Obrigado por ter paciência e manter a fé, cara.

Para minha autoentitulada guru Julianna Baggott, cuja beleza, dedicação ao trabalho e talento são ultrapassados apenas pela generosidade do seu espírito. Foi meu grande prazer e distinto privilégio ser gentilmente guiado por ela.

Aos velhos amigos Bob Rodat e George Rush. Obrigado por lerem, pelos conselhos sábios e apoio moral, caras. Aos novos amigos John Katzenbach e David Wolpe, igualmente.

A Heather Whitaker, que me mostrou os erros dos meus personagens.

Alix Reid, editora extraordinária, claro, por confiar em seus instintos e ter a coragem de sustentar suas convicções e não se contentar com o velho e pouco verdadeiro. Eu não vou mencionar o infinito bom humor dela e notas tão boas que te deixam furioso.

Beth Davey, minha agente, imperturbável e **infatigável** — adjetivo, *incansável, insistente*. Obrigado por lutar minhas batalhas pelo meu próprio bem.

Finalmente, cordilheiras de reconhecimento e amor, sempre, para Jennifer, por ler, reler e re-re-reler os infinitos rascunhos, por escutar todos os monólogos e simplesmente por me aguentar.

Confira nossos lançamentos,
dicas de leituras e
novidades nas nossas redes:

🐦 @globo_alt

 @globoalt

🅕 www.facebook.com/globoalt

Este livro, composto na fonte Fairfield,
foi impresso em papel pólen soft 70 g/m² na gráfica Alter Gráfika (Stamppa).
Rio de Janeiro, agosto de 2019.